中等职业教育物流服务与管理专业规划教材

U0116986

现代物流装备与技术

缪兴锋　李超锋　编著

中国人民大学出版社

·北京·

前 言

Preface

20 世纪 90 年代以来，随着科学技术的不断进步、经济的不断发展、全球化信息网络和市场的形成，产品的市场竞争也日趋激烈。技术进步和需求多样化使得产品寿命周期不断缩短，企业面临着缩短交货期、提高产品质量、降低成本和改进服务的压力。顾客消费水平不断提高，企业之间的竞争日益加剧，经济、社会环境的巨大变化，使得整个市场需求的不确定性大大增加。现代物流作为一种先进的组织方式和管理技术，被世界各国广泛采用，并形成了一种新兴产业，在国民经济发展中发挥着重要作用。

支撑起现代物流业的不仅有现代物流技术，而且还有现代物流设施与装备，前者是现代物流业的灵魂，而后者则是现代物流业的重要基础。近年来，随着我国物流业的飞速发展，以物流中心、配送中心、第三方物流等为代表的全新物流业正在兴起，现代物流设施与装备也得到了快速发展。21 世纪，物流设施与装备朝着信息化、自动化、集成化、智能化、柔性化和标准化的方向发展，其现代化水平不断提高。物流装备与技术的现代化是促进物流现代化的重要基础和保证。物流设施与装备存在并作用于整个物流的全部过程，包括生产、包装、储存、装卸、运输、流通加工、信息采集和处理等所有环节，因此物流装备与技术的发展，也有力地促进了现代物流业的不断发展。

本书借鉴德国"双元制"职业教育经验，引入德国职业教育"行动导向"的理念，结合当前物流行业的最新发展趋势，参考国内外有关物流设备制造及管理的研究成果和经验，并联系我国物流装备的现状与实际，经过充分的企业调研，从多角度向读者较全面地介绍了物流设施与装备的现状和发展、物流设施与装备的分类以及物流设施与装备选择的一般原则。本书以物流企业业务操作部的主要工作任务为载体，根据其工作过程设计教学内容，以培养学生职业行动能力为目标，旨在提升学生的专业能力、社会交往能力及自主学习能力。在本书编写过程中，作者力求系统地讲述目前在物流业中普遍使用的物流设施和设备，以理论够用为度，加强直观教学，从用人单位的需要出发、从学生的职业发展出发，将管理重心下移，力求让学生较好地了解和掌握主要物流设施和设备的基本组成、原理和应用方法，提高学生实践应用技能。

本书由国家示范高职院校广东轻工职业技术学院缪兴锋副教授、李超锋老师精心编写。本书可以作为中等职业学校物流服务与管理专业及相关专业的学生用书，也可作为从事物流设备生产的有关人员的参考书。

由于水平有限，在编写过程中，我们参阅了大量的图书文献和网上资料，再加上物流行业是一个出现不久的交叉的科学领域，对它的认识和研究都还不够深入，因此在本书的叙述中难免出现谬误，衷心希望读者提出批评意见，并能及时反馈给我们。同时，在该书中我们引用了许多熟悉的以及许多从未谋面的同行的研究成果，我们已尽可能详细地列在参考文献中，在此对这些专家、学者们表示深深的谢意。

本书在编写的过程中也得到了许多企业界朋友的帮助，东莞市威特隆仓储设备有限公司总经理徐隆久，广东恒畅物流有限公司物流中心总经理马建聪，北京明伦高科科技发展有限公司董事长黄惠良，北京易通交通信息发展有限公司总经理逢诗铭，广州市中环服装辅料有限公司总经理秦建华，佛山市威动供应链有限公司总经理曹新川，广州汉林电器实业有限公司办公室主任郭达宏，深圳市中海资讯科技有限公司教育项目经理申昊，在此表示感谢！

编者

目 录
Contents

第一章 现代物流装备与技术概述

物流（logistics）是物品从供应地向接收地的实体流动过程。根据实际需要，物流将运输、储存、装卸搬运、包装、流通加工、配送、信息处理等基本功能有机地结合在一起。物流活动（logistics activity）是指物流诸多功能的实施与管理过程，包括为用户提供服务、需求预测、销售情报收集、库存控制、物料搬运、订货销售、零配件供应、工厂及仓库选址、物资采购及包装、退换货、废物利用及处置、运输及仓储等。物流作业（logistics operation）是指实现物流功能时所进行的具体操作活动。物流活动和物流作业都离不开物流装备与技术的支持。

物流装备是指进行各项物流活动所需的机械装备、器具等可供长期使用，并在使用过程中基本保持原来实物形态的生产资料。物流装备是组织实施物流活动的重要手段，是物流活动的基础。物流技术一般是指与物流活动要素有关的所有专业技术的总称，它包括各种操作方法、管理技能，如流通加工技术、物品包装技术、物品标识技术、物品实时跟踪技术等，此外，还包括物流规划、物流设计、物流评价、物流策略等。随着计算机网络技术的应用及普及，物流技术中综合了许多现代信息技术，如地理信息系统（GIS）、全球卫星定位系统（GPS）、电子数据交换（EDI）、条形码（barcode）等。

学习任务一　现代物流装备与技术认知

知识目标：掌握现代物流装备与技术的合理分类及应用范围。

能力目标：能够根据功能识别各种现代物流装备，掌握常见物流技术及其特点。

学习方法：本任务为实践技能学习，学生分组在物流实训室由实训指导教师组织学习。

一》 物流装备的分类

物流装备的分类方法很多，可以从不同的角度进行合理的划分。按照功能不同，可划分为运输装备、仓储装备、装卸搬运装备、集装单元器具、流通加工装备、包装装备、物流信息技术装备七大类。

（一）运输装备

在物流活动中，运输始终处于核心地位，它承担了物品在空间各个环节的位置移动，解决了供给者和需求者之间场所分离的问题，创造了物品的"空间效用"。运输还有一定的暂时存储功能，创造了物品的"时间效用"。

运输在物流中的独特地位对运输装备提出了更高的要求，运输装备应满足运输效率高、成本低、智能化、通用化、安全可靠等要求，最大限度地发挥运输装备的效能。

一般而言，运输装备是指用于较长距离运输货物的装备。根据运输方式的不同，运输装备可分为公路运输装备、铁路运输装备、水路运输装备、航空运输装备、管道运输装备五种类型。部分运输装备如图1—1所示。

图1—1 运输装备

（二）仓储装备

仓储在物流系统中起着缓冲、调节、集散和平衡的作用，是物流领域的一个中心环节，它的基本内容包括储存、保养、维护、管理等。产品从生产领域进入消费领域之前，往往要在流通领域停留一定时间，这就形成了产品储存。在生产过程中原材料、燃料、备品备件和半成品也需要在相应的生产环节有一定的储备，以保证生产的连续进行。企业应根据储备货物周转量的大小、储备时间的长短、储备货物的种类以及相关的自然条件，合理配置仓储装备，为有效进行仓储作业创造条件。

仓储装备是指进行仓库作业、辅助生产作业，保证仓库及作业安全所必需的各种设备的总称，包括进行仓库保管维护、搬运装卸、计量检验、安全消防和输电用电等各项作业的设备，例如各种类型的货架、起重堆垛机、产品质量检验器具和产品保管维护工具等。部分仓储货架装备如图1—2所示。

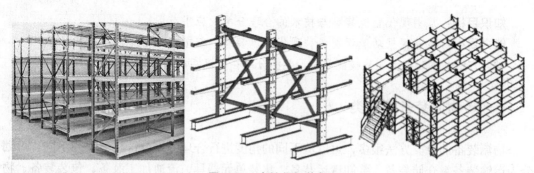

图1—2 仓储货架装备

（三）装卸搬运装备

装卸搬运装备是指用于搬移、升降、装卸和短距离输送物料的机械的总称。它是物流系统中使用频率最大、使用数量最多的一类机械装备，是物流机械装备的重要组成部分。在物流系统中，装卸搬运是连接各环节的必不可少的作业。产品从出厂到用户手中，往往要经过多次周转，每经过一个流通中端、每转换一次运输方式都必须进行一次装卸搬运作业。装卸搬运的工作量和所花费的时间，以及耗费的人力、物力在整个物流过程中都占有很大的比例。因此，合理配置装卸搬运装备直接影响运输效率和运输成本。

装卸搬运装备主要配置在工厂、中转仓库、配送中心、物流中心以及车站货场和港口码头等。按照用途和结构特征，装卸搬运装备一般可分为起重机械、连续运输机械、装卸搬运车辆、专用装卸搬运机械；按照装卸搬运物料种类，可分为单元物料装卸搬运机械、散装物料装卸搬运机械、集装物料装卸搬运机械。装卸搬运车辆是依靠本身的运动和装卸机构的功能，实现货物的水平搬运和短距离运输、装卸。装卸搬运车辆机动性好、适应性强、方便、灵活，广泛应用于装卸搬运货物的场所。装卸搬运车辆一般包括叉车、自动导引搬运车（AGV）、电动搬运车、牵引车、手推车等。部分装卸搬运装备如图1—3所示。

图1—3　装卸搬运装备

（四）集装单元器具

集装单元器具主要有托盘、集装箱和其他集装单元器具。货物经过集装单元器具进行集装和组合包装后，随时处于准备流动的状态，提高了搬运活动性，便于合理组织储存、装卸搬运、运输等环节，实现物流作业的机械化、自动化、标准化。部分集装单元器具如图1—4所示。

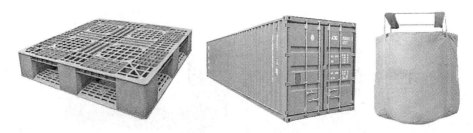

图1—4　集装单元器具

（五）流通加工装备

流通加工（distribution processing）是指产品在从生产地到使用地的过程中，根据需要施加包装、分割、计量、分拣、贴标志、拴标签、组装等简单作业的总称。它是商品流通中的一种特殊形式，是弥补生产过程的加工不足，更有效地满足用户多样化的需求，更好地衔接产需，促进销售的一种高效、辅助性的加工活动。

流通加工装备是完成流通加工任务的专用设备的总称。按照不同的分类方法，可以分成不同的种类。按照流通加工形式不同，可分为剪切加工设备、开木下料设备、配煤加工设备、冷冻加工设备、分选加工设备、精制加工设备、分装加工设备、组装加工设备；根据加工对象的不同，可分为金属加工设备、水泥加工设备、玻璃加工设备、木材加工设备、煤炭加工设备、食品加工设备、组装产品的流通加工设备等。部分流通加工装备如图1—5所示。

图1—5 流通加工装备

（六）包装装备

包装是指在流通过程中为了保护产品、方便储存、促进销售，按一定技术方法而采用的容器、材料及辅助物等的总称，也包括为达到上述目的而进行的操作过程。

包装装备是指完成全部或部分包装过程的机械的总称。包装过程包括充填、裹包、封口以及与包装相关的前后工序，如清洗、干燥、杀菌、堆码、拆卸、打印、贴标、计量等辅助工序。包装装备是产品包装实现机械化、自动化的根本保证。运用包装装备完成包装作业，能提高劳动生产率、降低劳动强度、改善劳动条件、降低成本、确保质量。包装装备包括充填机械、罐装机械、封口机械、裹包机械、贴标机械、清洗机械、干燥机械、杀菌机械、捆扎机械、集装机械、多功能包装机械以及完成包装作业的辅助包装机械和包装生产线。部分包装装备如图1—6所示。

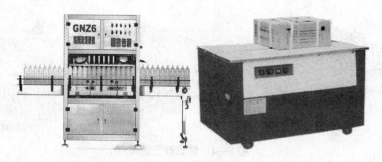

图1—6 包装装备

（七）物流信息技术装备

在现代物流系统中，广泛地应用了现代物流信息技术装备，如在自动化立体仓库中广泛应用的条形码信息系统。条形码信息系统是指由条形码生成及扫描识别等信息设备组成的自动识别系统，它利用产品或货物存储单元上的条形码信息，通过条形码识别器可以迅速、准确地把条形码信息自动地输入计算机，实现信息的自动登录、自动控制、自动处理。物流信息技术装备还有销售时点信息系统、电子信息交换技术、全球定位系统、地理信息系统、无线射频识别技术等。部分物流信息技术装备如图1—7所示。

图1—7　物流信息技术装备

二》物流技术的分类

物流技术（logistics technology）是指物流活动中所采用的自然科学与社会科学方面的理论、方法，以及设施、设备、装置与工艺的总称。物流技术可分为硬技术和软技术两个方面。物流硬技术是指组织物资实现流动所涉及的各种机械设备、运输工具、站场设施以及服务于物流的计算机、通信网络设备等技术。物流软技术是指组成高效率的物流系统而使用的系统工程技术、价值工程技术、配送技术等。物流技术与物流活动全过程紧密相关，物流技术的高低直接影响到物流活动各项功能的完善和有效实施。按物流过程，物流技术又可分为运输技术、库存技术、装卸技术、包装技术、集装箱化技术、物流信息技术。

（一）运输技术

运输技术朝着多样化、高速化、大型化和专用化方向发展，对节能、环保的要求越来越严格。铁路运输着重发展重载、高速、大密度行车技术；公路运输的发展方向是大型化、专用化，同时为了卸货和装货方便，各种附带装卸装置的应用也越来越多。

（二）库存技术

仓库原来只具有单纯的保管、存储的功能，而现在已经发展成为对物流的过程起到调节、缓冲的作用。现代化仓库已成为促进物流各环节平稳运转的物流集散中心。仓库中发生显著变化的是货架，在现代化仓库中，货架是将保管和搬运结合成一体的高度自动化的高层货架系统，货架高度为30～40m，由计算机集中控制，自动进行存取作业。目前还发展了一些小型自动仓库，如回转货架仓库，可以更灵活地布置，方便生产。

仓库作为物流中心，大量物资要在这里分类、拣选、配送，因此，高速自动分拣系统是非常需要的。

（三）装卸技术

装卸连接保管与运输，具有劳动强度大、作业发生次数多的特点。因此，推行机械化以减轻繁重的体力劳动是非常必要的。由于装卸作业的复杂性，装卸技术和相应的装备也呈现出多样化的特点，使用最为普遍的是各式各样的叉车、吊车（包括行吊、汽车吊等）以及散料装卸机械等。

（四）包装技术

包装技术是指使用包装装备并运用一定的包装方法，将包装材料附着于物流对象上，使其更便于物流作业。包装技术的研究主要包括包装装备、包装方法和包装材料三部分。

包装材料通常是包装技术改革的新内容，新材料的产生会促使新的包装装备与包装方法的出现。对包装材料的要求是：密度小、机械适应性好；性能稳定、不易腐蚀和生锈、自身清洁；能大量生产、便于加工、价格低廉。目前常用的包装材料有纸与纸制品、纤维制品、塑料制品、金属制品以及防震材料等。包装技术还涉及防潮、防水、防锈、防虫和防鼠等方面的内容。

（五）集装箱化技术

集装箱化作业是指采用各种不同的方法和器具，把经过包装或未经包装的物流对象整齐地汇集成一个便于装卸搬运的作业单元，这个作业单元在整个物流过程中保持固定的形状，以集装单元来组织物流的装卸搬运、库存、运输等物流活动的作业方式。

集装箱化技术就是物流硬技术与软技术的有机结合。它的出现，使传统的包装方式和装卸搬运装备发生了根本性的变革。集装箱本身成为包装物和运输器具，被称为物流史上的一次革命。在整个物流过程中，物流的装卸搬运出现的频率大于其他作业环节，所需要的时间多、劳动强度大、占整个物流费用比重大。采用集装箱化技术可使装卸搬运劳动强度降到最低，便于实现机械化作业、提高作业效率、降低物流费用、实现物料搬运机械化和标准化。货物从始发地就采用集装单元形式，不管途中经过怎样复杂的转运过程，都会保持集装单元的原状，这样在很大程度上减少了转载作业，极大地提高了运输效率。在仓库作业中，采用集装箱化技术有利于仓库作业机械化，提高库容利用率、便于清点、减少破损和污染、提高保管质量、提高搬运灵活性、加速物流周转、降低物流费用。

（六）物流信息技术

物流信息技术是物流现代化极为重要的领域之一，是物流现代化的重要标志，也是物流技术中发展最快的领域。计算机网络技术的应用使物流信息技术达到新的水平。

学习任务二　现代物流装备的配置与管理

知识目标：了解物流装备的配置原则、配置准备工作，掌握物流装备管理的内容。
能力目标：能够根据物流作业流程合理配置与管理现代物流装备。

学习方法：本任务为理论与实践结合学习，学生分组在教师指导下结合具体案例讨论。

物流装备的配置和选择是企业经营决策中的一项重要工作。物流装备一般投资较大、使用周期长，在配置和选择时，一定要进行科学决策和统一规划，使有限的投资发挥最大的经济效益。

一》物流装备配置和选择的总体原则

配置和选择物流装备的总体原则为：技术上先进、经济上合理、生产作业上安全适用、无污染。在具体选配某一物流装备时应考虑以下几个方面。

（一）系统化

系统化就是在物流装备配置和选择中用系统的观点和方法，对物流装备运行所涉及的各环节进行分析，将物流装备与物流系统总目标、操作人员、物流作业任务以及物流装备之间等有机地紧密地结合起来。系统化能够选择最佳的物流装备，改善各环节的机能，发挥物流装备最大的效能，并使物流系统整体效益最优。

（二）适用性

适用性是物流装备满足使用要求的能力，包括适应性和实用性。在配置和选择物流装备时，应与物流作业的实际需要和发展规划相适应，符合货物的特性、货运量的要求，适应不同的工作条件和多种作业性能，操作使用灵活、方便。

物流作业每一步都由相应的物流装备完成，根据具体的作业任务来确定需要什么样的物流装备，做到物流装备与作业配套，发挥各个物流装备的效能。例如，叉车的功能是拆垛、码垛及短距离运输，它一般适用于普通货物装卸作业。在配置和选择物流装备时应根据物流作业特点，找到必要功能，选择相应的物流装备。这样的物流装备才有针对性，才能充分发挥其功能。但必须注意物流装备的功能越多并不能说明它的适用性越强，花钱去买不需要的功能会造成浪费；反之，功能太少，不能满足作业要求，不能体现物流装备适用性的优势，也不可取。所以，只有充分考虑使用要求去选择装备的功能，才能充分体现物流装备的适用性。

（三）技术先进性

技术先进性是指配置和选择的物流装备能够反映当前科学技术的先进成果，在主要技术指标、自动化程度、结构优化、环境保护、操作条件、现代新技术的应用等方面具有先进性，并在时效性方面能满足技术发展要求。先进性是指在一定条件下、一定时期的先进。物流装备的技术先进性是实现物流现代化的技术基础，是以物流作业适用为前提，以获得最大经济效益为目的，绝不是不顾现实条件和脱离物流作业的实际需要而片面地追求技术上的先进。

（四）低成本

低成本是指物流装备的寿命周期成本低。它不仅指一次性购置费用低，更重要的是物流装备的使用费用低。在多数情况下，物流装备技术的先进性与低成本会发生矛盾，在满足使用的前提下应对技术先进与经济上的耗费进行全面考虑和权衡，做出合理的判断，这就需要进一步做好成本分析。

物流装备成本费用主要由原始费用和运行费用两部分组成。原始费用是购置装备发生的一切费用，它包括装备购置费、运输费、安装调试费、备品备件购置费、人员培训费等。运行费用是维持装备正常运转所发生的费用，它包括间接或直接劳动费、服务与保养费、能源消耗费、维修费等。在配置和选择装备时，需要全面考查物流装备的原始费用和运行费用，选择整个寿命周期费用低的物流装备，才能取得良好的经济效益。

此外，为完成某种轻量级工作而购买价格昂贵的重量级物流装备，或选用使用寿命短的物流装备，或非标准物流装备，都会带来经济上的损失。

（五）可靠性和安全性

可靠性是指物流装备在规定的使用时间和条件下，完成规定功能的能力，它是物流装备的一项基本性能指标，是物流装备功能在时间上的稳定性和持续性。如果可靠性不高，无法保持稳定的物流作业能力，也就失去了物流装备的基本功能。物流装备的可靠性与物流装备的经济性是密切相关的，物流装备的可靠性高就会减少或避免因发生故障而造成的停机损失与维修费用支出，但是可靠性并非越高越好，因为提高物流装备的可靠性需要在物流装备开发制造时投入大量的资金，因此，不能片面追求可靠性，而应权衡提高可靠性所需的费用与物流装备不可靠造成的费用损失，从而确定最佳的可靠度。

安全性是指物流装备在使用过程中，保证人身和货物安全以及环境免遭危害的能力，它主要包括装备的自动控制性能、自我保护性能以及对错误操作的防护和警示性能等。

随着物流作业现代化水平的提高，可靠性和安全性日益成为衡量装备好坏的重要因素。在配置与选择物流装备时，应充分考虑物流装备的可靠性和安全性，以提高物流装备利用率，防止事故发生，保证物流作业顺利进行。

（六）一机多用性

一机多用性是指物流装备具有多种功能，能适应多种作业的能力。配置用途单一的物流装备，使用起来既不方便，又不利于管理，因此，应发展一机多用的物流装备。配置和选择一机多用的物流装备，可以实现连续作业，有利于减少作业环节，提高作业效率，减少物流装备的台数，便于物流装备的管理，从而充分发挥物流装备潜能，确保以最低投入获得最大的效益。如叉车具有装卸和搬运两种功能，正是这点使其得到极为广泛的应用；再如多用途门座起重机，可实现集装箱吊具、吊钩、抓斗等多种取物装置的作业，用途广泛，适用于装卸集装箱货物，钢材和超长、超大、超重的杂货，煤和砂石等散装货物。在配置和选择物流装备时，要尽量优先考虑一机多用的物流装备。

（七）环保性

在配置和选用物流装备时，应优先选择对环境污染小、噪声低的绿色产品和节能产品。

二》 物流装备配置和选择的前期准备工作

（一）了解装备规划的要求

装备规划是企业根据生产经营发展总体规划和本企业装备结构的现状而制定的用于提高企业装备结构合理化程度和机械化作业水平的指导性规划。科学的装备规划能减少购置装备的盲目性，从而提高投资效益。

装备规划主要包括装备更新规划、装备技术改造规划和装备新增规划。在配置物流装备之前，要根据装备规划，确定所需更新的物流装备，再根据要求进行物流装备配置。

（二）收集有关资料，进行详细分析比较

（1）经济资料。货物的种类及特性、货运量、作业能力、货物流向等是最主要的经济资料，它们直接影响着物流装备的选配。因此，必须多渠道、正确地收集这些资料，不仅要掌握目前的经济资料，还要摸清它的发展或变化趋势。

（2）技术资料。技术资料包括物流装备技术性能现状及发展趋势，主要生产厂家技术水平状况，使用单位对装备技术的评价等。这些资料是从整体上把握物流装备技术状况的重要数据。

（3）自然条件资料。自然条件资料主要包括货场仓库条件、地基的承受能力、作业空间等。

（三）拟订物流装备配置的初步方案

对于同一类货物、同一作业线、同一物流作业过程，可以选用不同的物流装备。在拟定初步方案时，可先提出多个配置方案，然后，按照配置原则和作业要求确定配置物流装备的主要性能，分析每个初步方案的优缺点，并进行选择，去劣存优，最后保留2～3个较为可行的初步方案，估算出它们的投资，计算出物流装备生产率或作业能力以及需要的数量。

（四）物流装备配置方案的技术经济评价与方案确定

为了比较各种配置方案，从经济上分析哪个方案较为有利，必须进行技术经济评价，以便选择一个相对有利的方案。在确定配置方案时，如出现不可比因素，就要求将不可比因素做一些换算，尽量使比较项目有可比性。

技术经济评价可用每吨作业的投资额和成本指标进行评价，也可用投资回收期法、综合费用比较法、现值比较法全面综合评比等多种方法进行评价。对各方案进行评价后，还需要进一步分析比较，以便从中选择出在技术性能和使用方面有较多的优点，而且也最经济的方案。

（五）物流装备选型

物流装备配置方案确定后，接下来就是全面衡量各项技术经济指标，选择合适的机

型。选型的步骤如下：

（1）预选。在广泛收集物流装备市场货源情报的基础上进行预选。货源情报的来源主要包括：产品样本、产品目录、广告、展销会以及收集到的其他情报等。应对这些情报进行分类汇编，从中筛选出可供选择的机型和厂家。

（2）细选。对预选出来的机型和厂家进行调查，详细了解物流装备的各项技术性能参数、质量指标、作业能力和效率；生产厂商的服务质量和信誉，使用单位对其装备的反应和评价；货源及供货时间，订货渠道、价格、随机附件及售后服务等情况。将调查结果填写在"装备货源调查表"上，并经分析比较，从中选择符合要求的厂家作为联系目标。

（3）选定。与选出的厂家进行联系，必要时派专人针对有关问题如机械性能情况、价格及优惠条件、交货期及售后服务条件、附件、图纸资料、配件的供应等与厂家进行协商谈判，并作详细记录。然后由企业有关部门进行可行性分析，选出最优的机型和厂家作为第一方案，同时准备第二、第三方案以应付订货情况变化的需要，经主管领导及部门批准后确定方案。

三 》 物流装备管理

现代物流装备管理是以物流装备的寿命周期为研究对象，以追求物流装备寿命周期费用最低和综合效率最高为目标，动员全员参加的综合管理。

在现代物流装备管理中，出现了一些新概念，如装备寿命周期、装备寿命周期费用等。装备寿命周期是指从最初的调查研究开始直到装备报废为止的整个过程。装备寿命周期费用是指装备的研究、设计、制造、安装、调试、使用、维修、改造直至报废为止所产生的费用的总和。将装备管理的范围扩大到装备的寿命周期是现代装备管理的重要观点，这种管理方法是按照系统论的观点组织装备管理的基本方法，能够达到整体效益最优化。对装备实行全过程管理，是避免装备积压、浪费的重要措施，有利于从整体上保证和提高装备的可靠性和经济性。

物流装备管理包括以下三方面的内容。

（一）物流装备的技术管理

物流装备的技术管理主要包括：装备的规划、选购与安装调试；装备的合理使用和维护保养管理；装备的状态监测、技术诊断和计划检修；装备的安全技术管理和事故处理；装备的备件、技术资料管理；装备的技术改造、技术档案管理等。

（二）物流装备的经济管理

物流装备的经济管理主要包括：装备投资效益分析；资金筹措和使用；装备的移交验收、分类编号、登记卡片和台账管理、库存保管、调拨调动、年终清查等资产管理；折旧的提取与管理；费用的收支核算；装备更新等。

装备的经济管理必须遵循价值规律和寿命周期费用变化规律，对物流装备管理的各项内容进行经济论证、经济核算、经济分析和成本控制等工作，开展多种形式的增收节支和经营，使企业取得最佳经济效益。

（三）物流装备的组织管理

物流装备的组织管理主要包括：员工的教育和培训；装备管理制度和规范的制定；装备管理、使用的监督、检查和评比等。

物流装备的组织必须遵循机械使用与磨损的客观规律，运用行政手段，科学地将物流装备技术管理和经济管理结合起来，全面完成物流装备的管理任务。

物流装备管理的三个方面内容是相互联系的一个整体。其中，技术管理是基础，经济管理是目的，组织管理是手段，只有三者结合，才能实现综合管理的目标。

学习任务三　现代物流装备的使用、维护保养、修理与日常管理

知识目标：了解物流装备的维护保养、修理与日常管理制度。
能力目标：能够制定物流装备的维护保养、修理计划与日常管理工作制度。
学习方法：本任务为实践学习，学生分组在教师指导下在实习基地参观学习。

物流装备在使用过程中，技术状态不断变化，不可避免地会出现干摩擦、零件松动、声响异常等现象，这些都是隐患，如果不及时处理，就会造成装备的过早磨损，甚至酿成严重的事故。因此，只有做好装备的使用、维护与保养工作，及时地处理好因技术状态变化引起的问题，随时改善装备的使用情况，才能保证装备的正常运转，延长装备使用寿命。

一》 物流装备的使用

物流装备正确、合理地使用包括两个方面的含义：一是要防止对装备的滥用；二是要防止装备的闲置。只有充分提高装备的利用率，正确、合理地使用装备，才可以在节省费用的条件下，充分发挥装备的工作效率、延长装备的使用寿命、提高企业的经济效益。为此，装备正确、合理地使用要做到以下几点：

（1）为各类装备合理地安排生产任务。使用装备时，必须根据工作对象的特点，合理安排生产任务，这里包括两个方面的内容：一方面，要严禁装备超负荷运转，不要"小马拉大车"；另一方面也要避免"大马拉小车"，造成装备和能源的浪费。

（2）切实做好操作装备工人的技术培训工作。工人在操作、驾驶、使用装备之前，必须学习相关装备的性能、结构和维护保养知识，掌握操作技能和安全技术规程等必需的知识和技能，经过考核合格后方准使用装备。在管理中，要严禁无证者操作或驾驶装备。

（3）创造使用装备的良好的工作条件和环境。工作场所要安装必要的防护、防潮、防腐、保暖、降温等装置，在天气恶劣的情况下（如雨天、风天等）禁止作业。

（4）要针对装备的不同特点和要求，制定一套科学的规章制度。科学的规章制度包括：安全操作规程、岗位责任制、定期检查维护规程等。在这些制度里，应具体规定各类装备的使用方法、操作和维护保养的要求以及其他有关注意事项。

二》物流装备的维护保养

要使物流装备处于良好的状态，除了正确使用之外，还要做好维护保养工作。维护保养工作做得好，可以减少停机损失、降低维修费用、提高生产效率、延长装备的使用寿命，从而给企业带来良好的经济效益。

维护保养是指通过擦拭、清扫、润滑、紧固、调整、防腐、检查等一系列工作对物流装备进行护理，以维持和保护物流装备的性能和技术状况。虽然不同的物流装备的结构、性能和使用方法不同，维护保养的具体内容也不完全一致，但基本内容是一致的，即清洁、安全、润滑、防腐、检查。

（1）清洁：是指要定时清洁物流装备，做到无灰、无尘、整齐，保持良好的工作环境。

（2）安全：是指物流装备的保护装置要齐全，各种装置不漏水、不漏油、不漏气、不漏电，保证安全，不出事故。

（3）润滑：是指要定时、定点、定量给物流装备加油，保证润滑面正常润滑，运转畅通。

（4）防腐：是指要防止物流装备腐蚀，提高物流装备运行的可靠性和安全性。

（5）检查：是指要定时、定点地检查物流装备主要零部件的运行情况。

（一）物流装备的三级保养制度

1. 物流装备的日常维护保养

物流装备的日常维护保养是全部维护工作的基础。它的特点是经常化、制度化。一般日常维护保养包括运行前、运行中和运行后的维护保养。

日常维护保养的内容大部分在装备的外部，具体有：搞好清洁卫生；检查物流装备的润滑情况，定时、定点加油；紧固易松动的螺钉和零部件；检查物流装备是否有漏油、漏气、漏电情况；检查各防护、保险装置及操纵机构、变速机构是否灵敏可靠，零部件是否完整。

日常维护保养一般由操作工人负责进行，要集中精力，严格按操作规程操作，注意观察物流装备运转和仪器、仪表情况，通过声音、气味等发觉异常情况，如有故障应停机检查及时排除，并做好故障排除记录。

2. 物流装备的一级保养

物流装备的一级保养是要使物流装备达到整齐、清洁、润滑和安全的要求，减少物流装备的磨损，消除物流装备安全隐患，排除一般故障，使物流装备处于正常技术状态。通过一级保养，操作工人还能进一步熟悉物流装备的结构和性能。保养一般在月底或物流装备运行 500～700h 后进行。每次保养之后要填写保养记录卡（谁保养，谁记录），并将其装入物流装备档案。

3. 物流装备的二级保养

物流装备的二级保养，又称年保，其主要目的是延长物流装备的大修周期和使用年限，使物流装备一直处于良好的状态。保养时间一般是按一班制考虑，一年进行一次或装备累计运转2 500h后进行。保养后，要填写保养记录卡，并交物流装备科存档。

（二）物流装备的点检制度

物流装备的点检是一种先进的维护保养制度，是指对影响物流装备正常运行的一些关键部位进行经常性检查和重点控制的方法。进行点检能减少物流装备维修工作的盲目性和被动性，及时掌握故障隐患并予以消除，从而掌握主动权，提高装备完好率和利用率，提高装备维修质量，并节约各种费用，提高总体效益。

1. 物流装备点检的含义

点是指预先规定的物流装备关键部位或薄弱环节；检是指通过人的感官或运用检测的手段进行检查，及时准确地获取物流装备各部位的技术状况或劣化的信息，及早预防维修。

2. 物流装备点检的类别

物流装备点检包括日常点检、定期点检和专项点检三类：

（1）日常点检。由操作工人和维修工人根据规定，以感官为主，对各物流装备关键部位进行技术状态和安全状况检查，并进行必要的清扫、擦拭、润滑、紧固和调整，检查结果记入标准的日常点检表或日常点检卡中。日常点检的目的是及时发现物流装备异常，防患于未然，保证物流装备正常运行。日常点检项目应根据物流装备、工种、工序结合本厂实际情况选择，点检项目不宜过多、过难，一般应围绕加油、简单故障排除、简单修理、调节、清扫、紧固、小修更换零件等范围来选择。

（2）定期点检。由专业维修人员凭感官和专用检测工具，定期对物流装备的技术状态和安全状况进行全面检查和测定，除包括日常点检的工作内容外，定期点检主要是测定物流装备的劣化程度、精度和性能，查明物流装备不能正常工作的原因，确定修理方案和时间，确定下次检修应消除的缺陷。定期点检的对象主要是重点的装备，非重点的装备进行抽查。定期点检内容比较复杂，一般需要停机进行，时间也较长，因此点检计划应与生产计划相协调。

按照检查周期，定期点检可分为周检、半月检、月检、季检、半年检、年检、三年检、五年检等。

（3）专项点检。一般由专业维修人员（包括技术人员）对某些特定的项目，如物流装备精度，某项或某功能参数等进行定期或不定期的检查测定。目的是为了了解物流装备的技术和安全性能。该检查专业性强，通常使用专用工具和专业仪器装备。

3. 物流装备点检的主要工作

虽然物流装备点检的内容因物流装备种类和工作条件的不同而差别较大，但物流装备的点检都必须认真做好以下几个环节的工作：

（1）确定检查点。一般将物流装备的关键部位和薄弱环节列为检查点。

（2）确定点检项目。确定各检查部位（点）的检查内容。

（3）制定点检的判断标准。根据制造厂家提供的技术资料和实践经验制定各检查项目的技术状态是否正常的判定标准。

（4）确定点检周期。根据检查点在维持生产或安全方面的重要性和生产工艺的特点，并结合物流装备的维修经验，确定点检周期。

（5）确定点检的方法和条件。根据点检的要求，确定各检查项目所采用的方法和作业条件。

（6）确定点检人员。确定各类点检的负责人员，确定各种检查的负责人。

（7）编制点检表。将各检查点、检查项目、检查周期、检查方法、检查判定标准以及规定的记录符号等制成固定表格，供点检人员检查时使用。

（8）做好点检记录和分析。点检记录是分析物流装备状况、建立物流装备技术档案、编制物流装备检修计划的原始资料。

（9）做好点检的管理工作，形成一个严密的点检管理网。

（10）做好点检人员的培训工作。

三 》 物流装备的修理与日常管理

物流装备的修理是指修理由于各种原因而损坏的物流装备，使其功能得到恢复。物流装备的修理过程包括修复和更换已经磨损、腐蚀的零部件。

（一）物流装备修理的类别

物流装备修理的类别，一般可分为小修理、中修理和大修理三种。小修理是指工作量最小的局部修理，它是在物流装备所在地更换和修复少量的磨损零件，或调整装备排除故障，以保证物流装备能够正常运转。中修理是更换与修复物流装备的主要零件和数量较多的各种磨损零件，并校正物流装备的基准，以恢复和达到规定的精度、功率和其他的技术要求。大修理是工作量最大的一种修理，需要把物流装备全部拆卸，更换和修复全部的磨损零件，恢复物流装备原有的精度、性能和生产效率。

（二）物流装备修理的方法

物流装备修理的方法有以下几种：

（1）定期修理法。定期修理法是根据物流装备的实际使用情况，参考有关检修周期，确定物流装备修理工作的计划日期和大致的修理工作量的方法。

（2）检查后修理法。检查后修理法是事先只规定物流装备的检查计划，根据检查的结果和以前的修理资料，确定修理日期和内容的方法。

（3）故障修理法。故障修理法就是人们常说的"不坏不修，坏了就修"的方法。

前两种方法称为计划修理方法，对于重要的、大型物流装备多采用这两种方法。后一种方法也叫事后修理法，对于小型简单物流装备，通常采用这种方法。

物流装备的修理管理，要坚持计划预防修理制度。物流装备的计划预防修理制度，简称计划预修制，是物流企业装备技术管理的一项重要制度。它是以预防为主、防修结合，对装备进行有计划的日常维护保养、检查和修理，以保证物流装备经常处于良好状态的一种组织技术措施。坚持计划预修制，应该注意：正确地确定物流装备的修理类别，正确制定物流装备修理周期、修理工作量和修理费用，选择先进合理的物流装备修理方法。

（三）物流装备的日常管理

物流装备的日常管理是指对物流装备进行分类、编号、登记以及调拨、事故处理、报废和日常维护等工作。

（1）物流装备购进后，要根据物流装备的类别进行归类，然后进行编号。编号后进行登记，登记物流装备的名称、来源、生产单位、用途、技术参数及随主机附带的工具数量、安装地点等。

（2）物流装备调出后，要在登记卡片上详细记载去向、所处状态等。

（3）如果物流装备发生事故，要分析出现事故的原因，制定避免措施，并安排修复，使物流装备尽快恢复正常运转状态。

（4）当物流装备已经从技术上和经济上认定不能或没有必要继续使用时，要请有关技术人员鉴定，经批准后，进行报废处理，使其退出生产过程。

【知识与能力拓展】

现代物流装备的发展趋势

近年来，伴随着用户需求的变化以及自动控制技术和信息技术在物流装备上的应用，我国在大力吸收国外先进技术的基础上，发展国有机械制造业，建立了比较完善的物流装备制造体系，物流装备技术水平有了较大提高。现代物流装备向大型化、高速化、信息化、多样化、标准化、系统化、智能化、实用化和绿色化方向发展。

一、大型化

大型化是指物流装备的容量、规模、能力越来越大。物流装备的大型化趋势，一是为了适应现代社会大规模物流的需要，以大的规模来换取高的物流效益；二是由于现代科学技术的发展和制造业的进步，为制造大型物流技术装备提供了可能。例如，在公路运输方面，已研制出了载重超过500t的载重汽车；在海运方面，油轮的最大载重量达到了56.3万吨，集装箱船满载时可装11 000个标准集装箱；在航空运输方面，正在研制的货机最大载重300t，一次可装载30个40ft（1ft＝0.304 8m）的标准集装箱，比现有的货机运输能力高出50%～100%；在管道运输方面，目前最大运输管道的管径达到了1 220mm。

二、高速化

高速化是指物流装备的运转速度、运行速度、识别速度、运算速度大大加快。在运输方面，提高运输速度一直是各种运输方式努力的方向。正在发展的高速铁路将铁路运输速度大大提高，同时世界各国都在努力建设高速公路网，作为公路运输的骨架。航空运输中，正在研制双声速（亚声速和超声速）货机，超声速化成为民用货机的发展方向。在水运中，水翼船的速度已达70km/h，而飞机翼船的速度可达170km/h。在管道运输中，高速体现在高压力，美国阿拉斯加原油管道的最大工作压力达到了8.2MPa。在仓储方面，仓储规模日益扩大，物流作业量不断增加，客户响应时间越来越短，要在极短的时间内完成拣选、配送任务，只有不断提高物流装备的运行速度和处理能力。因此，堆垛机、拣选系统、输送系统等物流装备都是朝着高速运转目标而努力。例如，日本冈村、KITO、村田、大福等公司都推出了走行速度300m/min、升降速度100m/min以上的超高速堆垛机；韩国三星，荷兰范德兰的工业等公司开发出高速分拣系统。韩国三星的高速分拣系统比普通的输送线效率高2～5倍，而荷兰范德兰的工业推出的交叉皮带分拣机，不仅可处理球状等不稳定的产品，而且其最高速度达 2.3m/s，每小时处理27 000件。

在提高物流装备运行速度的同时，物流装备的准确性和稳定性也在不断提高，没有准确性，速度再快也将失去意义。因此，各厂商纷纷采取先进的技术满足客户对物流装备高准确度的要求。如德国林德公司的电动前移式叉车采用数字控制系统，使行驶及提升控制更平稳精确。日本村田开发的激光导向无人搬运车的停车误差仅为±5mm，且无须再在地面铺设其他装备即能做到精确定位。

三、信息化

未来社会将是一个完全信息化的社会，信息和信息技术在物流领域的作用将会更加明显，条形码技术、数据库技术、电子订货系统、电子数据交换、快速反应、有效的客户反馈、企业资源计划等将在物流中得到广泛应用。物流信息化表现为物流信息收集的数据库化和代码化、物流信息处理的电子化和计算机化、物流信息传递的标准化和适时化、物流信息存储的数字化等。随着人们对信息的重视程度日益提高，要求物流与信息流实现在线或离线的高度集成，使信息技术逐渐成为物流技术的核心。物流装备与信息技术紧密结合、实现高度自动化是未来发展的趋势。

目前，越来越多的物流装备供应商已从单纯提供硬件，转向提供包括控制软件在内的总体物流系统，并且在越来越多的物流装备上加装电脑控制装置，实现了对物流装备的实时监控，大大提高了其运行效率。物流装备与信息技术的完美结合，已成为各厂商追求的目标，也是其竞争力的体现。如大型高效起重机的新一代电气控制装置将发展成为全电子数字化控制系统，可提高起重机的柔性，单机综合自动化水平；公路运输智能交通系统（ITS）、GPS等技术在物流中的应用，实现了物流的适时、适地、适物、适量、适价。

现场总线、无线通信、数据识别与处理、互联网等高新技术与物流装备的有效结合运用，成为越来越多的物流系统的发展模式。无线数据传输装备在物流系统中更发挥着越来越大的作用。通过全球定位系统可以对汽车、飞机、船舶等物资运载工具进行精确定位，了解在途物资的所有信息。运用无线数据终端，可以在货物接收、储存、提取、补货及运输的全过程中，将货物品种、数量、位置、价格等信息及时传递给控制系统，实现对库存的准确掌控，由联网计算机指挥物流装备准确操作，几乎可以消灭差错率，缩短系统反应时间，使物流装备得到了有效利用，整体控制提升到更高效的新水平。而将无线数据传输系统与客户计算机系统连接，实现共同运作，则可为客户提供实时信息管理，从而极大地改善客户整体运作效率，全面提高客户服务水平。

四、多样化

为满足不同行业、不同规模的客户对不同功能的要求，物流装备形式越来越多，专业化程度日益提高。许多物流装备厂商都致力于开发生产多种多样的产品，以满足客户的多样化需求作为自己的发展方向，所提供的物流装备也由全行业通用型转向针对不同行业特点设计制造，由不分场合转向适应不同环境、不同工况要求，由一机多用转向专机专用。例如，仅叉车就有内燃叉车、平衡重叉车、前移式叉车、拣选叉车、托盘搬运车、托盘堆垛车等多种产品，其中每种产品又可细分为不同车型。世界著名叉车企业德国永恒力公司就拥有580多种不同车型，以满足客户的各种实际需要。此外，自动化立体库、分拣设备、货架等也都按行业、用途、规模等不同标准细分为多种形式产品。许多厂商还可根据用户特殊情况为其量身定做各种物流装备，体现了更高的专业化水平。

五、标准化

当前，经济全球化特征日渐明显，中国入世后更加快了企业的国际化进程。物流装备也需要走向全球化，而只有实现了标准化和模块化，才能与国际接轨。因此，标准化、模块化成为物流装备发展的必然趋势。标准化既包括硬件设备的标准化，又包括软件接口的标准化。

物流装备、物流系统的设计与制造按照统一的国际标准，才能适应各国各地区之间实现高效率物流的要求。比如，运输工具与装卸储存设备的标准化可以满足国际联运和"门到门"直达运输的要求；推进通信协议的统一和标准化，可以满足电子数据交换的要求。

通过实现标准化，可以轻松地与其他企业生产的物流装备或控制系统对接，为客户提供多种选择和系统实施的便利性。模块化可以满足客户的多样化需求，可按不同需要自由选择不同功能模块，灵活组合，增强系统的适应性。同时模块化结构能够最佳利用现有空间，可以根据货物存取量和供货范围的变化进行调整。

物流标准化有助于实现物流装备的通用化。以集装箱运输为例，国外研制的公路、铁路两用车辆与机车，可直接实现公路、铁路运输方式的转换，极大地提高作业效率。公路运输中，大型集装箱拖车可运载海运、空运、铁运的所有尺寸的集装箱。通用化的运输工具为物流系统供应链保持高效率提供了基本保证。通用化装备还可以实现物流作业的快速转换，极大地提高物流作业效率。

六、系统化

系统化是指组成物流系统的装备成套、匹配，达到高效、经济的要求。在物流装备单机自动化的基础上，计算机将各种物流装备集成系统，通过中央控制室的控制，与物流系统协调配合，形成不同机种的最佳匹配和组合，取长补短，发挥最佳效用。为此，成套化和系统化是物流装备的重要发展方向，尤其将重点发展工厂生产搬运自动化系统、货物配送集散系统、集装箱装卸搬运系统、货物的自动分拣系统与搬运系统等。

物流装备供应商应当按客户实际情况，制定系统方案，将不同用途的物流装备进行有机整合，达到最佳效果。自动化立体库、无人搬运车、分拣系统、机器人系统等各种装备功能各异，各有所长，只有在整体规划下选择最合适的产品综合利用，才能使其各显其能，发挥最大效益。为使系统容易整合且效果最佳，物流装备最好选择同一家公司的产品。因此，供应商都在向提供全套物流产品方向发展。如日本大福、村田、冈村等公司都可自行设计生产全部物流装备，满足客户整体要求。

同时，客户对物流装备的投入往往不是一步到位，这就要考虑今后系统的可扩展性。当然，在物流装备实现了模块化设计后，可比较容易地根据需要进行扩展。有些物流装备也可通过改变控制软件完成系统的调整或扩展。

七、智能化

智能化是物流自动化、信息化的更高层次，物流作业过程中大量的运筹和决策，如库存水平的确定、运输（搬运）路径的选择、自动导引车的运行轨迹和作业控制、自动分拣机的运行、物流配送中心经营管理的决策支持等问题都需要借助于大量的知识才能解决。智能化已成为物流技术与装备发展的新趋势。

科技的进步使物流装备越来越重视智能化与人性化设计，应用人工智能技术，可以改善劳动条件，降低工人的劳动强度，使操作更轻松自如。目前，研发人员在人工智能及有关物料储运领域中的专家系统方面进行了大量研究。例如，将专家系统应用于自动导引车和单轨系统，使它们具有确定路线和合理的运行决策。在接收物料入库和装运出库方面，专家系统能控制机器人进行物料入库和出库操作，能控制堆垛机的装卸。正在研制的专家系统，能实现辅助设计人员设计自动导引车导向槽和缓冲件，配置和选择单元装载件和研究小型物件的储运技术。

再如，德国林德公司对叉车进行了多项改进设计，使叉车更具人性化。叉车的低重心设计，使上下车更加方便；侧向坐椅设置，使驾驶叉车更容易；配有电子转向功能，不管搬运多重的货物，所需转向力均小于 10N，仅为传统叉车的 1/10，操作更为轻松；自动对位功能与故障自我诊断功能使叉车更加智能化。

又如，堆垛机的地上控制盘操作界面采用大的触摸屏幕——人机对话方式，堆垛机的各种状态与操作步骤均能清楚地显示出来，即使初次使用也能操作自如。今后，智能化操作盘将成为更多自动仓库系统供应商的优先选择。

八、实用化

实用化是指一个物流系统的配置，在满足使用条件之下，应选择简单、经济、可靠的物流装备，也就是在构筑这样的物流系统时，要善于运用现有的各种物流装备，组成非常实用的简单的系统，这种简单以满足需要为原则，不一定非要自动化程度越高越好。根据不同客户的需要，生产一些方便好用，维护操作容易，运行成本低，具有优越的耐久性、无故障和良好的经济效益，以及较高的安全性、可靠性和环保性的物流装备，也是一个发展趋势。

九、绿色化

绿色化就是要达到环保要求。随着全球自然环境的恶化和人们环保意识的增强，对物流装备提出了更高的环保要求，有些企业在选用物流装备时会优先考虑对环境污染小的绿色产品或节能产品。因此，物流装备供应商也开始关注环保问题，采取有效措施达到环保要求。如尽可能选用环保型材料；有效利用能源，注意解决设备排污问题，尽可能将排污量减少到最低水平；采用新的装置与合理的设计，降低装备的振动、噪声与能源消耗量等。更多的企业已经通过或正在抓紧进行 ISO14000 认证，借此保证所提供产品的"绿色"特性。

总之，客户需求与科技进步将推动物流技术与装备不断向前发展。物流装备供应商应随时关注市场需求的变化，采用更加先进的技术，提供客户满意的产品与服务，提高物流装备整体发展水平。

📃 学习测试

1. 常见的物流装备有哪些？
2. 现代物流装备应如何选择，选择时考虑哪些因素？
3. 不定项选择：
(1) 用于搬运、升降、装卸和短距离输送物料的机械装备是（　　）。
A. 运输装备　　　　B. 仓储装备　　　　C. 装卸搬运装备　　　　D. 流通加工装备
(2) 重要的装备和大型装备多采用的修理方法是（　　）。

A. 定期修理法 　　B. 检查后修理法 　C. 故障修理法 　　　　D. 全面修理法

4. 判断：

（1）仓储装备是物流系统中使用频率最高、使用效率最高的一类机械装备。 　　（　　）

（2）运输装备是以连续的方式沿着一定的线路从装货点到卸货点均匀输送散装货物和成件包装货物的机械装备。 　　　　　　　　　　　　　　　　　　　　　　（　　）

实训项目

一、实训任务

1. 认识实训室中的物流装备及其在物流系统中的作用和技术特点。

2. 按功能进行物流装备的分类，写出分类标准，编制实训室中的物流装备分类表。

二、实训目的及训练要点

1. 了解物流装备的定义和分类。

2. 熟悉仓储装备的布局及用途。

3. 掌握物流系统中搬运装备的种类及选择依据。

三、实训设备、仪器、工具及资料

计算机、投影仪、物流装备工作的录像、实训室内所有物流装备。

四、实训内容及步骤

1. 现场认识实训室内现有装备，了解它们的性能参数和使用条件。

2. 在实训室观看企业物流系统运作流程的录像，熟悉各种装备实际运作模式。

3. 熟悉整个装备的布局及连接方式。

4. 在实训室互联网上查找各种物流装备与技术的性能指标，了解其发展趋势和应用情况。

5. 撰写实训报告。

五、实训操作与规范

1. 有组织地进行活动。

2. 注意保持现场秩序，听从现场指挥，注意操作安全。

第二章 运输装备与技术

运输是整个物流活动的核心和基础，在运输过程中，运输装备起着重要的作用。运输装备是指在运输线路上或具有相似性能的几何体上，用于装卸货物并使它们发生水平位移的各种装备。按运行方式不同，运输装备可以分为公路运输装备、铁路运输装备、水路运输装备、航空运输装备和管道运输装备。

学习任务一 公路运输装备

知识目标：了解汽车的定义和分类，掌握物流专用运输车辆的特点和汽车产品型号编码规则。

能力目标：能够根据功能要求正确区别物流企业货运车辆类型及其类别代号。

学习方法：本任务为实践技能学习，组织学生到货运市场实地调研参观学习。

一》 汽车的定义和分类

我国于 2001 年制定了汽车和挂车类型的术语和定义标准（GB/T 3730.1—2001），此标准依据国际标准（ISO3833）制定，与国际通行标准衔接。标准对汽车的定义为：由动力驱动，具有四个或四个以上车轮的非轨道承载的车辆，主要用于：载运人员和（或）货物；牵引载运人员和（或）货物的车辆以及特殊用途。公路运输装备主要是运输车辆，公路上所使用的运输车辆主要是汽车。汽车主要分为轿车、客车、载货汽车和专用运输车辆。在物流运输中，物流企业用到的主要是专用运输车辆和载货汽车。

（一）专用运输车辆

专用运输车辆主要包括货厢封闭的标准挂车或货车，即厢式车；带有液压卸车机构的自卸式货车；带有进、卸粮口的散粮车；顶部敞开的敞车、平板车；没有顶部和侧箱板的挂车；罐式货车；冷藏车；能够增大车厢容积的栏板式货车；设计独特具有特殊用途的特种车如集装箱牵引车和半挂车。

1. 厢式车

厢式车由于结构简单、运输利用率高、适应性强，所以是物流领域应用前景最广泛的货车，如图 2—1 所示。厢式车的主要特点是车厢是全封闭的，车门便于装卸作业，能够实现"门到门"运输。封闭式的车厢不仅可以使货物免受风吹日晒和雨淋，还可以防止货物的散失，减少货损，提高运输质量。小型厢式车通常兼有滑动式侧门和后开门，便于装卸物品，而且小巧灵便，可以把物品直接送到收货地。小型厢式车适用于运送距离较短、批量较小、对作业时间要求高的物品，尤其是在运送各种家用电器、纺织品等轻工业产品时，小型厢式车是物流公司的理想选择。总的来说，厢式车的载货容积大，货厢密封性能好。随着车厢自重的降低（箱体材料趋向于轻质合金化），厢式车在货运市场上的地位日益增高。

厢式车可以分为以下四类：

（1）普通厢式货车。普通厢式货车是在普通货车的基础上，将货厢封闭，具有防尘、防雨、防盗、清洁卫生的特点，通常用于没有温度要求的运输，如电子产品、家用电器、服装、商业服务、银行运输及贵重商品的运输等。

（2）厢式保温车。厢式保温车是运输低温物品的专用车辆，具有防尘、防雨、防盗、隔热的特点，广泛应用于卫生、化工、科研、食品等行业，是肉类、海鲜、蛋类、瓜果蔬菜、冷饮、食品、医药等保质运输的理想工具。

（3）厢式冷藏车。在厢式保温车的基础上增加了制冷设备，用于运输生鲜食品。

（4）厢式邮政车。在厢式货车的基础上增加了邮政车特有部件，不仅防尘、防雨、防盗、清洁卫生，还设有通风换气装置，适用于邮政行业的运输。

2. 自卸式货车

自卸式货车是通过液压或机械举升而自行卸载货物的车辆，又称翻斗车，如图 2—2 所示。这种货车动力大，通过能力强，可以自动后翻或侧翻，物品可以凭借本身的重力自行卸下。一般用于矿山和建筑工地以及煤和矿石的运输。

图 2—1 厢式车

图 2—2 自卸式货车

3. 散粮车

散粮车的专用性很强，供承运粮食使用。

4. 敞车

因为顶部敞开，敞车可以装载高低不平的货物。

5. 平板车

平板车主要用于运输钢材和集装箱等货物，如图 2—3 所示。

6. 罐式货车

罐式货车具有密封性强的特点，适用于运输液体物品（如石油）及易挥发、易燃等危险品，如图2—4所示。

图2—3　平板车

图2—4　罐式货车

7. 冷藏车

冷藏车主要用于运送需冷藏保鲜的易腐、易变质的物品及鲜活物品，如图2—5所示。

8. 栏板式货车

栏板式货车的特点是整车重心低，载重量适中，主要用于装载百货和杂品，如图2—6所示。

图2—5　冷藏车

图2—6　栏板式货车

9. 集装箱牵引车和半挂车

集装箱牵引车专门用于拖带集装箱挂车或半挂车，两者结合组成车组，是长距离运输集装箱的专用机械，主要用于港口码头、铁路货场与集装箱堆场之间的运输。集装箱挂车按拖挂方式不同，分为半挂车和全挂车两种，其中半挂车最为常用。集装箱牵引车和集装箱半挂车如图2—7和图2—8所示。

图2—7　集装箱牵引车

图2—8　集装箱半挂车

（二）载货汽车

载货汽车是指用于运载各种货物，驾驶室内可以容纳 2～6 个乘员的汽车。载货汽车按载重量分为重型、轻型载货汽车；按汽车的大小分为大型、中性、微型载货汽车。进行室内的集货、配货可以用微型和轻型载货汽车；长距离的干线运输可以用重型载货汽车；短距离的室外运输可以用中型载货汽车。

二》汽车的产品型号编码规则

我国汽车的产品型号由企业名称代号、车辆类别代号、主参数代号、产品序号、企业自定代号（也可以没有）组成，排列顺序如图 2—9 所示。

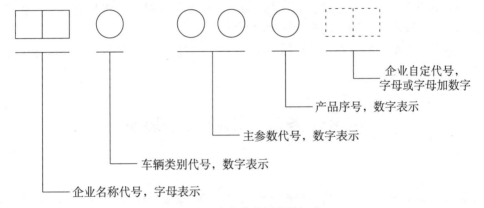

图 2—9　汽车产品型号的组成

车辆类别代号和主参数代号的数字含义，见表 2—1。

表 2—1　　　　　　　　车辆类别代号和主参数代号的数字含义

车辆类别代号	车辆种类	主参数代号数字含义
1	载货汽车	数字表示以吨位为单位的汽车的总质量
2	越野汽车	
3	自卸汽车	
4	牵引汽车	
5	专用汽车	
6	客车	数字×0.1m 表示汽车总长度
7	轿车	数字×0.1L 表示汽车发动机工作容积
8	（暂空）	（暂空）
9	半挂车及专用半挂车	数字表示以吨位为单位的汽车的总质量

例如：我国第一汽车集团公司的企业名称代号为 CA，型号 CA1092 表示第一汽车集团公司生产的总质量为 9t 的载货汽车，产品序号 2 表示是在原车型 CA1091 的基础上改进的新车型。

此外，对于专用汽车，在产品序号后还有专用汽车分类代号，分为三格。第一格为类型代号：X 代表厢式汽车；G 代表罐式汽车；C 代表仓栅式汽车；T 代表特种结构汽车等。第二、三格为表示其用途的两个汉字的第一个拼音字母。

三》汽车的主要性能指标

汽车的主要性能指标包括：动力性、燃油经济性、制动性、操纵稳定性、行驶平稳性、通过性、最小转弯半径等，同时还要了解以下参数：

（1）载重量：载货车辆以最大的装载重量表示。

（2）比功率：发动机额定功率（kW）/厂定最大总质量（t）。

（3）最高车速：额定载重状态下，水平路面上，变速器为最高挡，节气门全开时，车辆稳定行驶的最高速度。

（4）燃油消耗量：额定载重状态下，单位行驶距离消耗的燃油量（L/100km）。

（5）制动距离：额定载重状态下，汽车以一定速度行驶时，实施紧急制动，从踩制动踏板开始到完全停车为止测得的车辆行驶的距离。

除上述主要性能和参数外，汽车的质量参数和几何参数与公路等级以及所通过的桥梁承载能力密切相关。

学习任务二　水路运输装备

知识目标：了解港口的种类和船舶的组成和设备，掌握各种货船的特点及使用范围。

能力目标：能够分析港口、码头布局，正确识别港口设备与设施；能够根据货物的特点，合理选择货船类型并安排运输业务。

学习方法：本任务是实践技能学习，组织学生到港口、码头实地调研参观学习。

水路运输是指利用船舶进行货物运输，是交通运输的重要组成部分，具有运输能力不受限制、载重量大、成本低廉、节省能源等优点。我国具有漫长的海岸线和众多的江河、湖泊，沿海、沿江拥有许多终年不冻的优良港口，充分利用海洋、江湖资源，大力发展水运是我国交通运输发展的重要方针。水路运输可以分为海洋运输和江河运输两大类，其基础设施是港口和巷道，运输装备是船舶和装卸机械。

江河运输是一种古老的运输方式，随着科学技术的进步，江河运输技术也得到了改进。从早期的单船运输，发展到拖带运输，直至目前推进效率高、操作灵活的顶推运输方式。现代化载驳船的出现，又使江河运输与海洋运输紧密衔接，融为一体，减少了中间环节，加速了货船周转，降低了运输成本。

海洋运输包括远洋运输、近洋运输和沿海运输。远洋运输和近洋运输都是利用船舶在国际港口之间进行货物运输，因此具有国际性。世界上国际贸易的货物有2/3以上是通过远洋运输和近洋运输的，因此，远洋运输和近洋运输是国际贸易运输的主要方式。沿海运输则是利用船舶在国内海港之间进行货物运输，是沿海城市间大宗货物运输的重要工具。

一 》 港口

国际航运业务是在港口之间进行的，了解和认识港口是从事国际航运业务的基本条件之一。

（一）港口的定义

港口是位于沿海、内湖或河口的水陆运输转运的场所，一方面为船舶服务，另一方面为陆运工具服务，是贸易的集散地，海运的起点和终点。港口必须有安全停泊船舶的海面，称为港湾；还有可供船舶泊靠，旅客上、下船，货物装卸储转，船舶修理，油水供应，航行标识等设备。世界各个发达国家都非常重视港口的建设和管理，促进对外贸易。我国有长达 18 000km 的大陆海岸线，对外贸易主要依靠海洋运输，发展港口对我国的经济发展具有非常重要的作用。

一个优良港口应具备：进、出口航道多而宽阔，港面宽大、水足够深、无风浪、锚地优良且不淤塞、潮汐差小、不封冻、气候良好；腹地经济发达、交通畅通；码头库场充足、装卸工人素质高且数量多、装卸设备完善；航标完备，燃料、淡水物料供应充足且价格低，修、造船厂优良；物价及港口费用低，进出口手续简便等。

（二）港口的种类

1. 按使用目的分类

（1）商港。仅供商船出入，为贸易商务和客货运输服务的港口，如汉堡、纽约、神户、上海、大连等港口。

（2）产业港。为工厂企业设立的港口，输入多为原材料，输出多为产品，如八幡港（输入废铁、矿砂、煤炭，输出则为钢铁制品）、秦皇岛煤码头、大连鲇鱼湾油港、美国诺福克煤港、菲律宾的木材输出港均属此类。

（3）军港。专供停泊海军舰艇，训练海军和修理军舰的港口，如我国的旅顺港、日本的横须贺港。

（4）渔港。专供渔船出海作业和回航停泊、鱼货储转、油水补充和渔船修理等的港口，如八半子港、南非开普敦港。

（5）避风港。海湾天然形成具有躲避巨大风浪的条件，专供航路上的船舶避难用，无商业价值，如琉球的奄美大岛和日本九州六连岛。

（6）多用途港。兼有两种以上功能和用途的港口，如大连港、高雄港。

2. 按国家贸易政策分类

（1）国际贸易港。国际贸易港是政府指定对外开放的航运贸易港，有外交关系国家的船舶可自由进出；无外交关系国家的船舶，经批准也可通行。进出该港须经港监、海关、边防、商检、卫检办理有关手续。我国实行对外开放政策，大部分的港口都是国际贸易港。

（2）国内贸易港。国内贸易港专供本国商船出入，外轮原则上不得驶入。但有的国家允许外轮去装货，必须先到附近的国际贸易港办妥手续后才可驶入，如去日本下松港装货，必须先到德山港办理相关手续。

（3）自由港。港内自由装船和卸船，不用缴纳关税，如中国香港、新加坡、中国澳门、桑坦德、斯德哥尔摩港等。有的国家港口开辟部分港区为自由贸易区，在区内不设海关，如我国的保税区、意大利的那不勒斯港、德国的汉堡港等。

（三）港口的设施

港口应配备各种设施，以便于船舶作业，主要有以下几种。

1. 水面设施

（1）航道：供船舶通行的水道，有一定宽度和深度，并配有航标以便安全航行。

（2）锚地：供船舶抛锚停泊之处，可分为外锚地、内锚地及其他特殊用途地，如检疫锚地、危险品锚地、驳船锚地等。

（3）泊位：有足够深的水，使船舶安全泊靠并能从事货物装卸的场所。

（4）防波堤：防止风浪和海流，使港内水面平静。

2. 码头设施

供船舶靠泊，装卸货物，旅客上、下的设施，包括岸壁、护舷木、系船桩以及灯、电话、起重装备等。码头设施中还包括一个特别重要的系船浮筒，系船浮筒装有系环，下装锚定系统，供船舶装卸、转驳之用。

3. 交通设施

交通设施包括集装箱牵引车、底盘车、拖车等。

4. 导航设施

（1）航道标志：立标、发光标、灯塔、航道浮标等。

（2）信号设备：信号台、海岸边信号、夜间信号等。

（3）照明设备：照明灯、导航灯、船灯。

（4）港务通信：海岸电台、无线电通话。

5. 装卸设施

装卸设施包括岸壁集装箱装卸桥、门座起重机、轮胎起重机、浮式起重机、驳船、港内运送货物的无动力船等。

6. 库场设施

（1）码头库：码头第一线仓库，供临时存放货物。

（2）仓库：储藏货物的建筑场所。

（3）特殊仓库：存放特殊货物的仓库。

（4）露天堆场：卸船后或装船前临时存放货物的露天场地，以方便整理和办理报送手续。

除了上述设施外，港口还有给油、给水、救生、消防及船舶修理设施等。

二》 货船

货船是运输货物的船舶的统称，一般不载旅客，若附载旅客，也不能超过 12 人。因为根据《国际海上生命安全公约》规定，凡载客 12 人以上的船舶均需按客船规范要求来建造与配置设备及人员。根据所运输货物的种类不同，货船可分为以下几种。

（一）杂货船

杂货船是以运输各种包装、桶装以及成箱、成捆等零、批件货为主要业务的货船。杂货船具有 2~3 层全通甲板，根据船的大小设有 3~6 个货舱，每个货舱的甲板上有舱口及吊杆或吊车用来装卸货物，底部常采用双层底结构以保证船舶的安全。货舱大多在船的中后部，将船中部方正的船体设置为货舱，有利于装货、理货和清货。杂货船又分为普通型杂货船与多用途杂货船，其中多用途杂货船既可装杂货，又可装散货、集装箱，甚至滚装货。普通杂货船如图 2—10 所示。

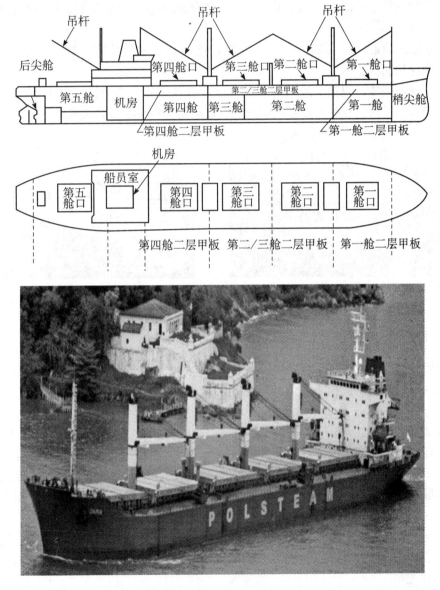

图 2—10 普通杂货船

(二) 散货船

散货船是指专门用于运输粉末状、颗粒状、块状等非包装类大宗货物（如谷物、矿砂、煤炭及水泥等）的船舶，如图 2—11 所示。散货船具有载重量大、运价低等特点，在目前各类船舶的总吨位中居第二位，约为 1.5 亿吨。一般散货船载重量为（2.5～6）万吨，也有 15 万吨的巨轮。普通散货船一般为单甲板、尾机型、货舱截面呈八角形、舱室的分隔要求不高，一般不设装卸货设备。

散货船根据功能分为以下几种：

（1）专用散货船：即专门用于某种货物运输的散货船，如运煤船、散粮船、矿砂船、散装水泥船等。

（2）兼用散货船：即在装运散货的同时，还能装运其他特定货物，如车辆散货船、矿—散—油兼用船等。

（3）特种散装船：包括大舱口散货船（舱口宽度为船宽的 70%，装有装卸货设备）、自卸散货船（通过所装载的自卸系统实现卸货自动化）和浅吃水肥大型船等。

图 2—11　散货船

(三) 液货船

液货船是专门用于运输液态货物的船舶，如油船、液化气船和液体化学品船等。由于液体货物的理化性质差别很大，因此运送不同液体货物的船舶，其构造与特性均有很大差别。

1. 油船

油船是专门用于运载散装石油及成品油的液货船，一般分为原油船和成品油船两种，如图 2—12 所示。油船一般为只有单层甲板的尾机型船，油船货舱为双层、纵舱壁和双层壳的结构形式。油船没有大货舱口，只有油气膨胀舱口，并设有水密舱口盖，依靠油泵和输油管进行装卸。甲板上有大量的与泵连接的输油管道，并设有贯通全船的步桥，供船员通行。油船在所有船舶中是吨位最大的，目前全世界油船总吨数已达 3.7 亿吨，单船最大吨位达 70 万吨。油轮航行速度一般在 12～16n mile/h（1n mile＝1 852m）之间。

2. 液化气船

将气体冷却压缩成液体，可大大减小它的体积，装载在船内便于运输，这种专用船即为液化气船，如图 2—13 所示。液化气船分为液化石油气（LPG）船、液化天然气（LNG）船和液化化学气（LCG）船。采用常温加压方式运输的液化气体，装载于固定在船上的球形或圆筒形的耐压容器中；采用冷冻方式运输的液化气体，装入耐低温的特种钢材制成的薄膜式或球式容器内，外面包有绝热材料，并装有冷冻系统。加压方式适用于小型船舶，载重量在 4 000t 以上的船舶以冷冻方式运输较多。此外，还有一种低温低压式液化气船，又称半冷冻式液化气船，它是采用在一定压力下使气体冷却液化。

图 2—12　油船

图 2—13　液化天然气船

3. 液体化学品船

液体化学品船是专门运输各种液体化学品，如醚、苯、醇、酸等的液货船。由于液体化学品一般都具有易燃、易挥发、腐蚀性强等特性，有的还有剧毒，所以对船舶的防火、防爆、防毒、防泄漏、防腐蚀等方面有较高的要求，除双层底外，货舱区均为双层壳结构，货舱有通风系统和温度控制系统，根据需要还设有惰性气体保护系统。货舱区与机舱、住舱及淡水舱之间均由隔离舱分隔开来。根据所运输货物的危险程度，液体化学品船分为Ⅰ级、Ⅱ级、Ⅲ级。Ⅰ级船专用于运输危险性较大的化学品，要求船舶的双重舷侧所形成的边舱宽度不小于船宽的 1/5；Ⅱ级船专用于运输危险性略小的化学品，边舱宽度小于Ⅰ级船；Ⅲ级船用于运输危险性较小的化学品，其构造与油船相似。一般化学品船舱室小而数量多，备有泵及管道等装卸设备。

（四）集装箱船

集装箱船是运输规格统一的标准集装箱的货船，如图 2—14 所示。集装箱船在船型与结构方面与常规杂货船有明显的不同，其外形瘦长，通常设置单层甲板，设有巨大的货舱口，上甲板平直，货舱内部和甲板上均可装载集装箱。绝大多数的集装箱船上不设置装卸设备，因而需停靠专用集装箱码头，通过岸上专用起重机、集装箱装卸桥进行装卸。集装箱船按装箱数（即标箱 TEU）多少分为第一代、第二代、第三代等，装箱数分别为 1 000TEU、2 000TEU 及 3 000TEU，现已发展到第六代集装箱船，装箱数为 6 000TEU 以上。集装箱船的平均航速约 20n mile，最高可达 33n mile。集装箱船具有装卸效率高、经济效益好等优点，因而得到迅速发展。

（五）冷藏船

冷藏船是专门运输易腐货物如鱼、肉、水果、青菜等的船舶，如图 2—15 所示。它通过特有的制冷和隔热系统，使货物保持在一定的低温条件下，保证货物送达目的地时仍能保持一定的新鲜度。冷藏船舱口尺寸较小，设有多层甲板，间舱高度较小，船壳多漆成白色，以反射日晒辐射。除航行动力及装卸主副机外，还装有冷冻机、送风机、抽风机等，利用二氧化碳或氨、氟等冷媒剂制造冷气，经管道送入货舱四壁的蛇形管内，或经通风口用送风机吹入使舱内温度降低并保持规定温度，同时用抽风机换气，使舱内空气保持新鲜。根据不同货种，冷藏船的温度可在 $-25℃\sim15℃$ 之间调节。冷藏船的吨位较小，航速较高，一般在 20n mile/h 以上。

图2—14　集装箱船

图2—15　冷藏船

（六）滚装船

滚装船（roll on and roll off ship，Ro-Ro Ship）类似于汽车与火车的渡船，它将载货的车辆连货带车（或带轮托盘、半挂车）一起装船，到港后一起开出船外。滚装船改变船舶垂直方向装卸为水平方向装卸，从而借助于车辆进行滚上滚下装卸。滚装船具有多层甲板，主甲板下通常是贯通的无横舱壁的甲板间舱，甲板间舱高度较大，适用于装车；首尾设有跳板，供车辆上下船用；船内有斜坡道或升降机，便于车辆在多层甲板间舱中行驶；主甲板以下两舷设双层船壳；机舱位于尾部，多采用封闭式；从侧面看，水上部分很高，没有舷窗。滚装船装卸速度高，可达普通货船的 10 倍，适宜装载特大、特重、特长货物，便于实现"门到门"运输。但滚装船的舱容效率较低，通常为 30%～40%，空船较重并且为调整稳定性须加压载，造价较高。

（七）驳船、推船与拖船

驳船常指靠拖船或推船带动且为单层甲板的平底船，是内河运输货物的主要运载工具，驳船上一般没有装卸设备。有的驳船自己有动力装置称为自航驳。驳船往往用于转驳那些由于吃水等原因不便进港靠泊的大型货船的货物，或组成驳船队运输货物。推船是用来顶推驳船或驳船队的机动船，具有强大的功率并且操纵性能良好。而拖船是专门用于拖拽其他船舶、船队、木排或浮动建筑物的工具，是一种多用途的工作船，与推船一样具有强大的功率和较高的操纵性。

(八) 载驳船

载驳船又称子母船，如图 2—16 所示，是用一大型机动母船运载一大批同型驳船的船，驳船内能装各种货物或标准尺寸的集装箱。母船到锚地时，驳船队从母船卸到水中，由拖船或推船将驳船带走；母船则再装载另一批驳船后即可开航。驳船的装卸方式有三种：一是利用尾部门式起重机；二是利用尾部驳船升降平台；三是利用浮船坞原理装卸。载驳船载重量为 35 000～45 000t，航速可达 25n mile/h，单层甲板，舱口宽大并有驳船格装置，可装四层驳船，共可装 70～100 艘驳船。目前主要有"拉希"型载驳船、"西比"型载驳船、"巴卡特"型载驳船和"巴可"型载驳船，各有特点，适应不同的水域。载驳船的优点是可缩短停港时间，不受港口水深限制，不受码头拥挤影响，能实现江海联运或直达运输；其缺点是造价高，经济效益较差。

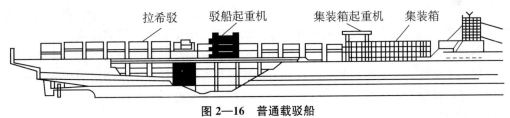

拉希驳　驳船起重机　　　集装箱起重机　集装箱

图 2—16 普通载驳船

(九) 多用途船

多用途船是可以运输杂件货、散货、集装箱、大件货和滚装货的船舶，是 20 世纪 60 年代发展起来的。大多数多用途船设置两层甲板，机舱在尾部，船宽比普通货船大，船深以装运集装箱所需层数确定，吃水多在 9.5m 以下，符合世界大多数港口的要求，一般设置舷边舱作压载舱，航速多在 16～18n mile/h。多用途船适宜在不定期航线及班轮航线运输非适箱货和部分集装箱，很有发展前途。

三》 船舶的组成和设备

(一) 船舶的组成

船舶被强力甲板划分成船舶主体和上层建筑两部分。

1. 船舶主体

船舶主体是船体的主要部分，通常是指强力甲板（主甲板）以下的船体。船体内部空间，沿船深方向由甲板来划分，沿船长及船宽方向则分别由横舱壁及纵舱壁来划分，由此形成船舶的各个舱室。

海船的舱室可分为船员舱室、工作舱室和营业舱室三大类。船员舱室包括卧室、卫生间、餐厅、会议室等，船员舱室一般布置在干舷甲板以上；工作舱室包括驾驶室、海图室、无线电报室、灭火器间、机炉舱、车间、锚链舱、压载舱、给养储备间、隔离舱和其他工作舱等；营业舱室包括货舱和客舱。

2. 上层建筑

在主甲板以上的各种围蔽建筑，统称为上层建筑。如果上层建筑两侧延伸至船的两舷或至舷边的距离小于船宽的 4%，则称为船楼。位于船首、船中、船尾的船楼，分别称为艏楼、桥楼和艉楼，船楼以外的上层建筑，称为甲板室。

(二) 船舶的设备

船舶为了从事正常的运营，除安装推进主机外，还必须装备其他设备。对于一般运输船舶来说，其主要设备包括舵设备、锚设备、系泊设备、起货设备、救生设备等。

1. 舵设备

舵设备是用于控制船舶方向的装置。它主要由舵、舵机、传动装置及操纵装置等部分组成。驾驶人员操纵舵轮、手柄或由自动舵发出信号，通过传动装置带动舵机，由舵机带动舵的转动来控制船舶方向，使船舶保持航向或回转。舵的设计原则是使舵产生的转船力矩最大，而转舵所需要的力矩最小。通常舵装在船舶螺旋桨后，远离船舶转动中心，使舵产生转船力矩的力臂最大；而且使螺旋桨排出的水流作用于舵上，增加舵效。

舵通常按以下两种方法分类：一是按舵面积在舵杆轴线两侧的分布，分为平衡舵、不平衡舵和半平衡舵；二是按照截面形状分为平板舵与流线型舵，流线型舵因舵效高而被广泛采用。舵的数量对单螺旋桨船而言为一个，对双螺旋桨船而言为两个。

2. 锚设备

锚设备是船舶锚泊时所用装置和机构的总称，由锚、锚链、锚链制动装置、锚机和锚链舵等组成。锚利用它在海底的抓力（一般为锚重的 4～5 倍）以及锚链与海底表面的摩擦力来制动船舶，主要用于船舶在海上锚地固定船位，同时也可作为协助船舶制动、控制船身和掉头的辅助手段，常见的锚分为挡锚、无挡锚及大抓力锚。商船常用的锚为无挡锚中的霍尔锚，一般在船舶左右各布置一只锚，称为主锚。较大船舶还有备锚和装在尾部的艉锚。锚链用于连接锚与船体，当锚链在海底时，也可增加固定船舶的拉力，它由链环、卸扣、旋转链环和连接环组成。锚链的大小以链环的截面直径表示，锚链的长度以节为单位，每节为 27.5m，一般左右舷锚链各为 12 节。锚机主要用于收锚或缓慢放锚，目前商船上采用卧式锚机。

3. 系泊设备

系泊是船舶的主要停泊方式，系泊设备就是用分布在舷侧的缆绳将船舶固定于码头、浮筒、船坞或邻船用的设备，主要包括系缆索、带缆桩、导缆器、绞缆机、卷缆车和系缆机械。较先进的船上卷缆车本身有动力，用于收绞缆绳。缆绳有尼龙缆、钢丝绳与棕绳，目前用得最多的是尼龙缆。常用的带缆桩如图 2—17 所示。

4. 起货设备

起货设备是船舶自备的、用于装卸货物的装置和机械，主要包括吊杆、起重吊车和其他装卸机械（如液货用输送泵与管道，散货用传送带或抓斗）。吊杆或起重吊车由吊杆、

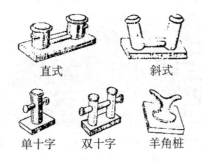

直式　　　斜式

单十字　双十字　羊角桩

图 2—17　带缆桩示意图

起重柱（或桅）、起货机、钢丝绳、滑车、吊钩等组成。吊杆负荷一般不超过 10t，重吊杆负荷最大几百吨；起重吊车则是将起货设备与起货机械合为一体。目前船上一般使用的是单臂起重吊车，通常布置在船舶艉线上，也有全部设置在船舷一侧的，负荷小的为几十吨，大的可达 500t。

5. 救生设备

救生设备是装在船上供船舶失事时船上人员自救和营救落水人员的设备。常用的救生设备有救生艇、救生筏、救生圈和救生衣等。此外，船舶还配备消防和堵漏设备等以保证船舶安全航行。

学习任务三　铁路运输装备

知识目标：了解三种铁路机车的特点，掌握铁路车辆的类型及标记内容。

能力目标：能够根据货物的不同类别正确选用铁路车辆。

学习方法：本任务为实践技能学习，组织学生到铁路货运站实地调研参观学习。

一》铁路机车

铁路运输装备主要包括铁路机车和铁路车辆。由于铁路车辆大都不具备动力装置，列车的运行需机车牵引或推送，因此，铁路机车是铁路运输的基本动力。铁路上使用的机车种类很多，按照机车原动力，可分为蒸汽机车、内燃机车和电力机车三种，如图 2—18 所示。

（一）蒸汽机车

蒸汽机车是以蒸汽为原动力的机车，其优点是结构比较简单，制造成本低，使用年限长，驾驶和维修技术比较容易掌握，对燃料的要求不高。蒸汽机车的缺点：一是热效率太低，一般只有 5%～9%，使机车的功率和速度进一步提高受到了限制；二是煤水的消耗量大，沿线需要设置许多供煤和给水设施；三是在运输中产生的大量煤烟污染环境；四是机车乘务员的劳动条件差。因此，在现代铁路运输中，随着铁路运量的增加和行车速度的提高，蒸汽机车已经不适应现代运输的要求。一些发达的资本主义国家已经在 20 世纪五六十年代

(a)蒸汽机车　　　　　　(b)内燃机车

(c)电力机车

图 2—18　机车类型

就停止生产蒸汽机车，并于 20 世纪六七十年代停止使用这种机车。我国于 1989 年停止生产蒸汽机车，并采取自然过渡的办法，在牵引动力改革中逐步对蒸汽机车予以淘汰。

（二）内燃机车

内燃机车是以内燃机为原动力的机车。与蒸汽机车相比，它的热效率高，一般为 20%～30%。内燃机车加足一次燃料后，持续工作时间长，机车利用效率高，特别适合在缺水或水质不良的地区运行，便于多机牵引，乘务员的劳动条件较好。但内燃机车缺点是构造复杂，制造、维修和运营费用都较大，对环境有污染。

（三）电力机车

电力机车是从铁路沿线的接触网获取电能产生牵引动力的机车，所以电力机车是非自带能源的机车。电力机车的热效率比蒸汽机车高一倍以上，并且起动快、速度高、善于爬坡，可以制成大功率机车，运输能力大、运营费用低。电力机车不用水，不污染空气，劳动条件好，运行中噪声也小，便于多机牵引。但电气化铁路需要建设一套完整的供电系统，在基建投资上要比内燃机车大得多。

从世界各国铁路牵引动力的发展来看，电力机车被公认为最有发展前途的一种机车。

根据铁道部铁道统计，2009 年我国铁路机车拥有量达到 18 922 台，内燃机车拥有量 11 788 台，占机车拥有量的 62.3%；电力机车拥有量 7 001 台，占机车拥有量的 37.0%；蒸汽机车拥有量 132 台，占机车拥有量的 0.7%。

二》 铁路车辆

（一）车辆

铁路车辆是运送旅客和货物的工具，它本身没有动力装置，需要把车辆连挂在一起由机车牵引，才能在线路上行驶。铁路车辆可分为客车和货车两大类。

铁路货车的种类很多，截至 2009 年年底，我国拥有各类货车 603 082 辆，其中载重 60t 及以上的货车已达到货车总数的 80% 以上。铁路货车按不同的划分标准可以分为如下几类：

1. 按照用途/车型分类

铁路货车按用途/车型可分为通用货车和专用货车两大类。

（1）通用货车。通用货车又可分为棚车、敞车和平车三类，如图 2—19 所示。

1）棚车。棚车车体由端墙、侧墙、棚顶、地板、门窗等部分组成，用于运送比较贵重的和怕潮湿的货物。

2）敞车。敞车仅有端墙、侧墙和地板，主要运送不怕湿损的散装或包装货物，必要时也可以加盖篷布运送怕潮湿的货物。所以，敞车是一种通用性较大的货车，灵活性较大。

3）平车。大部分平车车体只有一平底板，还有一小部分平车装有很低的侧墙和端墙，并且能够翻倒，适合于运送重量、体积或长度较大的货物。也有将车体做成下弯的凹底平车或一部分不装地板的落下孔车，供装运特殊长、大、重型货物，因而也称作长大货物车。

（a）棚车

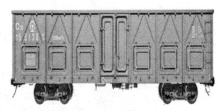
（b）敞车

（c）平车

图 2—19 通用货车

（2）专用货车。专用货车是专供运送某些指定种类货物的车辆，如图 2—20 所示。

1）保温车。车体与棚车相似，但其墙板由两层壁板构成，壁板间用绝缘材料填充，以减少外界气温的影响。目前我国多用成列或成组使用的机械保温车，车内装有制冷设备，可自动控制车内温度。保温车主要用于运送新鲜蔬菜、鱼、肉等易腐货物。

2）罐车。车体为圆筒形，车体上设有装卸口。为保证液体货物运送时的安全，还设有空气包和安全阀等设备。罐车主要用来运送液化石油气、汽油、盐酸、酒精等液态货物及散装水泥等。

3）家畜车。家畜车主要是运送活家禽、家畜等的专用车。车内有给水、饲料的储存装置，还有押运人乘坐的设施。

此外，专用货车还有煤车（见图2—21）、矿石车、矿砂车等。

（a）保温车

（b）罐车

（c）家畜车

图2—20 专用货车

图2—21 煤车

2. 按载重量分类

我国的铁路货车可分为20t以下、25～40t、50t、60t、65t、75t、90t等不同类型的车辆。为适应我国货物运量大的客观需要，有利于多装快运和降低货运成本，我国目前以制造载重量60t的货车为主。

3. 按轴数分类

铁路货车按轴数分类，可分为四轴车、六轴车和多轴车等，我国铁路以四轴车为主。

4. 按制作材料分类

（1）钢骨车：车底架及梁柱等主要受力部分用钢材，其他部分用木材制成，因而自重轻、成本低。

（2）全钢车：坚固耐用、检修费用低，适合于高速运行。低合金耐候钢材，更能满足重载、高速的要求。

此外，还有用铝合金、玻璃钢等材料制作的货车。

（二）车辆标记

为了表示车辆的类型及特征，便于使用和运行管理，在每一辆铁路车辆车体外侧都应有规定的标记，如图 2—22 所示。一般常见的标记主要有：

图 2—22　铁路车辆标记

（1）路徽。凡铁道部所属车辆均有人民铁道的路徽。

（2）车号。车号是识别车辆的最基本的标记。车号包括型号及号码，型号又有基本型号和辅助型号两种。号码编在车辆的型号之后。

基本型号代表车辆种类，用汉语拼音字母表示。辅助型号表示车辆的构造形式，它由阿拉伯数字和汉语拼音组合而成。例如 P64A，表示结构为 64A 型的棚车。车号是按车种和载重分别依次编号，例如 P62A3319324。

车辆车种、代码、车号范围见表 2—2。

表 2—2　　　　　　　　　　　　　车辆车种、代码、车号范围表

客车				货车			
序号	车种	代码	车号范围	序号	车种	代码	车号范围
1	软座车	RZ	10 000～19 999	1	棚车	P	3 000 000～3 499 999
2	硬座车	YZ	20 000～49 999	2	敞车	C	4 000 000～4 899 999
3	软卧车	RW	50 000～59 999	3	平车	N	5 000 000～5 099 999
4	硬卧车	YW	60 000～89 999	4	集装箱车	X	5 200 000～5 249 999
5	餐车	CA	90 000～94 999	5	罐车	G	6 000 000～6 309 999
6	行李车	XL	3 000～6 999	6	保温车	B	7 000 000～7 231 999
7	邮政车	YZ	7 000～9 999	7	特种车	T	8 065 000～8 074 999
8	代用座车	ZP		8	长大货物车	D	5 600 000～5 699 999
9	硬座双座客车	YZS		9	自备车		0 000 001～0 999 999

（3）配属标记。对固定配属的车辆，应标上所属铁路局和车辆段的简称，如京局京段表示北京铁路局北京车辆段的配属车。

（4）载重。载重表示车辆允许的最大装载重量，以吨（t）为单位。

（5）自重。自重表示车辆本身的重量，以吨（t）为单位。

（6）容积。容积即货车（平车除外）可供装载货物的容量，以立方米（m³）为单位。

（7）车辆全长及换长。车辆全长指车辆两端钩舌内侧的距离，以米（m）为单位。在实际工作中，习惯上用车辆的换长表示。换长是将车辆的长度换算成车辆的辆数，即用全长除以 11 所得的数，用公式表示为：

$$换长 = 车辆全长/11$$

（8）特殊标记。根据货车的构造及设备情况，在车辆上还附上各种特殊标记。如：MC 表示可以用于国际联运的货车；人表示具有车窗、床托，可用于运送人员的棚车；古表示具有拴马环或其他拴马装置的货车，可以运送马匹。

学习任务四　航空运输装备

知识目标：掌握航空器的定义，了解常见航空器的类型及航空港的组成。

能力目标：能够正确识别各种航空运输装备，并能根据物流业务选定航线。

学习方法：本任务为理论学习，学生分组在教室与机房由理论指导教师组织学习。

航空运输是交通运输体系的一个重要组成部分。航空运输促进了全球经济、文化的交流和发展，由于航空运输突出的高速直达性，在整个交通运输体系中具有特殊的地位，并拥有很大的发展潜力。航空运输与其他运输方式分工协作、相辅相成，共同满足社会对运输的各种需求。航空运输是指利用航空器及航空港进行人员、行李、货物和邮件运输的一种方式。航空运输装备体系主要包括航空器、航空港、空中交通管理系统和飞行航线四个部分。这四个部分有机地结合，在空中交通管理系统的协调和管理下，分工协作，共同完成航空运输的各项业务活动。

一》航空器

航空器是指飞机、飞艇、气球及其他任何借助于空气的反作用力，得以飞行于大气中的物体，组成如图 2—23 所示。航空运输中提到的航空器主要是指飞机，常见的飞机有螺旋桨式飞机、喷气式飞机和超声速飞机，如图 2—24 所示。

螺旋桨式飞机利用螺旋桨的转动将空气向机后推动，借其反作用力推动飞机前进，所以螺旋桨转速越高，飞行速度越快。但当螺旋桨转速高到某一程度时，会出现"空气阻碍"（air barrier）的现象，即螺旋桨四周已成真空状态，再加速螺旋桨，飞机的速度也无法提升。

喷气式飞机最早由德国人在 20 世纪 40 年代研制成功，工作原理是将空气多次压缩后喷入飞机燃烧室内，使空气与燃料混合燃烧后产生大量气体以推动涡轮，然后以高速度将

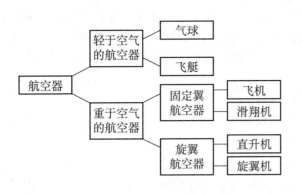

图 2—23　航空器组成图　　　　图 2—24　常见的飞机

空气排出机外，借其反作用力使飞机前进。它的结构简单，制造、维修方便，速度快，节约燃料费用，装载量大，使用率高（每天可飞行 16h），所以目前已经成为世界各国机群的主要机种。

　　超声速飞机是指航行速度超过声速的飞机。目前超声速飞机由于耗油大、载客少、造价昂贵、使用率低，令许多航空公司望而却步，又由于它的噪声很大，被许多国家的机场以环境保护的理由拒之门外或者被限制在一定的时间起降，由于上述原因限制了它的发展。

　　按照用途的不同，飞机也可分为客机、全货机和客货混合机。客机主要运送旅客，一般行李装在飞机的深舱。由于到目前为止，航空运输仍以客运为主，客运航班密度高、收益大，所以大多数航空公司都采用客机运送货物。不足的是，由于舱位少，每次运送的货物数量十分有限。全货机运量大，可以弥补客机的不足，但经营成本高，只限在某些货源充足的航线使用。客货混合机可以同时在主甲板运送旅客和货物，并根据需要调整运输安排，是最具灵活性的一种机型。

二》航空港

　　航空港为航空运输的经停点，又称航空站或机场，是供飞机起飞、着陆、停驻、维护、补充给养及组织飞行活动的场所（见图 2—25）。它是民航运输网络中的节点，是航空运输的起点、终点和经停点，机场可实现运输方式的转换，是空中运输和地面运输的转接点。近年来随着航空港功能的多样化，港内除了配有装卸客货的设施外，一般还配有商务中心、娱乐中心、货物集散中心，满足往来旅客的需要，同时带动周边地区的生产、消费。

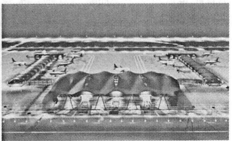

图 2—25　航空港俯瞰图

　　航空港按照所处的位置分干线航空港和支线航空港。按照业务范围分国际航空港和国内航空港，其中国际航空港需经政府核准，可以用来供国际航线的航空器起降营运，航空港内配有海关、移民、检疫和卫生机构。而国内航空港仅供国内航线的航空器使用，除特殊情况外不对外国航空器开放。

　　通常来讲，航空港内配有以下设施：

　　(1) 跑道与滑行道：前者供航空器起降，后者是航空器在跑道与停机坪之间出入的通道。

　　(2) 停机坪：供飞机停留的场所。

　　(3) 指挥塔或管制塔：为航空器进出航空港的指挥中心，其位置应有利于指挥与航空管制，维护飞行安全。

　　(4) 助航系统：是为辅助安全飞行的设施，包括通信、气象、雷达、电子及目视助航设备。

　　(5) 输油系统：为航空器补充油料。

　　(6) 维护修理基地：为航空器归航以后或起飞以前做例行检查、维护、保养和修理。

　　(7) 货栈。

　　(8) 其他各种公共设施：包括给水、给电、通信交通、消防系统等。

三 》 空中交通管理系统

　　空中交通管理系统在民用航空运输中发挥着重要作用。它的主要目的是：使航空器按计划飞行，使保障工作有条不紊；维护飞行秩序，合理控制空中交通流量，防止航空器之间、航空器与障碍物之间相撞，保证飞行安全；对违反飞行管制的现象，查明情况，进行处理。

(一) 空中交通管制

　　1. 程序管制

　　程序管制是依照空中交通管制规则、机场和航路的有关规定，依靠通信手段进行管制的方法。它要求机长报告飞行中的位置和状态，管制员依据飞行时间和机长的报告，通过精确的计算，掌握飞机的位置和航迹。程序管制的主要职责是为飞机配备安全间隔。

　　2. 雷达管制

　　雷达管制是依照空中交通管制规则，依靠雷达监视的手段进行管制的方法。它对飞行中的飞机进行雷达跟踪监视，随时掌握飞机的航迹位置和有关的飞行数据，并主动引导飞机运行。

(二) 空域管理

　　为了在广阔的空间对航空运输飞行的飞机提供及时、有效的管制服务，飞行情报服务和告警服务，防止飞机空中相撞和与地面障碍物相撞，保证飞行安全，促使空中交通有秩序地运行，必须进行空域管理。空域管理的主要内容包括空域划分与空域规划。

1. 空域划分

空域划分包括飞行高度层规定和各种空中交通服务区域的划分。规定不同的飞行高度层是为了防止飞机在飞行中相撞，因此，要根据飞机的飞行方向、气象条件和不同的飞机性能，规定不同的飞行高度层。

按照统一管制和分区负责相结合的原则，我国将全国空域划分为若干飞行情报区和飞行管制区，并建立相应的机构，对在该区域内的民用航空飞机提供空中交通服务并要求飞机沿规定的路线在规定的区域内飞行。飞行情报区和管制区内划定了飞行的航路、航线、空中走廊和机场区域。对一些禁止飞行和在规定时间与高度范围内禁止飞行的区域，划定了空中禁航区、限制区和危险区。

（1）飞行情报区：为飞行提供情报服务和告警服务而划定的范围。

（2）飞行管制区：对飞行提供空中交通管制服务而划定的范围。我国民航飞行管制区分为区域管制区和机场管制区。

（3）空中禁航区：是指在一个国家的陆地或领海上空，禁止航空器飞行的划定空域，分为永久性禁航区和临时性禁航区。

（4）限制区：是指在一个国家的陆地或领海上空，根据某些规定的条件，限制航空器飞行的划定空域，如炮射区、靶场等。

（5）危险区：是指在某些规定的时间内存在对飞行有危险活动的空域。

我国的空中交通管制区划分为9个飞行情报区、28个高空管制区、37个低空管制区、141个塔台管制区。

2. 空域规划

空域规划是指对某一给定空域（通常为终端区），通过对未来空中交通容量需求的预测，根据空中交通流量的流向、大小与分布，对其按高度方向和区域范围进行设计和规划，并加以实施和修正的全过程。其目的是增大空中交通容量，理顺空中交通流量，有效地利用空域资源，减轻空中交通管制员工作负荷，提高飞行安全水平。

（三）空中交通流量管理

空中交通流量管理是指当空中交通流量接近或达到空中交通管制能力时，适时地进行调控，保证空中交通通畅，尽可能提高机场、空域可用容量的利用率。

随着国际民航运输业的快速发展，空中交通流量增长较快，出现了世界范围内机场、空域和航线的拥挤现象。这种拥挤不仅导致飞行冲突的频繁发生，而且还形成了空中交通网络的"瓶颈"。为此，利用先进、科学的流量管理方法，建立流量管理中心，对空中交通流量进行协调、控制和管理，可以大大提高空域利用率，减轻管制员负担，提高飞行安全水平。

四 》 飞行航线

飞行航线是航空运输的线路，是由空管部门设定飞机从一个机场飞抵另一个机场的通道。民航运输企业在获得航空运输业务经营许可证之后，可以在允许的一系列站点（即城市）范围内提供航空客货邮运输服务。由这些站点形成的航空运输路线，称为航线。

航线由飞行的起点、经停点、终点、航路、机型等要素组成。它是航空运输承运人经营运输业务的地理范围，是航空公司的客货运输市场，也是航空公司赖以生存的必要条件。

民用航空运输航线按照其结构，可以分为城市对式和中心枢纽式两类。按照飞行的地区范围，航线可以分为国内航线、国际航线和地区航线。

与航线相关的概念如下：

（1）航路（air way）：经政府批准的，飞机能够在地面通信导航设施指挥下沿一定高度、宽度和方向在空中作航载飞行的空域。我国民用航路的宽度规定为20km。

（2）航线（air route）：站点之间形成的航空运输路线。

（3）航段：通常分为旅客航段（segment）（简称航段）和飞行航段（leg）（常称为航节）。旅客航段指能够构成旅客航程的航段，例如，北京—上海—旧金山航线，旅客航程有3种可能：北京—上海、上海—旧金山和北京—旧金山。飞行航段是指航班飞机实际飞经的航段，例如，北京—上海—旧金山航线，飞行航段为北京—上海和上海—旧金山。

（4）航班（flight）：按照民航管理当局批准的民航运输飞行班期时刻表，使用指定的航空器、沿规定的航线在指定的起点、经停点停靠的客货邮运输飞行服务。航班通常用航班号来标识具体的飞行班次，由字母和数字组成。我国的民航飞行航班号一般采用两个字母的航空公司代码加4位数字组成，例如航班号CA1482，CA代表中国国际航空公司；1为该航空公司所在民航地区管理局的代码；4为此航班飞抵的终点站所在民航地区管理局的代码；82为具体航班号（单数表示去程航班，双数表示回程航班）。

学习任务五　管道运输装备

知识目标： 掌握管理运输装备的组成，了解管理运输装备的管理。

能力目标： 能够分析管道运输原理，正确识别各种管道运输装备。

学习方法： 本任务为理论学习，学生分组在教室由理论指导教师组织学习。

一》 管道运输装备的组成

在管道运输中，管道是主要载体，此外，还必须配备相应的动力、计量、加工、处理、辅助设备等，下面介绍油料和天然气运输管道装备的主要组成。

（一）油品管道运输装备

不论是输送轻油还是重油，输油管道系统均由首站输油站、中间输油站、中间加热站、末站输油站以及管道线路等设施组成，主要装备如下所述。

1. 输油管

输油管分原油管和成品油管两种，是输送油料的介质。

2. 油罐

设置在首站输油站、末站输油站中,用于油品存储。在首站输油站中,油罐对来自油田、海运、炼油厂等地的油品进行临时存储,等待用泵抽取,输送到中下游输油站。在末站输油站中,油罐对管道来油进行转运,等待用其他运输方式送走,油罐容量的大小要根据转运周期、一次运量、运输条件及管道输送量等综合考虑。输送单一油品的首、末站油罐的容量一般不小于 3 天的管道最大输送量。

3. 泵机组

输油泵和带动它的原动机,以及相应的连接装置或变速装置组成泵机组,提供输油所需的压力,是泵站的核心装备。选择泵机组应满足工艺要求,同时排量、压力、功率及所能输送的液体与预定输送任务相适应。输油站若干台机组的总排量应等于或略大于规定的输油量,一般每站的机组数以 4 台为宜,其中 3 台工作,1 台备用。

输油泵类型较多,常采用往复泵和离心泵,其性能各异。往复泵具有排除液体压头在一定范围内不受限、泵排量与排压无关、起动前无须灌泵等优点,适合输送高黏度液体,但存在运转振动大、结构复杂、易磨损、不便维修、体积大等缺点。离心泵则具有工作振动小、结构简单、便于维修等优点,适合输送大排量、低黏度液体,但存在排压有最高值限制、起动前须灌泵等缺点。

原动机分电动机、柴油机、燃气轮机等类型。其中电动机具有价廉、轻便、体积小、维护方便、工作平稳、便于自动控制、防爆性能好等优点,是驱动输油泵最多的原动机,可采用同步或异步电动机。电动机也存在缺点,如需配备输配电系统、可靠性依赖供电可靠性等,因此在缺乏电源或供电困难的地区,可选用柴油机或燃气轮机来驱动输油泵。

4. 阀门组

阀门组的作用是应用各种阀门对输送路径、压力、流量、平稳性等进行调节和控制。

5. 清管器收发装置

清管即在输油前清除遗留在管内的机械杂质等堆积物,在输油过程中清除管内壁上的石蜡、油脂等凝聚物和盐类的沉积物等,以保证输油管能长期在高输送量下安全运行。清管器有刷形、皮碗刮刀形、球形等。清管器收发装置通过收发清管器实现对输油管的清理,同时收发装置在多油品输送中,也用来发送分隔两种油品的隔离球。

6. 计量装备

计量装备主要由流量计、过滤器、温度及压力测量仪表、标定装置和通向污油系统的排污管五部分组成。其中,以流量计和标定装置最为关键。流量计是监视输油管运行的中枢,可根据流量计调整全线的最佳运行状态,校正输油压力和流速,发现泄漏。成品油输油管上,计算隔离球的位置,油品的切换、进罐或隔离球的准时投放等操作,都是根据流量计的监视和辅以局部控制仪表的探测来进行的。流量计应根据所输送液体的性质(黏度、温度、透明度等)、流速及流量的变化、计量的要求(精度、瞬时流量、累计流量)和仪表的安装环境条件来选择。常用的是各种容积式流量计和涡轮流量计,标定装置有单向回球型标定装置、U 形管三球式标定装置等。

7. 加热装置

在输送含蜡多、黏度大、燃点高的原油时需要通过加热装置进行加热输送。加热装置有加热炉、换热器等。利用加热炉直接加热,设备简单、费用低、应用较普遍,但热效率只有 70%，原油在炉管内直接加热存在结焦的可能，一旦断流，易造成事故。换热器加热，可利用不怕高温、不结焦的中间热载体进行，加热效率可达 85%，对含水含盐较多的原油特别适合，虽然设备和投资增加了，但从根本上消除了炉管结垢带来的不安全因素。

8. 辅助装备

为了保证泵机组的正常运行，输油站内还要有一系列辅助装备。柴油机往复泵机组的辅助装备包括柴油供应装备、润滑油供应装备、冷却水装备、压缩空气供应装备、废热利用装备等。电动机离心泵机组的辅助装备包括电动机和离心泵的轴润滑装备、冷却水装备等。

（二）天然气管道运输装备

天然气管道输送的流程是天然气从气田的各井口装置采出后，经由矿场集气网汇集到集气站，再由各集气站输往天然气处理厂进行净化后，送入长距离输气管道，送往城市和工矿企业的配气站，在配气站上经过除尘、调压、计量和添味后，由配气管网送给用户。长距离输气管道由首站输气站、中间输气站和终点储气库组成，输气站起着为天然气加压、净化、混合、计量、压力调节和清管器等作用。输气管道系统主要由以下装备组成：

1. 输气管

输气管分为矿场输气管、干线输气管和城市输气管三大类型。矿场输气管用于将天然气井场采集的气体送往天然气处理厂。干线输气管是长距离供气用的动力系统的重要组成部分，其管径为 720mm、820mm、1 020mm 和 1 420mm 等几种规格，长度规格有 1 000km、2 000km 和 2 000km 以上，干线输气管的全部管段与输气站互有联系，个别管段或个别站的工况的变化将影响全部输气管系统。城市输气管是构成城市配气网的输气管，分为输气干线和配气管线。

2. 压缩机组

压缩机及与之配套的原动机统称为压缩机组。压缩机组是干线输气管道的主要工艺设备，同时也是压气站的核心部分，其功能是提高进入压气站的气体的压力，从而使管道沿线各管段的流量满足相应的任务输量的要求。

压缩机分往复式压缩机和离心式压缩机两种类型。往复式压缩机是利用活塞在气缸中的往复运动及与之协调配合的吸入阀和排除阀的开启与关闭来实现气体压缩。根据气缸端部的结构，往复式压缩机可分为单作用式和双作用式压缩机两种类型；根据所包含的气缸数量，又有单缸与多缸之分，在多缸压缩机中的多个气缸可以是并联的，也可以是串联的。往复式压缩机具有出口排量小、压比高、效率高、适应性强等特点。离心式压缩机是利用高速旋转的叶轮使叶轮出口的气流达到很高流速，然后在扩压室将高速气体的动能转化为压力能，从而实现气体压缩。根据气体在同一台压缩机中经历的压缩级数，离心式压缩机分为单级和多级两类。离心式压缩机具有排量大、体积小、运行可靠、噪声小、润滑油用量少、转速高、排气均匀的优点，但存在稳定工作工况区范围窄、运行效率低的缺点。

原动机主要包括燃气轮机、燃气发动机、电动机和蒸汽轮机四种类型。燃气轮机和蒸汽轮机的原理都是将气体工质转化为输出功，其中燃气轮机的工质是由其本身的燃烧室产生的燃气，而蒸汽轮机的工质是由外界提供的水蒸气或其他物质的蒸汽，燃气轮机的效率低。燃气发动机属于内燃机，其基本原理类似于汽油机，只是燃料改为天然气而已，燃气发动机输出功率受大气气压和气温的影响较大。电动机具有结构紧凑、规格齐全、操作简便、运行平稳、易于操作、效率高、可靠性强等特点。

干线输气管道常采用燃气轮机—离心式压缩机组和燃气发动机—往复式压缩机组两种组合，特别是大功率机组基本都是燃气轮机—离心式压缩机组。往复式压缩机组主要适用于中、小流量而压比较高的场合，如气田集输管网、地下储气库的地面注气系统等。在压气站距离公用电网较近且电价便宜的情况下，可考虑采用电动机作为压缩机的原动机。

3. 燃气计量仪表

燃气可以用它的标准体积、质量或能量值（热值）来度量，据此可将燃气计量方法分为体积流量计量、质量流量计量和能量流量计量三种。根据计量过程的机理，体积流量计分为差压式流量计、容积式流量计和速度式流量计三大类，其中容积式属于直接测量式，而差压式和速度式都属于间接测量式。容积式流量计主要有膜式流量计、隔板式流量计、腰轮流量计、转动叶片流量计和湿式流量计等几种；速度式流量计主要有涡轮流量计、超声波流量计、涡街流量计等几种。燃气能量流量计主要有燃烧热值表和气相色谱仪，前者为直接测量式，后者为间接测量式。利用气相色谱仪可以测定燃气的组成，而根据燃气中各组分的比例及每种组分的发热值就可以计算出燃气的发热值。

我国天然气行业和城市燃气行业普遍采用体积流量计，使用最多的气体流量计是标准孔板节流装置差压式流量计和膜式流量计，前者主要用于大流量计量，后者主要用于民用燃气用户。在新建的输气干线上开始采用超声波流量计。

4. 储气装备

储气装备包括储气罐和地下储气管束。储气罐通常为建在地面上的钢罐，根据储气压力的高低，储气罐分为低压罐和高压罐，而低压罐又分为湿式与干式两种。低压储气罐又叫气柜，其储气压力恒定，一般为（1～4）kPa，最高不超过 6kPa。气柜的储气空间是可变的，因而可通过储气空间的容积变化改变储气量。高压储气罐的储气压力一般在（0.8～2）MPa 的范围内，其储气空间是固定的，可通过储气压力的变化改变储气量，大型高压储气罐一般为球罐。除了气柜和高压储罐外，还有一种特殊的储存天然气的高压容器——地下储气管束，其储气压力可以达到干线输气压力或更高的水平。一般来说，高压储气罐比气柜经济，地下储气管束比高压储气罐经济，而干线管道末段储气又比地下储气管束经济。

5. 辅助装备

辅助装备通常包括压缩机组的能源装备、气缸冷却装备、密封油装备、润滑油装备、润滑油冷却装备以及整个压气站的仪表监控装备、通信装备、给排水装备、通风装备、消防装备、放空装备等。

二 》 管道运输装备的管理

（一）管道防腐

尽管管道运输装备具有便于管理、运行安全的特点，但其输送管道大多深埋于地下，受到细菌、土壤、杂散电流的腐蚀等威胁，据统计有 28% 的管道泄漏事故都是由于腐蚀穿孔所造成的。因此应根据具体情况，采取以下防腐措施：

（1）选用耐蚀材料，如聚氯乙烯管、含铅和含钛的合金钢管等。

（2）采用内、外壁防腐层，将钢管与腐蚀介质隔离。现在国内外常采用熔结环氧粉末、煤焦油磁漆、二层聚乙烯结构、三层二层聚乙烯结构作为防腐层。

（3）埋地管线的阴极保护。通常有两种方法，一种是给埋地管线施加外电流以抑制其原来存在的腐蚀电流；另一种是在待保护的金属管线上连接一种电位更负的金属材料，形成一个新的腐蚀电池，通过牺牲这一金属材料的腐蚀来保护管线。

（4）杂散电流腐蚀的保护。根据判断管道杂散电流强度的大小（我国规定管道上任意点的管地电位较自然电位正向偏移大于 $100mV$，或管道附近土壤的电位梯度大于 $2.5mV/m$），采取相应保护措施，如采取直流排流保护，即将导线连接管线与电气铁路的回归线，将杂散电流送回。当被干扰的管道上的管地电位正负交变时，可采用极性排流措施，即在回路上加装极性控制设施，使电流只能流回铁轨。当极性排流也不能解决问题时，可采用在连接回路上外加直流电源的强制排流措施，类似于对管道采取阴极保护。

（5）在输送或储存介质中加入缓蚀剂抑制内壁腐蚀。

（6）根据不同情况，对上述几种方法进行组合应用，达到综合防腐的作用，如常采用防腐绝缘层加阴极保护。

（二）管道清洗

为了清除管道运输所产生的各种盐类、杂质、硫化物、细菌等，需要对管道进行清洗、修复，主要方法有：

（1）物理清洗：包括高压水射流清洗、机械法清洗、喷砂清洗、电子跟踪清洗、爆炸法清洗等。

（2）化学清洗：即向管道内投入含有化学试剂的清洗液，与污垢进行化学反应，然后用水或蒸汽吹洗干净，多用于金属管道、不锈钢管道。为了防止在化学清洗中损坏金属管道的基底材料以及提高清洗后的防锈能力，常需要在酸洗液里加入缓蚀剂、钝化剂等。

（3）物理和化学结合清洗。将物理方法和化学方法进行结合，开发出多种实用的复合清洗方法，实现两种方法的取长补短、相辅相成，能够达到很好的清洗效果。

（三）管道运输装备的风险管理

管道虽然是一种最安全的运输装备，但一旦发生事故，其后果是灾难性的。因此必须加强对管道运输装备的管理，进行有效防范。国际上将风险管理技术应用于管道运输装备的运行管理中。所谓风险管理就是综合考虑事故（失效）的损失和控制事故发生所花费的费用，以达到在可接受的风险的情况下，采取最经济有效的措施控制风险的一种管理方法。风险管理包括风险评估、风险控制和风险管理的功能检测三个环节。

在风险评估中，由第三方损坏、腐蚀、设计因素和误操作四大指标构成管道基本风险评估体系，每一指标又可分为若干个指标。如设计因素指标中包括管线安全因素、系统安全因素、管材疲劳事故、潜在水击影响、系统静态水压实验、土壤移动危害等指标。在进行具体评估时，采用一个"打分系统"来半定量地评价失效事故的可能性和失效后果的严重程度。每一类失效赋予的总分是 100，对其中的每个指标，则根据该失效因素的可能性大小和对管道破坏的影响程度规定一个分数范围。评估某条具体管道时，评估者首先要根据具体情况将管道分成若干段来分别评估，对每段管道计算出其失效指标的总分，最终算出每条管道总的失效可能性。在衡量失效后果的严重性时，按管输产品的性质及其泄漏时对周围环境的扩散和渗透的危害程度来计算。

管道运输装备的风险控制则是根据风险评估的结果，对各段管道进行排序，找出最危险的管段。对该管段的各个失效指标排序，并列出相应的预防措施及其所需的费用，比较提高同样"风险分值"所需的费用，择其优者。

为了实现管道风险管理，可建立管道风险管理的功能检测框架，要求各管道公司以此为依据检验其风险管理的有效性，定期向政府和公众说明其风险管理计划的执行情况，接受政府、公众等组成的管道风险评估机构监督和检查，保证管道运输装备的运行风险控制在最低程度。

【知识与能力拓展】

运输装备的发展趋势

物流是社会经济发展的产物，必然随着社会经济的发展而具备新的特征、出现新的样式、发挥新的作用，目前，运输装备主要具有以下发展趋势。

一、功能的综合化

随着现代物流的发展，以客户为中心的"门到门"服务将成为运输的主要方式，因此集多种运输方式于一身的运输装备将逐渐成为关注的重点。如日本运输省、建设省、通产省等政府部门与鹿岛建设、住友重工等民间大公司组成的"海中列车构想研究委员会"，提出了海中列车的发展思路，即利用超导磁悬浮技术为动力，沿着设置在陆上、海中轨道上行走的水陆两用列车，它是连接陆地与海洋之间全新的 21 世纪的交通运输系统。列车是带有"背鳍"、"尾鳍"的流线型结构，在控制列车浮力状态下沿轨道在 10～50m 水深内，以 60～70km/h 的速度运行。1990 年 6 月在日本九州大学工学院电气工学系一般电气强电实验室设置的水槽中，首次在世界上成功地实现了超导磁悬浮模型列车的水中悬浮运行。又如各国争先开发的地效翼船，既可贴近水面高速航行，又能在水上浮航，航行速度比常规船舶快数倍至数十倍，运输周期短，在同等油耗下，航程可比飞机远一倍以上，具有很好的发展前景。

二、技术的信息化

信息技术的发展为运输装备性能的改善提供了很好的途径，卫星通信、RF、GPS、GIS 等技术使现代运输装备具有信息化和智能化特征，运输装备的操作变得更加简单和安全。如在管道运输装备中，采用了计算机监控与数据采集系统，实现了站场无人值守、全线集中控制。又如采用 GPS 车辆监控调度系统的车辆，可以与监控中心保持实时联系，定时检测整个装备的运行状态，对出现的故障及时向中心报警，进行遥控处理等，同时还能利用电子地图分析沿线的道路情况和车流大小，并能提供优化路线等。

三、规模的大型化

为了实现规模经济，运输装备将向大型化发展，包括铁路货运的重载化，水路运输的大吨位化，管道运输的大口径化等，如出现了载重量达 71 500t 的超重货运列车，载重量达 56.3 万吨的巨型油轮，载重量达 6 790 标准箱（TEU）的集装箱轮，载客量在 1 000 人以上的客机也正在研制之中。只要技术许可，在经济效益的驱动下，大型化运输装备将成为未来国际远程运输的首选。

四、速度的极限化

运输速度的提高一直是各种运输装备的努力方向，这种提高正向极限突破。如法国在1990年已创造了515.3km高速列车时速，日本1998年试验时速也提高到539km，我国2009年武广铁路时速达到394km/h。飞翔船的时速达到了160km以上，双声速民用飞机也在研制中。可以预见，未来运输装备在速度上还将会有许多突破。

五、应用的专门化

所谓应用的专门化是指根据不同的运输对象，开发专业化的运输装备。如集装箱船、集装箱拖车、集装箱平车、液化气船、罐车、散货船、冷藏车等专用运输装备将会随着应用对象的发展得到普及，并会根据新的运输对象，不断开发出新的专门运输装备。

六、种类的新型化

公路、铁路、水路、航空以及管道运输装备作为传统运输工具继续发挥作用，同时还将出现许多新型运输装备，它们将成为未来不可或缺的运输力量，如在太空运输中，除了航天飞机、太空飞船，科学家们提出了太空电梯的设想。根据设想，这种电梯由电磁能驱动，时速可达几千公里，电磁能驱动技术目前已在日本和欧洲的高速列车上得到应用。美国专家认为这是地球向太空运输人和物最经济的装备，目前航天飞机运送每千克物品需要2万美元的成本，而太空电梯一旦建成，可以将运送每千克物品的成本降到10美元。又如美国正在研制的货运飞艇，其工作原理与传统软式飞艇相同，但有坚硬的外壳，内部充满空气，体型巨大，中空可容纳大量货物，也被看好是未来空中货运的理想选择。

七、环境的保护化

在现代物流的经营中，在考虑企业自身效益的同时，还要考虑到社会效益，只有这样才能在待续发展中获得永久效益，这就要求运输装备的发展必须考虑环境保护。因此，未来环保型运输装备将赢得人们的青睐，电动汽车、天然气汽车、双燃料汽车等将成为汽车工业发展的一个重要的方向。作为对环境破坏较少的一种运输装备，铁路将得到人们的重新认识和关注，铁路提速、牵引动力现代化改造等将使铁路运输装备进入一个空前发展的时期。

📃 学习测试

1. 我国汽车产品型号是如何表示的？请举例说明？
2. 货船主要有哪些类型？各用于何种货物运输？
3. 不定项选择：

(1) 我国汽车的产品型号由（　　）组成。

A. 企业名称代号　　　B. 车辆类别代号　　　C. 主参数代号　　　D. 产品序号

(2) 铁路上使用的机车种类很多，按照原动力不同，可分为（　　）。

A. 蒸汽机车　　　B. 内燃机车　　　C. 柴油机车　　　D. 电力机车

(3) 常见的飞机有（　　）。

A. 螺旋桨式飞机　　　B. 喷气式飞机　　　C. 超声速飞机　　　D. 军用飞机

(4) 下列属于船舶设备的是（　　）。

A. 舵设备　　　　　B. 锚设备　　　　C. 系泊设备　　　　D. 起货设备

E. 救生设备　　　　F. 码头

（5）管道运输装备管理主要包括（　　）。

A. 管道防腐　　　　　　　　　　　B. 管道清洗

C. 管道修理　　　　　　　　　　　D. 管道风险管理

案例分析

近年来，现代物流客、货运输车辆更新步伐进一步加快，各地高档客车、重型专用卡车市场出现供不应求的局面，各类物流运输企业投入运营的重型专用卡车、高档客车增量大幅度提升。

据业界人士分析，大型物流运输企业的车辆更新将在未来两三年内全面完成，这意味着公路物流运输车辆开始进入高档化、重型化时代。车辆更新已经成为大型运输企业竞争的重点环节。

据了解，全国重点客运线路的车辆更新势头迅猛，一些城际客运线路车辆更新投资均以千万元计，一些客运干线运输车辆相继实现高档化。业界人士认为，货运车辆重型化、专用化是大势所趋，车辆更新的快慢将在未来五年内决定物流运输企业的生死存亡。

重型化运输利润巨大

目前传统的货运配载市场的个体车辆经营显现出前所未有的困境，市场货源减少、利润降低的阴影越来越重。10t 以下的车辆揽货越来越难，货主报价低，赚不到钱，许多车主已经不干了，或是换成 15t 以上的重型卡车。重型卡车生意好，能赚到钱，同时全国公路治超拉开了现代物流车辆重型化、专用化的序幕。

据市场人士介绍，全国统一治理公路超载超限行动引发了车辆更新浪潮。2005 年 6 月治超行动开始后，先是出现部分货车停运，后是运输价格上升，紧接着就出现了购买大型车的热潮。营运客车高档化和货运车辆重型化、专用化是综合因素作用的结果，这种趋势越来越明显。通行费征收政策的变化进一步刺激了车辆更新。2006 年 1 月份，公路车辆通行费征收标准全面下调，普通公路总体通行费水平下降约 10％，载重量 10～15t（含 15t）的货车收费降低 20％，15t 以上的大型、超大型载重货车和集装箱车辆收费平均降幅高达 30％。业界人士反映，治超行动和收费政策调整使小型车辆的利润降低，新的收费政策鼓励现代物流运输车辆向多轴、大型化发展。

重型物流专用车兴旺发展

近年来，我国专用车的生产呈现不断增长的趋势，并且随着社会对专用车的性能、用途的要求越来越高，我国专用车品种也在不断增多。需求的多元化转变使得企业必须形成有自己特色、高效率、专业化、规范化的生产，创建自己的优秀品牌。面对这一市场存在的技术和结构空白，许多有技术和管理实力的企业开始加入专用车生产的大潮中。

物流专用车成市场新宠

随着中国国民经济的飞速发展，物流行业的发展已日渐成熟，而伴随着现代物流的加快以及用于肉类、速冻食品、冷饮、乳制品及鲜果类商品的总产量和运输量的增加，物流专用车已成为我国专用车发展的一个重要方向，现代都市物流运输的快速发展，城市运输用车市场再细分的需求十分迫切，国家每年对城市物流专用车的需求量正在加大，城市物流专用车市场正蕴涵着巨大的商机。

牵引、集装箱汽车畅销

国民经济的高速发展及我国高速公路、高等级公路的快速增长，对运输效率提出了更高的要求，这使得我国公路今后的主导车型——大容积的厢式半挂车将大大增加，相应的半挂牵引车的需求量也将大量增加，大功率、高速公路长距离运输的牵引车将成为市场需求的热点。

尽管目前我国专用车生产还不成熟，但在国家确定城市化进程后，特殊功能的专用车的需求将会越来越多，如市政专用车、环卫专用车、高空作业车、运钞车等。城市化进程不仅会拉动经济发展，也会拉动专用车行业的发展。

资料来源：中国卡车网 http://www.chinatruck.org。

问题： 为什么我国载货汽车市场正朝着"重型化"和"专用化"方向发展？

📓 实训项目

一、实训任务

认识集装箱码头布局设施和各种作业机械。

二、实训目的及训练要点

1. 了解集装箱港口、码头基本情况。

2. 熟悉集装箱码头布局设施和各种作业机械。

3. 掌握集装箱码头装卸工艺和各种作业机械的特点、适用场合。

三、实训设备、仪器、工具及资料

教师平时要多收集集装箱码头布局设施和各种作业机械等资料。

四、实训内容及步骤

1. 现场认识集装箱码头布局设施，画出其布局结构图。

2. 现场认识各种作业机械，了解它们的性能参数和使用条件。

3. 教学过程中利用多媒体设备，以图片形式介绍集装箱码头布局设施和各种作业机械结构特点。

4. 撰写实训报告。

五、实训操作与规范

1. 有组织地进行活动。

2. 注意保持现场秩序，听从现场指挥，注意实地调研、参观实习安全。

第三章　仓储装备与技术

随着现代化仓库的建立，仓库装备与技术也在日益更新，朝着经济、适用、安全可靠、合理、稳定的方面发展。仓库装备与技术在仓储功能中起着非常重要的作用，仓库装备主要包括：货架、计量设备、养护设备、安全设备以及自动化立体仓库。

学习任务一　货架

知识目标：掌握货架的定义、各类货架系统的优缺点，了解货架的分类、结构及功能。

能力目标：能够科学合理选用仓储货架设备。

学习方法：本任务为实践技能学习，学生分组在物流实训室由实训指导教师指导学习。

一》　货架的概念

货架（goods shelf）是指用支架、隔板或托架组成的立体储存货物的设施，如图3—1所示。货架在物流及仓库中占有非常重要的地位，随着现代工业的迅猛发展，物流量大幅度增加，为实现仓库的现代化管理，改善仓库的功能，不仅要求货架数量多，而且要求实现多功能、机械化、自动化。

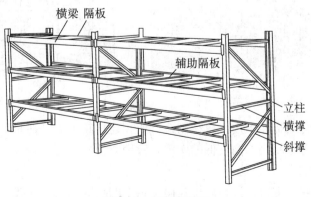

图 3—1　货架结构图

二》 货架的选择

(一) 货架的种类

1. 托盘货架

托盘货架，又称横梁式货架，在国内的仓储货架系统中最为常见。

（1）结构。货架沿仓库的宽度方向分成若干排，其间有一条巷道，供堆垛起重机、叉车或其他搬运机械运行。每排货架沿仓库纵长方向分为若干列，在垂直方向又分成若干层，从而形成大量货格，便于存储货物。托盘货架的总高度通常在 6m 以下，架底撑脚需要装叉车防撞装置，如图 3—2 所示。

（2）特点。每一托盘均能单独存入或移动，不需移动其他托盘，出、入库不受先后顺序的限制；可堆放各种类型的货物，并按货物尺寸要求调整横梁高度；结构简单、安装简易、费用经济；立体存放、库容率较高。

2. 悬臂式货架

悬臂式货架是由在立柱上装设悬臂构成的，悬臂可以是固定的，也可以是移动的。悬臂货架分单面和双面两种，由金属材料制造而成，为了防止损坏所储存材料，常常加上木质衬垫或橡胶衬垫。悬臂货架的尺寸不定，一般根据所放材料的尺寸大小而定。适用于存放长物料、板材、环形物料、管材及不规则的货物。

（1）结构。悬臂式货架具有结构稳定、载重能力好、空间利用率高等特点。悬臂式货架的高度通常都在 2.0m 以内（如由叉车存取货则可高达 5m），悬臂长度在 2.0m 以内，根据承载能力可以分为轻量型、中量型、重量型三种，结构如图 3—3 所示。

图 3—2 托盘货架

图 3—3 悬臂式货架

（2）用途。悬臂式货架多用于机械制造行业和建材超市等，在悬臂上增加钢制或木制的隔板后，特别适合空间小、高度低的库房，管理方便、视野开阔。

3. 重力式货架

重力式货架又叫自重力货架，属于仓储货架中的托盘类存储货架。

（1）结构。重力式货架是依靠货物自重力在货架滑道（滑轨、辊子或滚轮）上滑行，达到在存储深度方向使货物运动的存储系统。滑道坡度呈 3°，所有储位都具有流动性，结构如图 3—4 所示。

（2）特点。

1）货物由高的一端存入，滑至低端，从低端取出。货物在滑动过程中，滑道上设置有阻尼器，控制货物滑行速度保持在安全范围内。滑道出货一端设置有分离器，搬运机械可顺利取出货物。

2）保证货物的先进先出，避免货物的超期存放，符合仓库管理现代化的要求。

3）存储密度高，且具有柔性配合功能。重力式货架能够大规模密集存放货物，减少了通道数量，可有效节约仓库面积，由普通货架改为重力式货架后，仓库面积可节省近 50%。

（3）用途。适用于大量存储和拣选场所，可普遍用于配送中心、商店的拣选配货操作中，也可用于生产线的物料不间断供应线上。

4. 阁楼式货架

（1）结构。阁楼式货架是上下两层或多层堆叠制成阁楼布置的货架，如图 3—5 所示。底层货架不但是保管物料的场所，而且是上层建筑承重梁的支撑，使承重梁的跨度大大减小，建筑费用也大大降低。

（2）特点。采用全组合式结构，专用轻钢楼板，造价低、施工快。根据场地情况和使用需要，阁楼式货架可灵活设计成两层、多层形式，以充分利用空间。

（3）用途。适用于场地有限、品种繁多、数量少的情况（如五金、汽配、电子元件的分类存储），也适用于现有旧仓库的技术改造，配合使用升降机操作，可以大大提高仓库的空间利用率。

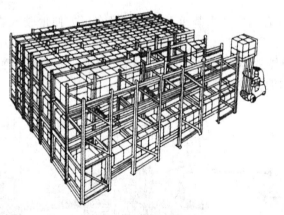

图 3—4 重力式货架

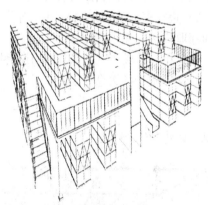

图 3—5 阁楼式货架

5. 移动式货架

（1）结构。移动式货架是一种底部带轮且可整体移动的货架。在货架下面装滚轮，在仓库地坪上装有导轨，通过开启控制装置，货架可通过轮子沿导轨移动，如图 3—6 所示。

（2）特点。每组货架只需一条通道，平时相互依靠，密集排列在一起。存取货物时，通过手动或电力驱动装置使货架沿轨道水平移动，形成作业通道，便于人工或机械存取作业。这样可以大幅度减少通道面积，地面利用率可达80%，而且可直接存放每一种货物，不受先进先出的限制。

用移动式货架，货物存取方便、易于控制、安全性能好。但是，相对来说其机电装置较多，维护较困难。

（3）用途。移动式货架适用于库存品种多、出入库频率较低的仓库，或库存频率较高但可按巷道顺序出入库的仓库。广泛应用于办公室存放文档、图书馆存放档案文献、金融部门存放票据、工厂车间及仓库存放工具和物料等。

图3—6 移动式货架

6. 驶入式货架

驶入式货架又称通廊式货架或贯通式货架。驶入式货架采用托盘存取模式，是一种不以通道分隔，具有较高连续性、整体性的存储货架，结构如图3—7所示。

（1）结构。

1）在支撑导轨上，托盘按深度方向存放，一个紧接着一个，货物存储通道也是叉车储运通道，这使得高密度存储成为可能。

2）货物存取从货架同一侧进出，先存后取，平衡重及前移式叉车可方便地驶入货架中间存取货物，无须占用多条通道。

（2）用途。驶入式货架适用于品种较少但批量大，且对货物拣选要求不高的货物存储。广泛应用于各类仓库及物流中心，冷库中也较为多见。

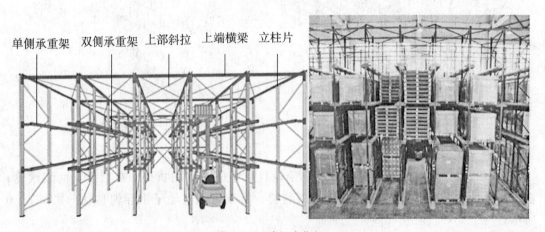

单侧承重架 双侧承重架 上部斜拉 上端横梁 立柱片

图3—7 驶入式货架

7. 旋转式货架

旋转式货架又称回转式货架，属于拣选型货架。与固定货架的不同之处在于使用旋转式货架时，不是取货者走到货架的某个位置取货，而是某个响应货格旋转至取货者处，供取货者挑选。由于此类货架可沿两个直线段和两个曲线段组成的环形轨道运行，因而在存取货物时可以用手动方式旋转货架，也可以通过计算机快速检索和寻找储位，货格以最短的距离自动旋转至拣货点停止。

旋转式货架的货格样式很多，一般有提篮状、盆状、盘状等。货格可以由硬纸板、塑料板制成，也可以是金属架子。透明塑料密封盒适合于储存电子元件等有防尘要求的货物。

这种货架的存储密度大，货架间不设通道，与固定式货架相比，可以节省占地面积30%～50%。由于货架可灵活转动，并且拣货线路简捷，拣货效率高，因此在拣选时不容易出现差错。

根据旋转方式不同，旋转式货架可分为垂直旋转式货架、整体水平旋转式货架、多层水平旋转式货架三种。

（1）垂直旋转式货架。

垂直旋转式货架类似垂直提升机，在提升机的两个分支上悬挂有成排的货格，提升机可以正转，也可以反转。货架的高度2～6m，正面宽2m左右，10～30层，单元货位载重100～400kg，回转速度6m/min左右，结构如图3—8所示。

垂直旋转式货架占地小，存放的品种多（最多可达1 200种）。另外，货架货格的小隔板可以拆除，这样可以灵活地存储各种长度尺寸的货物。在货架的正面及背面均设置拣选台面，可以方便地安排出入库作业。在旋转控制上用编号的开关按键即可以轻松的操作，也可以利用计算机控制操作，形成联动系统，将指令要求的货层经最短的路程送至挑选的位置。

垂直旋转式货架主要适用于多品种、拣选频率高的货物。取消货格，改成支架也可用于成卷的货物，如地毯、纸卷、塑料布等的存取。

（2）整体水平旋转式货架。

整体水平旋转式货架由多排货架连接而成，每排货架又有若干层货格。货架做整体水平式旋转，每旋转一次，便有一排架到达拣货面，可对这一排的各层进行拣货，结构如图3—9所示。

整体水平旋转式货架每排可放置不同包装单位的同种物品，如上部货格放置小包装、下部货格放置大包装，拣选时不再计数，只取一个需要数量的包装即可；也可以一排货架不同货格放置互相配套物品，一次拣选可在一排上将相关物品拣出。

整体水平旋转式货架还可作为小型分货式货架，每排不同货格放置同种货物，旋转到拣选面后，将货物按各用户分货要求拣出，并分放到各用户的指定货位，使拣选、分货结合起来。因此，整体水平旋转货架主要是拣选型，也可看成是拣选、分货一体化的货架。

整体水平旋转式货架旋转时动力消耗大，不太适于拣选频度太高的作业，所放置的货物主要是各种包装单位的货物，货物的种类受货架长度的限制，相对垂直旋转式、水平旋转式少。

整体水平旋转式货架也可制成长度很长的货架，以增大存储容量，但由于动力消耗大，拣选等待时间长，不适于随机拣选，在需要成组拣选或可按顺序拣选时可以采用。这类货架规模越大、长度越长，则其拣选功能便逐渐向分货功能转化，成为小型分货式货架。

（3）多层水平旋转式货架。

多层水平旋转式货架的高度为 2～4m，长度为 10～20m，单元货位载重为 200～250kg，回转速度为 20～30m/min。这种货架各层可以独立旋转，每层都有各自的轨道，用计算机控制时，可以同时执行几个命令，使各层货物从近到远，有序地到达拣选点，拣选效率很高，结构如图 3—10 所示。

此外，这种货架存储货物品种多达 2 000 种以上，主要用于出入库频率高、多品种拣选的配送中心等地。

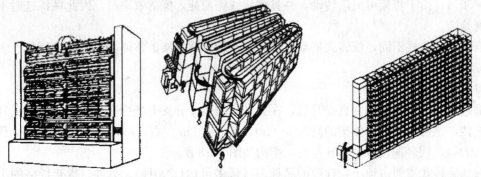

图 3—8　垂直旋转式货架　图 3—9　整体水平旋转式货架　图 3—10　多层水平旋转式货架

（二）选择货架的原则

现代仓库货架的种类多、数量大，占用的资金投入比重也大，因此，选择货架时要慎重，既要满足仓储需要，又要考虑经济条件，还要考虑仓库的发展及设备的寿命。总体而言，应遵循以下原则。

1. 适应性

设备的型号应与仓库的作业量、出入库作业频率相适应。首先应明确仓库的类型、存储商品的性质、数量、储运要求，同时还要考虑仓库的日平均出入库量，配置符合仓库储存商品、储运业务需要的设备，还要注意各个设备之间的配置，以求最大限度地发挥设备的作用。

2. 经济性

仓库设备配置必须从仓库自身的经济条件出发，在满足规模的情况下，以最少的资金投入来配置相对比较全面的设备，实现仓库的最大经济效益。

3. 先进性

随着现代新技术的发展，各类新设备不断出现，这些设备在技术上更先进，性能上更能适应仓储作业的要求，生产能力和效益都显著提高。在配置仓库设备时，要适应现代仓储的需求，尽量配置新技术设备，以提高生产效率。

（三）选择货架时应考虑的因素

1. 物品特征

物品的尺寸大小、外形包装等将会影响储存单位的选用。物品的重量直接影响选用货架的强度。

2. 存取性

一般较高的储存密度是以牺牲物品的存取便利性为代价的。在选用货架的形式时，需对各种因素进行统筹考虑。

3. 出入库量

出入库量高低是选用储放设备形式时应考虑的重点。例如有些货架虽然储存密度高，但出入库量却不高，只适合于低频度的作业。

4. 搬运设备

货架的存取作业是搬运设备完成的，因此，在选用货架时应考虑搬运设备。如货架通道宽度直接影响到堆垛起重机的形式，另外还需考虑起升高度及起升能力。

5. 库房结构

库房的有效高度、梁柱位置会影响货架的配置；地板承重强度、平整度也与货架的设计、安装有关，另外，还要考虑防火和照明设施。

（四）货架系统的优缺点

1. 货架系统的优点

使用货架为仓库运作所带来的好处体现在：

（1）可充分利用仓库空间，提高库容利用率和存储能力。

（2）物品存取方便，便于清点及计量，可做到先进先出。

（3）存放物品互不挤压、损耗小，确保物品的完整性，减少破损。

（4）高货架库房采取防潮、防尘、防盗等措施，提高存储质量。

（5）有利于实现仓库的机械化及自动化管理。

2. 货架系统的缺点

货架系统是物流技术发展的成果，但并不意味着货架系统适用于所有的仓库。货架系统对物流系统有诸多的限制，具体体现在以下几个方面：

（1）货架系统的选择是仓库长期运营战略的一部分，选择货架之后，不能随意更改，否则将给仓库运营、客户结构等形成障碍。

（2）货架系统要有较高的仓储管理水平作保证。特别是物品品种较多，对保质期要求较高的仓库，货架系统必须有较好的 WMS 支持。

（3）货架系统不适用于较重物品的存储，较重物品的垂直运动会消耗较多的能量，对叉车消耗较大。

（4）货架系统对仓库建设标准的要求比平面仓库要高，如照明系统、防火系统等，带来设计难度和建筑成本的增加。

（5）货架系统本身的投资较大，并且需要与价值昂贵的升高叉车相配合。

学习任务二　自动化立体仓库

知识目标：掌握自动化立体仓库的概念、主要设施和设备组成；了解自动化立体仓库的优缺点。

能力目标：学会分析自动化立体仓库的工作原理及构造。

学习方法：本任务为实践技能学习，学生分组在物流实训室学习以及到企业实习基地参观。

一》自动化立体仓库的概念

自动化仓库（automatic warehouse）是指由计算机进行管理和控制，不需人工搬运，而实现收发作业的仓库。自动化仓库已有 50 余年的历史，如今已成为仓库发展的主流。将自动化仓库再扩展可构成自动化仓库系统，即在不直接进行人工处理的情况下能自动地存储和取出物料的系统。立体仓库（stereoscopic warehouse）是指采用高层货架配以货箱或托盘储存货物，用巷道堆垛起重机及其他机械进行作业的仓库。自动化立体仓库兼具上述两者的特点，一般认为，自动化立体仓库是指由高层货架、巷道堆垛起重机（有轨堆垛机）、出入库输送机系统、自动化控制系统、计算机仓库管理系统及其周边设备组成，可对集装单元货物实现自动化保管和计算机管理的仓库，如图 3—11 所示。自动化立体仓库广泛应用于大型生产性企业、柔性自动化生产系统、流通领域的大型流通中心和配送中心等。

图 3—11　自动化立体仓库

二》 自动化立体仓库的优缺点

(一) 优点

1. 高层货架存储

采用高层货架存储使存储区大幅度向高空发展，节省了库存占地面积，提高了空间利用率。自动化立体仓库的单位面积存储量可达 $7.5t/m^2$，是普通仓库的 $5\sim10$ 倍。

采用高层货架存储，并结合计算机管理，容易实现先入先出（first in and first out, FIFO），防止货物的自然老化、生锈、变质和发霉。自动化仓库还有利于防止货物和物料的丢失和损坏。

2. 自动存取

自动化立体仓库使用机械和自动化设备，运行和处理速度快，劳动生产率高，并且可有效地降低操作人员的劳动强度。

自动化立体仓库可以较好地适应黑暗、低温、污染、有毒和易爆等特殊场合的物品存取需要。例如，国内的冷冻物品自动化仓库和存储胶片的自动化仓库，在低温和完全黑暗的环境下，较好地完成了物品的出入库作业。

3. 计算机控制

计算机控制能够有效地减少货物处理和信息处理过程中的差错。利用计算机管理可以合理分配货位，有效地利用仓库存储的能力；便于清点和盘库，加快存储占用资金的周转，节约流动资金。自动化仓库的计算机信息管理系统可以与企业的生产信息系统集成，实现企业信息管理的自动化。

存储信息管理及时准确，便于企业领导随时掌握库存情况，正确及时决策，提高生产应变能力和决策能力。

(二) 缺点

1. 基建和设备投资高

自动化立体仓库结构复杂，配套设备多，货架安装精度要求高，施工周期长，一次性资金投入大。

2. 自动化立体仓库的操作、维护和保养要求高

自动化立体仓库的操作和管理要求高，必须对仓库管理和技术人员经过专门培训才能胜任。自动化立体仓库的高架吊车、自动控制系统等都是先进的技术性设备，维护要求高，系统出现故障时通常需要供应商的技术支援。

3. 作业流程要求严格、弹性小、柔性差、整体配套要求高

自动化立体仓库储存货物的品种受到一定限制，对长、大、笨重货物以及要求特殊保管条件的货物，必须单独设立储存系统。作业流程和工艺要求高，包括建库前的工艺设计和投产使用中按工艺设计进行作业。

弹性较小，难以应付储存高峰的需求。流通作业在实际运作时，常常会有淡旺季或高低峰以及顾客紧急的需求，而自动化设备数目固定，运行速度可调整范围不大，因此，其作业弹性小，而对于传统设备只要多安排些人力就可以应付这种紧急需求。

自动化立体仓库要充分发挥其经济效益，就必须与采购管理、配送管理、销售管理等系统相结合，但是这些管理咨询系统的建设需要大量投资。

因此，在选择建设自动化立体仓库时，必须综合考虑自动化立体仓库在整个企业中的运营策略地位和设置自动化立体仓库的目的，并进行详细的方案规划和综合测评，最终确定建设方案。

三》 自动化立体仓库的分类

按照储存物品的特性、自动化立体仓库的建筑形式及设备形式等的不同，自动化立体仓库可分为不同的类型。

（一）按照储存物品的特性进行分类

（1）常温自动化立体仓库系统。常温仓储系统温度一般控制在0～5℃，相对湿度控制在90%以下，尤其是室内相对湿度在90%以上的地区，或者冬天湿度较大的地区，就必须特别注意控制相对湿度。一般常温仓储系统为防止夏天高温导致仓储的物品变质，除了必须安装通风系统外，其顶部、侧壁都需要覆盖隔热、防火材料。

（2）低温自动化立体仓库系统。低温自动化立体仓库系统包括恒温空调仓储系统、冷藏仓储系统、冷冻仓储系统等。

1）恒温空调仓储系统对于温度、湿度的要求是低温、低湿度，依照其存放物品对于温度、湿度的要求而设计。除了内部空气不与外界直接对流外，其余设备大致与常温仓储系统相同。由于要求温度基本恒定，所以空调配置、管理与分布及仓储空间的利用，必须妥善规划。

2）冷藏仓储系统的温度必须在0～5℃之间，主要用作蔬菜和水果的储存。与恒温空调系统相类似，要求较高的相对湿度控制。

3）冷冻仓储系统，一般为-2℃～-35℃急速冷冻。但是由于钢材在-20℃以下会有脆化现象，力学性质会急剧变化，所以冷冻自动仓库的钢架必须考虑使用低温材料以及低温焊材（焊接式钢架）。当然，高架吊车以及周边配电系统也应该考虑低温环境因素。

（3）防爆型自动仓储系统。该系统主要以存放具有挥发性或易于燃烧和爆炸的物品为主，所以其系统中使用的电器、电控和照明等设备必须按照不同的防爆等级来设计。

（二）按照自动化立体仓库建筑形式进行分类

按照建筑形式可以将自动化立体仓库分为整体式和分离式，如图3—12所示。

（1）整体式自动化立体仓库。整体式自动化立体仓库是指立体库的货架与建筑物结构是一体的，货架除了储存货物以外，还可以作为库房屋顶的支撑架。整体式自动化立体仓库的高度一般在15m以上，其施工期相对较长。

（2）分离式自动化立体仓库。在现有的厂房或新建筑物内，独立安装仓储系统，仓库的货架与原有建筑物是各自分离的结构体。分离式自动化立体仓库一般以12m高度以下较为经济，因为当高于12m时，建筑物内部必须为挑空结构，且地面的负荷会超过它的承载能力，需要进行基础补强，所以不经济。分离式自动化立体仓库的结构体与建筑物可以分开施工，施工期较短，投资费用较低。分离式结构是自动化立体仓库的发展趋势。

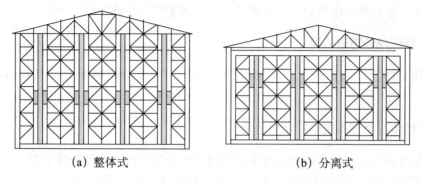

（a）整体式　　　　　　　　　　（b）分离式

图3—12　整体式与分离式自动化立体仓库

（三）按照自动化立体仓库货架形式进行分类

按照自动化立体仓库货架形式来分类，可以分为单元式货架自动化立体仓库、重力式货架自动化立体仓库、循环货架自动化立体仓库等。

（1）单元式货架自动化立体仓库。这种形式的仓库使用最广，通用性也较强，如图3—12所示。其特点是货架沿仓库的宽度方向分为若干排，每两排货架为一组，其间有一条巷道，供堆垛机或其他仓储机械作业。每排货架沿仓库纵长方向分为若干列，沿垂直方向又分为若干层，从而形成大量货格，用以储存货物单元（托盘或货箱）。在大多数情况下，每个货格存放一个货物单元。在某些情况下，例如货物单元较小，则一个货格内存放两个或多个货物单元，以便充分利用货格空间，减少货架投资。

（2）重力式货架自动化立体仓库。在单元式货架仓库中，巷道占了仓库面积的1/3左右，为了进一步提高仓库面积利用率，可以取消位于各排货架之间的巷道，将货架合并在一起，使同一层中同一列的货物互相贯通，形成能依次存放许多货物单元的通道，而在另一端由出库起重机取货。

在重力式货架中，存货滑道带有一定的坡度。入库起重机装入滑道的货物单元能够在自重作用下，自动地从入库端向出库端移动，直至到滑道的出库端或者碰上已有的货物单元停住为止。位于滑道出库端的第一个货物单元被出库起重机取走后，位于其后面的各个货物单元便在重力作用下依次向出库端移动一个货位。由于在重力式货架中，每个存货滑道只能存放同一种货物，所以它适用于货物品种不太多而数量又相对较多的企业。

（3）循环货架自动化立体仓库。根据货架的形式又可分为水平循环货架自动化立体仓库和垂直循环货架自动化立体仓库。

1）水平循环货架自动化立体仓库。这种仓库的货架由数十个独立的货柜组成，可以在水平面内沿环形路线来回运动。需要提取某种货物时，操作人员只需在操作台上给出指令，相应的一组货架便开始运转。当装有该货物的货柜来到拣选口时，货架便停止运转，操作人员可以从中拣选货物。水平循环货架仓库简便实用，能够充分利用建筑空间，对土建没有特殊要求，适用于作业频率要求不高的小件拣选的场合。

2）垂直循环货架自动化立体仓库。这种仓库的货架本身就是一台垂直提升机，提升机的两个分支上都悬挂有货格。提升机根据操作命令可以正转或反转,使需要提取的货物降落到最下面的取货位置上。这种垂直循环式货架特别适用于存放长的卷状货物,像地毯、地板革、胶片卷、电线卷等,该种货架也可用于储存小件物品。

(四)按照控制方法分类

自动化立体仓库按照控制方法可分为手动控制、自动控制和遥控三种自动化立体仓库。

(五)按照在物流系统中的作用分类

自动化立体仓库按照在物流系统中的作用可以分为生产性仓库和流通性仓库。生产性仓库是指工厂内部为了协调工序、车间之间,外购件和自制件物流的不平衡而建立的仓库,它能保证各生产工序间进行有节奏的不间断生产。

流通性仓库是一种服务性仓库,是企业为了调节生产厂和用户间的供需平衡而建立的仓库。这种仓库进出货物比较频繁,吞吐量较大,一般都和销售部门有直接联系。

(六)按照库存容量分类

库存容量在 2 000 个托盘(货箱)以下为小型立体仓库;2 000~5 000 个托盘为中型立体仓库;5 000 个以上托盘为大型立体仓库。

四 》 自动化立体仓库的主要设施与设备

(一)土建及公用工程设施

1. 厂房

自动化立体仓库中的所有设备和仓库中存放的货物都安放在厂房规定的范围内,库存容量和货架规格是厂房设计的主要依据。我国的南方和北方地质地貌情况不同,厂房的土建要根据实际情况因地制宜,以免造成不必要的人力、财力和时间的浪费。厂房的建设同时还要遵守国家的有关规定。

2. 消防系统

由于仓库库房一般都比较大,货物和设备比较多而且密度大,又由于仓库的管理和操作人员较少,自动化仓库的消防系统大都采用自动消防系统。它由传感器(温度、流量、烟雾传感器等)不断检测现场温度、湿度等信息,当超过危险值时,自动消防系统发出报警信号,并控制现场的消防机构喷出水或二氧化碳粉末等,从而达到灭火的目的。这种消防系统也可以由人工强制喷淋,即手动控制。我国的《建筑设计防火规范》是消防系统设计的主要依据,再根据所存物品的性质确定具体的消防方案和措施。

3. 照明系统

为了使仓库内的管理、操作和维护人员能正常地进行生产活动,在仓库外围的工作区和辅助区必须有一套良好的照明系统。自动化仓库的照明应有日常照明、维修照明和应急照明。对存储感光材料的黑暗库来说,照明系统应特殊考虑。

4. 通风和采暖系统

通风和采暖的要求是根据所存物品的条件提出的。对设备而言，自动化立体仓库内部的环境温度一般在5℃～45℃即可。通风和采暖的设备通常有厂房屋顶及侧面的风机、顶部和侧面的通风窗、中央主调、暖气等。当仓库内存放的货物散发有害气体时，可设离心通风机将有害气体排到室外。

5. 动力系统

自动化仓库一般需要动力电源，配电系统多采用三相四线制供电，中性点可直接接地，动力电压为交流380V/220V，50Hz，根据所有设备用电量的总和确定用电容量。

配电系统中的主要设备有：动力配电箱、电力电缆、控制电缆和电缆桥架等。

6. 其他设施

其他设施包括给排水设施、避雷接地设施和环境保护设施等。

给水主要指消防水系统和工作用水。排水是指排除工作废水、清洁废水及雨水的系统。

立体仓库属于高层建筑，应设置避雷网防直击雷，其引下线不应少于2根，间距不应大于30m。

电气设备不带电的金属外壳及穿线用的钢管、电缆桥架等均应可靠接零；工作零线、保护零线均应与变压器中性点有可靠的连接；为了防止静电积累，所有金属管道应可靠接地。

根据《中华人民共和国环境保护法》等有关法规，必须对生产过程中产生的污物及噪声采取必要的环保措施。

（二）机械设备

自动化立体仓库的机械设备一般包括高层货架、巷道堆垛起重机和出入库搬运机械等。自动化立体仓库的主体和货架为钢结构，在货架内是货位空间，巷道堆垛起重机穿行于货架之间的巷道中完成存、取货的工作。

立体仓库的建筑高度一般在5m以上，最高的立体仓库可达40m，常用立体仓库高度为7～25m。库内巷道堆垛起重机自动对准货位存取货物，配合周围出入库搬运机械完成自动存取作业。

1. 高层货架

自动化立体仓库的高层货架一般采用单元货格式货架、重力式货架和旋转式货架。高层货架每两排合成一组，每两组货架中间设有一条巷道，供巷道堆垛起重机和叉车行驶作业，每排货架分为若干纵列和横排，构成货格或存货位。

2. 货箱与托盘

为了提高货物装卸、存取的效率，一般自动化仓库使用货箱或托盘存放货物。货箱与托盘的基本功能是装物料，同时还应便于叉车和巷道堆垛起重机的叉取和存放。

3. 巷道堆垛起重机

巷道堆垛起重机是立体自动化仓库中最重要的设备。巷道堆垛起重机是随立体自动化仓库的出现而发展起来的专用起重机。它的主要用途是在高层货架的巷道内来回穿梭运行，将位于巷道口的货物存入货格，或者相反，取出货格内的货物运送到巷道口。巷道堆垛起重机由机架、运行机械、起升机械、装有存取货机械的载货台机架（车身）、电气设备以及安全保护装置等部分组成。

4. 其他机械设备

输送设备是自动化立体仓库的辅助设备，它具有将各物流节点衔接起来的作用。输送机有辊式、链式、皮带式、悬挂式等多种形式。运输车有自动导引车、有轨小车、梭式小车及其他地面运输车。

学习任务三　计量设备

知识目标：掌握仓库中常见计量设备的特点及工作原理。

能力目标：能够用仓储计量设备计量各种货物物理量。

学习方法：本任务为实践技能学习，学生分组在仓储设备实验室由实训指导教师指导学习。

计量设备是测量物体物理量大小的设备。在物流过程中使用的计量装置有多种，根据计量方法的不同可以分为：重量计量设备，包括各种磅秤、地重衡、轨道衡、电子秤；流体容积计量设备，包括液面液位计、流量计；长度计量设备，包括检尺器、长度计量仪；个数计量设备，包括自动计数器、自动计数显示装置。

仓库中使用最广泛的是重量计量设备。流体容积计量设备用在特殊专用场合（如油库、油罐车等），属于专用计量装置。长度计量设备用于钢材、木材等尺寸计检，进一步换算为重量或容积，也在有限场合使用。个数计量设备将随着包装的成件杂货数量的增大，使用也越来越多，尤其在处理成件杂货的配送中心等场所，是提高拣货效率的重要装置。

仓库中应用的各种计量设备，都必须具有稳定性、灵敏性、正确性和不变性的特点。稳定性是指计量设备的计量感应部分在受力后离开平衡位置，在所受力撤销以后能够回到原来位置。灵敏性即计量装置的灵敏度，是指计量装置能感应出的最小荷重变化。正确性是指计量装置每次对不同物品的计量结果应该在误差所允许的范围。不变性是指对同一物体连续称重，每次所计量的结果应该在误差所允许的范围内。

一》电子秤

电子秤（electronic scale）是进行质量计量的电子称重设备，如图 3—13 所示。与传统的机械秤不同，电子秤具有如下特点：结构简单、体积小、重量轻、受安装地点的限制小；没有作为支点的刀垫和刀口，没有机械磨损，稳定可靠、维修方便且寿命长；反应速度快，称重数据可以储存、远距离传输以实现安全报警和作业自动化；有足够的精度，称重值数码显示，避免了人为的读数误差等。

电子秤主要由三部分组成，即传力系统、称重传感器和称重显示仪表，如图 3—14 所示。

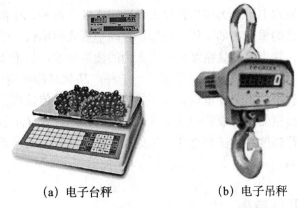

（a）电子台秤　　　　（b）电子吊秤

图 3—13　电子秤

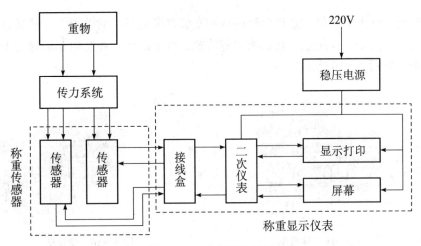

图 3—14　电子秤结构图

（一）传力系统

传力系统是将被称物品的重量准确无误地传递给称重传感器的整套机械装置，它主要包括称重平台、秤桥、吊挂、安全定位等部件。各种不同用途和不同应用场合的电子秤，其传力机构的结构形式各不相同。通常，对传力机构的要求是：有足够的刚度，能准确无误地全部或按一定的比例将载荷传递给称重传感器；在运行过程中保证稳定可靠、安全；合理应用称重传感器；结构简单、加工方便、标准系列化、便于安装维修。

（二）称重传感器

称重传感器的作用是将物品的重量的力信号转换成电信号。将力信号转换成电信号的装置很多，称重传感器按其转换原理可分为电阻应变式、电容式、压电式、振频式等。目前制造技术最成熟的是电阻应变式传感器。

（三）称重显示仪表

称重显示仪表是对称重传感器在承受载荷时的输出电压信号进行测量，并给出以重量为单位的载荷重量示值。

称重显示仪表从原理上可分为模拟式仪表和数字式仪表两种。模拟式仪表是用指针行程的大小显示被称物品的重量，如毫伏变送器、自动平衡式指示仪。模拟式仪表的优点是线路简单、价格便宜；缺点是测量精度低，有人为的读数误差，抗干扰性和稳定可靠性不好，功能少。因此，这种仪表只应用于早期的电子秤产品和对称重精度要求不高的场合，如过载报警和生产过程中的工艺计量等。数字式仪表是将称重传感器输出的连续模拟信号加以放大后通过模数转换器变换成脉冲数字量，最后以数码形式显示被称物品的重量。数字式仪表的优点是测量精度高、读数直观，避免人为读数误差，能自动计量、远距离计量以及实现生产自动控制。

二》 地重衡和轨道衡

地重衡是一种地下磅秤，是将磅秤的台面安装在车辆行驶的路面上，使通过的车辆能够迅速称重，如图 3—15 所示。轨道衡是有轨式的地下磅秤，在有轨车辆通过时，称出车辆的总重量，如图 3—16 所示。

图 3—15　地重衡　　　　　　　　　　图 3—16　轨道衡

地重衡和轨道衡都包括机械式和电子式两类。机械式地重衡和轨道衡需要人工参与操作，计量的误差较大，计量的误差率为 0.5%。电子式地重衡和轨道衡带有自动显示装置，误差较小，准确度较高，其误差率为 0.1%～0.2%。

三》 自动检重秤

自动检重秤又称自动分选秤或动态秤，是一种对不连续成件载荷进行准确、高速自动称量检测选别的衡器，如图 3—17 所示，主要用来校验生产流水线上产品的重量，并对重

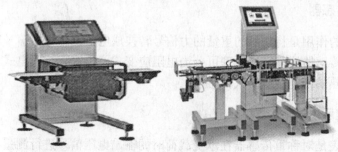

图 3—17　自动检重秤

量不合格的产品进行剔除。自动检重秤可设定分选范围及有关参数，储存多个品种的运行参数，并能与装填设备联机使用，较准确的调节装填量，方便安装调试。

自动检重秤主要由输送机、称重传感器和显示控制器组成。输送机是由传送装置和称量装置组成的，对瞬间通过输送机的物品进行称量。根据被称物品的种类，可以选择不同的输送机形式，如带式输送机、链式输送机、辊道式输送机等。称量传感器位于输送机（称重台）的下方，根据称重台的尺寸决定传感器的数量，尺寸较大的称重台所用的传感器较多，尺寸较小的称重台所用的传感器较少。显示装置的作用是对称量传感器传来的信号进行放大、运算处理并显示称量的数值，将这一数值与预先设定的数值进行比较，发出欠重、合格或超重的信号。同时还可以进行数据的统计，如对称量的总件数、欠重件数、合格品件数和超重件数等进行统计。

自动检重秤的功能是对物品的重量进行连续检测，因此它除了可以进行检验产品重量以外，还可以检验产品件数和按照重量对产品进行分类。

四》 电子皮带秤

电子皮带秤主要由秤体、称重传感器、测速传感器和电脑计算仪（也称为显示控制器）四部分组成，如图3—18所示。它根据重力作用对皮带输送机所输送的松散物料进行自动连续计量，广泛应用于电力、矿山、冶金、建材、轻工、港口及交通运输部门的动态计量和控制配料。

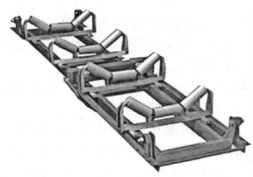

图3—18 电子皮带秤

电子皮带秤的主要特点如下：

（1）秤架结构简单，无辅助传力机构，影响称量准确度的因素少，安装于现场上、下皮带之间，不占用空间高度，安装方便。

（2）称重传感器采用全密封处理，防潮防腐性能好，并安装于秤架方梁内，处于受拉状态，系统稳定性好，且不受外部水、尘污及物料堆积的影响。

（3）支点采用无摩擦耳轴支撑，线性度好，适于在各种恶劣环境下使用。

（4）仪表具有防水、防尘的优良性能，功能齐全，有自动调零、半自动调零、数字修正量程、电子校准、故障自检、数字标定、停电保持（正常情况下能保持五年）、打印、通信等功能。

学习任务四　养护装备与技术

知识目标：了解通风系统及通风机，掌握空气减湿方法及原理。

能力目标：能够运用仓储养护装备与技术进行库存商品养护。

学习方法：本任务为实践技能学习，学生分组在物流实训室由实训指导教师指导学习。

影响库存物资储存的因素多种多样，而仓库温度、湿度条件是两个最重要的因素，为了使库内的温度、湿度条件符合物资养护条件标准，有时需要排除库内多余的热量，对库内温度、湿度进行控制，改善库内的储存环境。这样，就需要由不同的通风系统、减湿设备等构成仓库养护系统。

一》通风系统及通风机

(一) 通风系统

通风系统按照动力形式，可以分为自然通风系统和机械通风系统两类。

1. 自然通风

自然通风是依靠室内和室外的温度差所造成的热压，或建筑物在风力作用下造成的风压，以及气体的扩散作用使室内和室外的空气进行交换。气体的扩散作用一般很小，自然通风主要通过室内外的温度差和风对建筑物的作用来实现的。

自然通风通过定期开启门、窗等方法或者根据空气自然流动规律，利用门、窗来控制和调节流入和排出的空气。

自然通风是一种最经济的通风方式，这种通风方法有时也被称为调节换气。虽然自然通风是一种经济有效的通风方式，但它受到自然条件的限制和影响，如外界风力、风向、室外空气的温度和湿度、室外空气质量、季节等影响。当室外的天气条件较差时，例如温度过高，所含灰尘超过了最大的容许浓度，要保证送入通风仓库内的空气符合仓库的技术要求，这时靠自然通风是很困难的，为了保证仓库内的空气符合技术要求，就需要采用机械通风的方法。

2. 机械通风

机械通风是指依靠通风机所造成的压力差，借助通风管网来实现输送空气的方法。机械通风系统又可以分为四类：

(1) 进气式通风系统。向库内输入新鲜空气，它可以是全面的，也可以是局部的，也称"送风系统"。

(2) 排气式通风系统。将库内的污浊空气排出的通风系统称为排气式通风系统，或简称"排风系统"。同样，它也可以是局部的或全面的。最简单的排气系统只要在通风房间的墙上开一个排风口，并装上低压排气风扇，就可以将室内的废气排出室外。

（3）联合式通风系统。如果单独设置进气式通风系统或排气式通风系统，还不能满足通风要求，可采取进气和排气并用的联合式通风系统，即一方面通过排气式通风将污浊空气从库内排出，另一方面通过进气式通风将洁净新鲜的空气补充进来，从而达到较好的通风效果。

（4）空气调节系统（简称空调系统）。这是一种比较先进，也是比较完善的机械通风系统。不论各种外在因素和内在因素如何变化以及对室内的气象条件影响如何，空气调节系统都能够为室内创造出完全符合卫生和技术上所要求的人工气象条件。

空气调节系统一般包括各种空气净化、除尘、加热、冷却、加湿和干燥等空气处理设备。为了使通风室内的温度和湿度不受外界气象条件的变化和室内温度变化的影响，空调系统还设有自动控制和调节室内温度和湿度的特殊装置，有了这些自动调节装置，不论外界空气的状态如何变化，它都保证室内的空气在一定时间内维持的温度和湿度。如果对室内气象条件的要求改变时，它还可以根据实际需要和新的要求来调整室内的温度和湿度。

（二）通风机

在机械通风系统中，迫使空气在通风管网中流动的机器称为通风机，如图3—19所示。

图3—19　通风机

（1）按照不同的工作原理和结构形式，通风机可以分为离心式通风机和轴流式通风机。

（2）按照不同的输送介质和要求，通风机可以分为以下五种：

1）普通通风机。这种通风机所输送的介质（空气），一般温度不高于160℃，含尘量小而且对设备的腐蚀性不大。

2）除尘通风机。这种通风机的叶片较少，而且呈流线型。它用来输送含尘浓度超过150mg/m³的含尘空气，或作气体输送用。

3）排风机。它是装有冷却轴承的装置，专门用来排除湿度很高的空气或气体。

4）耐酸通风机。这种通风机用不锈钢、耐酸塑料或陶瓷等耐酸材料制成。它专门用来输送腐蚀性很强的空气或气体。

5）防爆式通风机。防爆式通风机的外壳和叶轮是用软金属（如铜或铝）制造的。它用来输送容易引起爆炸或燃烧的气体或含有某种可能引起爆炸的工业粉尘的空气。

（3）按照通风机所产生的压力大小，通风机又可分为：

1）低压通风机。如果通风机在通风管网中所造成的压力在13 332Pa以下时，称为低压通风机。这种通风机可以用来输送普通的空气、被有害气体或蒸汽污染了的空气。

2）中压通风机。如果通风机在通风管网中所造成的压力在13 332～39 997Pa的范围内。这种通风机一般可以用在管网较长、阻力较大的通风系统上，也可以用来输送含有沙子、金属屑、木屑、亚麻和棉纤维等工业粉尘的空气。

3) 高压通风机。如果通风机在通风管网中所造成的压力大于 39 997Pa 时，称为高压通风机。这种通风机可以用在极复杂的通风管网中输送空气或物料的气体输送系统中。

二》 减湿设备

储存对相对湿度有一定要求的货物的时候，减湿设备有非常重要的意义。另外，对地下仓库或半地下仓库，空气的减湿往往也是通风工程的主要任务。目前，在仓库中常用的空气减湿方法主要有三种：吸湿剂减湿、通风减湿和冷却减湿。

（一）吸湿剂减湿

常用的吸湿剂有带孔隙的硅胶（即成胶状的二氧化硅 SiO_2）、活性氧化铝 Al_2O_3 和氯化钙 $CaCl_2$ 等。

硅胶是一种无毒、无臭、无腐蚀性的半透明结晶体，不溶于水。硅胶能吸收相当于自身重量 25%～50%的水分。如果将这种吸满了水分的硅胶加热到 150℃，其中水分就会迅速排出，但硅胶的性质不变，可以继续使用，这种去水过程称为"再生"。再生后的硅胶吸水能力有所下降，而且在再生过程中，总要有些损耗，所以应及时补充和更换新硅胶。

活性氧化铝也是一种带孔隙的固体物质，它能吸收相当于自身重量 18%～24%的水分。

氯化钙是白色的多孔结晶体，略有苦咸味，吸湿能力较强，但吸湿后就潮解，最后变成氯化钙溶液。氯化钙对金属有强烈的腐蚀作用，使用起来不如硅胶方便，但因其价格低廉，应用比较广泛，氯化钙热后也能再生和重复使用。

常用的氯化钙有两种，一种是工业纯氯化钙，纯度为 70%，吸湿量可达自身重量的100%；另一种是无水氯化钙，纯度为 95%，吸湿量可达自身重量的 150%。由于工业纯氯化钙的价格比无水氯化钙低得多，因此，使用工业纯氯化钙较为经济。

（二）通风减湿

如果将比室内空气含湿量低的室外空气送到室内，而将湿度较高的空气排除，则可以达到通风减湿的目的。我国大部分地区，每年都有几个月室外空气中的含湿量较低，在其他月份，一天之内有时也会出现室外空气含湿量较低的情况。所以，如能加强管理，掌握好有利时机，进行有组织的自然通风或机械通风，也可以达到减湿的目的。

通风减湿是一种较经济的方法，除机械通风外，如能大量利用自然通风的话，则更有利。不过单纯通风无法调节室内温度，因此，在一些余热量很小的室内，虽然它能使空气的含湿量降低，但空气的相对湿度仍可能较高。

（三）冷却减湿

用干式冷却或湿式冷却的方法，使空气的温度降低到一种程度，即空气中所含水蒸气超过它的饱和量而从空气中凝结出来。显然，这一温度必须低于空气的露点温度。当空气被冷却到低于它的露点温度时，空气中多余的水分就会凝结出来。如果空气中有一部分水蒸气凝结成水而被排除出去，空气的含湿量降低，这样也就达到了对空气去湿的目的。

使用低温水或冷盐水通过空气冷却器来冷却空气的方法，空气和水不直接接触，所以称为空气的干式冷却法。当低温水的温度和被冷却空气的温度相差 15℃～17℃时，空气经过干式冷却后，温度可以降低 3℃～5℃。如果要使送进空气的温度降低 5℃以上，就需要用制冷机进行冷却。

用低温水或循环水喷雾冷却空气的方法，虽然不能把空气的温度任意降低，但是它能把空气的温度降低到某一范围，这种空气和水直接接触的降温方法，称为空气的湿式冷却法。在进行湿式冷却时，作为喷雾用的低温水，必须低于空气的露点温度。如果喷雾用水的温度高于空气的露点温度时，不仅达不到去湿的目的，反而会使空气的含湿量增加。

如果使用上述两种方法后还不符合湿度要求时，可以采用机械制冷来冷却空气。

液体汽化过程要吸收比潜热，而且液体压力不同，其饱和温度（沸点）也不同，压力越低，饱和温度越低。例如，1kg 的水，在 8.72mbar（1mbar＝10^2Pa）压力下，饱和温度为 5℃，汽化时需要吸收 2 489.05kJ 的热量；1kg 的氨液，在 1 个大气压（101 325Pa）下汽化时，需吸收 1 368.15kJ 的热量，可达－33.3℃的低温。因此，只要创造一定低压力条件，就可以利用液体的汽化获得所要求的低温。

液体汽化制冷的工艺流程，包括制冷和液化两部分。制冷剂如氨液从储液器经膨胀阀，降低了压力和温度后，低压低温的氨液流入蒸发器，吸收周围空气或物体的热量而汽化，从而使室温或物体的温度降低，以达到制冷的目的。

液化的作用一方面使蒸发器内保持一定的低压力；另一方面使在蒸发器中汽化了的制冷剂液化，重新流回储液器，再去制冷。液化的方法是使来自蒸发器的低压制冷剂增压，提高它的饱和温度，再利用自然界中大量存在的常温空气或水（统称冷却剂），使之在冷凝器内冷凝液化。制冷系统，采用压缩机使气态制冷剂增压，故称为蒸汽压缩式制冷。

从以上分析可以看出，蒸汽压缩式制冷的工作原理是使制冷剂在压缩机、冷凝器、膨胀阀和蒸发器等热力设备中进行压缩、放热、节流和吸热四个主要热力过程，以完成制冷循环。

如上所述，可以使用制冷系统制备冷冻水供应喷水室和表面冷却器来冷却、干燥空气。此外，也可以用专门的冷却减湿设备——冷冻减湿机。

冷冻减湿机（又称除湿机或降湿机）是由制冷系统和风机等组成。在这里制冷剂的循环和一般制冷机一样。需要减湿的空气先经过蒸发器。由于制冷剂吸热蒸发，使蒸发器的表面温度降到空气露点温度以下，因而空气被降温，离开蒸发器的空气又进入冷凝器。由于冷凝器里是来自压缩机的高温气态制冷剂，它被低温空气冷却成了液态，而空气本身则升温。虽然这样得到的空气温度较高，但含湿量很低，这就达到了减湿的目的。由此可见，如果将减湿机用到既需减湿，又带加热的地方就比较合适，否则就满足不了室内温湿度的要求，许多仓库和地下建筑符合这样的条件，所以经常使用减湿机。显然，在室内余湿量大、余热量也大的地方，使用这样的减湿机是不利的。在这种情况下，也可与水冷式冷凝器并联工作，以调节出风温度来满足要求。

冷冻减湿机的优点是效果可靠、使用方便；其缺点是投资和运行费用较高。目前，我国各地生产的冷冻减湿机型号很多，有固定式的，也有移动式的，减湿量大小不等，每小时几千克到几十千克，需要时可根据样本和使用条件进行选用。

三》 空气幕

（一）空气幕的作用

空气幕是利用特制的空气分布器喷出一定温度和速度的幕状气流，借以封住门洞，减少或隔绝外界气流的侵入，以维持库内或某一作业区的一定气象条件。空气幕常称为风幕，它的作用如下：

（1）防止库外（室外）冷、热气流侵入。用于运输工具、货物出入的库房、工厂、车间或商店、剧场等公共建筑的大门。这些大门是需要经常开启的，在冬季由于大门的开启，大量的冷风侵入而使室内空气温度下降，为防止冷气流的侵入，可设置空气幕。炎热的夏季为防止室外热气流对室内温度的影响又可设置喷射冷风的空气幕。

（2）为保持库内一定的相对湿度而不受库外天气条件的影响，也可设置空气幕进行阻隔。

（3）防止尘埃、虫害等入侵。凡是开启频繁的主要通道库门，又不可能设置门斗或前室时，为维持库内一定的条件，可以设空气幕装置。

（二）空气幕的安装位置

空气幕按照安装位置可以分为侧送式、下送式和上送式三种。

（1）侧送式空气幕。侧送式空气幕又可分为单侧和双侧两种，单侧空气幕适用于宽度小于 4m 的门洞或车辆通过门洞时间较短的场合。当门洞宽度超过 4m 或车辆通过门洞时间较长，为了防止车辆通过时阻挡空气幕的气流，所以往往采用双侧空气幕。侧送式空气幕喷出气流比较卫生，为了不阻挡气流，侧送式空气幕的大门不允许向里开。

（2）下送式空气幕。往往冬季冷空气都是从门洞的下部侵入，而下送式空气幕的射流最强区刚好在门洞下部，所以这种形式空气幕的挡风效率是最高的，而且它不受大门开启方向的影响。下送式空气幕的缺点是送风口在地面，容易被脏物堵塞和污染空气，另外在车辆通过时，由于空气幕气流被阻碍而影响送风效果。

（3）上送式空气幕。上送式空气幕一般适用于需要用空气幕进行阻隔的仓库大门和公共建筑，如剧院、宾馆、百货公司等，它的挡风效率不如下送式空气幕，也存在着车辆通过时阻挡空气幕气流的问题，但它所喷出的气流卫生条件较下送式空气幕好些。这类空气幕可作夏天隔绝热气流侵入和室内降温之用。

学习任务五　安全装备与技术

知识目标：了解常用仓库防雷设备，掌握常用灭火器的应用性能。

能力目标：能够运用仓库装备与技术防范仓库事故，熟练操作各种灭火器。

学习方法：本任务为实践技能学习，学生分组在物流实训室由实训指导教师组织学习。

仓库是物资的集散地，又是仓储作业的劳动场所，具有较多的机械与设备。因此，按照科学方法，采用相应的技术措施，加强仓储安全，防止事故，确保人员、设备和物资的安全，对避免人民生命财产遭受损失，保证物资周转和供应工作的顺利进行有十分重要的作用。

一》 仓库防雷设备

（一）避雷针

1. 避雷针的避雷原理

由于直击雷是雷云和大地间的直接放电，突出地面的高耸建筑物最容易首先接触放电而遭到破坏。因此，在许多需要保护的构筑物上或建筑物附近都设置有避雷针。避雷针的避雷原理是：利用避雷针的接闪器高出被保护物的突出位置，将雷电引向自身，然后通过引下线的接地装置，将雷电流泻入大地，使被保护物免遭雷击。

2. 避雷针的构造

避雷针由接闪器、支持物、引下线和接地装置四部分组成，如图3—20所示。

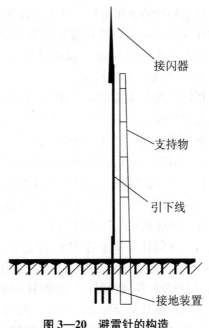

图3—20 避雷针的构造

（1）接闪器。

接闪器使整个地面电场发生畸变，但其顶端附近电场局部的不均匀程度很小，对于雷云向地面发展的先驱放电几乎没有影响。因此，作为避雷针的接闪器顶部尖不尖、分叉不分叉对其保护效能几乎没有影响。接闪器是否涂漆，对其保护作用也没有影响，但为了防腐蚀接闪器一般应用热镀锌或涂漆。

接闪器所用的材料及尺寸，应满足机构强度和耐腐蚀的要求，还应有足够的热稳定性，用以承受雷电流的热破坏作用。避雷针的接闪器，一般采用长为 1～2m 的热镀锌圆钢或顶部打扁并焊接封口的热镀锌钢管制成。针长在 1m 以下时，圆钢直径应不小于 12mm，钢管直径应不小于 20mm；针长为 1～2m 时，圆钢直径应不小于 16mm，钢管直径应不小于 25mm。在腐蚀性较强的场所使用时，还应适当加大其截面积或采取其他防腐措施。

（2）支持物。

避雷针的接闪器固定在支持物的顶部，通过支持物将接闪器伸向一定高度的空间，从而构成避雷针的保护范围。避雷针按支持物的不同分为独立避雷针和附设避雷针。

独立避雷针是离开建筑物一定距离单独装设的，通常采用水泥杆、木杆、钢塔架、多节不等直径的钢管或圆钢焊接的钢柱作为支持物。非金属支持物（水泥杆、木杆），通过引下线将接闪器的雷电流引入接地装置。金属支持物通过本身的导电性能与接闪器和接地装置构成通路，无须设引下线，但金属支持物的所有金属构件均应连成电气通路。独立避雷针的支持物，在结构上应满足一定的强度和刚度要求。

附设避雷针是以建筑物和构筑物本身作为避雷针的支持物，将接闪器和引下线直接装设在建筑物上，它相对独立避雷针而言，故称为附设避雷针。

避雷针按照支持物上接闪器离水平面的高度不同，保护同一目标避雷针数量不同，以及避雷针的布局结构不同，分为单支、双支等高、双支不等高、三支等高、三支不等高等多种形式。

（3）引下线。

引下线是连接接闪器和接地装置的金属导体，使雷电流泻入大地。引下线应满足机械强度高、耐腐蚀和热稳定性好的要求，一般采用镀锌圆钢或扁钢，也可采用镀锌钢绞线，其尺寸要求分别是：圆钢直径大于或等于 8mm；扁钢厚度大于或等于 4mm，截面积大于或等于 48mm^2；钢绞线截面积大于或等于 25mm^2。

引下线、接闪器和接地装置应确保连接牢固、可靠，以减小连接处的电阻。连接的方法一般采用焊接，圆钢引下线与接闪器、接地装置的焊接长度为圆钢直径的 6 倍，扁钢引下线与接闪器、接地装置的焊接长度应为扁钢宽度的 2 倍。

引下线沿支持物敷设方式分为明装和暗装两种，明装是沿支持物（避雷针支柱或建筑物墙）敷设，暗装是在建筑要求较高的情况下，将引下线布设在建筑结构内部。仓库专用建筑物防雷装置的引下线一般都采用明装，以避雷针金属支持物或建筑物的金属件代替引下线时，应保证所有金属构件之间连接成电气通路。

引下线应经最短途径接地，弯曲处的角度应大于 90°。引下线距离支持物表面间隙为 15mm。引下线每隔 1.5～2m 距离设支持卡与支持物固定。采用多根引下线时，为了便于测量其接地电阻和检查引下线、接地线的连接情况，宜在各引下线距地面 1.8m 处设置断接卡。

在易受损坏处（地面上 1.7m 至地面下 0.3m）的一段引下线和接地线，应加竹管、改性塑料管、橡胶管、角钢或钢管等保护。采用角钢或钢管保护时，应与引下线连接起来，以减小通过雷电流时的阻抗。

（4）接地装置。

接地装置通常是指接地体和接地线的总称，因为已经把引下线单独作为避雷针的一个组成部分，所以，接地装置主要是指接地体而言。接地装置是避雷针的重要组成部分，通过它向大地泄放雷电流，限制避雷针的对地电压不至于过高。

接地体应满足机械强度高、耐腐蚀性好、热稳定性强和接地电阻小的要求。为了满足接地体的上述要求，接地体的选材、布置、埋入深度及土壤性质等都必须合理选择。接地体太短了增加接地电阻，太长了施工困难，增加钢材的消耗量，而且对接地电阻的减小甚微。接地体的表面积和截面积过小，通过雷电流时，将使接地体周围过热或本身温度过高，从而导致土壤电阻变大。

接地体通常采用圆钢、角钢、钢管等钢质材料制成人工接地体，所用钢材的尺寸要求是：圆钢直径大于或等于 10mm；扁钢厚度大于或等于 4mm；截面积大于或等于 100mm^2；角钢厚度大于或等于 4mm，钢管壁厚度大于或等于 3.5mm。在土壤腐蚀性较大的地方，接地体应热镀锌或增大截面积。

（二）避雷器

避雷器是并联在被保护的电力设备或设施上的防雷装置，用以防止雷电流通过输电线路传入建筑物和用电设备而造成危害。

避雷器有保护间隙管型避雷器、低压阀型避雷器、磁吹阀型避雷器、压敏阀型避雷器等多种形式。仓库常用低压阀型避雷器。

1. 低压阀型避雷器的避雷原理

低压阀型避雷器在线路上的接线方式如图 3—21 所示。

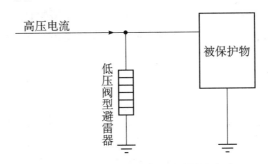

图 3—21　低压阀型避雷器的接线方式

低压阀型避雷器主要由瓷裙、间隙元件和阀型电阻盘组成。瓷裙是用来安装间隙元件和阀型电阻盘，并起到保护、密封和防潮的作用，如图 3—22 所示。间隙元件一端接火线，电阻盘一端接地线。平时，电路上通过的是工频电流，电压较低（一般为 220V 或 380V），这时电阻盘的电阻很大，线路向大地的泄漏电流很小，只有几微安，可以认为线路与大地之间是开路的；当雷电流沿线袭来时，电压很高，火花间隙被击穿，电阻盘的电

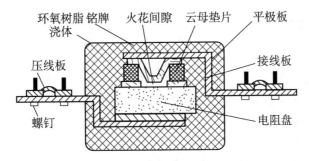

图 3—22　低压阀型避雷器的瓷裙构造

阻变得很小，雷电流通过避雷器顺利地泄入大地（电流值可达几十千安），从而保护了线路上连接的用电设备不致雷电流的破坏。当雷电流泻入地后，线路上又只有工频电流通过时，电压变小，电阻盘的电阻变大，通过避雷器的电流值变得很小，火花间隙上的电弧被熄灭，线路又恢复正常工作。

2. 低压阀型避雷器的选型与安装

低压阀避雷器有 FS-0.22 型、FS-0.38 型和 FS-0.50 型三种，它们的保护额定电压分别为 220V、380V 和 500V。选用低压阀型避雷器时，应根据线路的额定电压来确定，如一般的照明线路为 220V，即选用 FS-0.22 型避雷器；一般动力线路为 380V，即选用 FS-0.38 型避雷器。

凡从室外直接引入室内的输电线路，按照规定要求在引入室内前均应安装低压阀型避雷器。具体要求是：每根火线与大地之间安装一个，避雷器的火花间隙一端接火线，电阻盘一端接地，零线可直接接地。接地电阻不超过 10Ω。

（三）避雷线、避雷网和避雷带

仓库专用建筑物除常用到避雷针、避雷器外，根据需要还可采用避雷线、避雷网、避雷带等避雷装置。

避雷线、避雷网、避雷带，是以其线、网、带为接闪器的避雷装置，避雷原理和避雷针相同，在构造上也是由接闪器、引下线、接地装置和支持物四部分组成。由此可见它们与避雷针相比仅接闪器的形式不同，其他构造和要求与避雷针一致。

二 》 仓库常用灭火器

灭火器是人们用来扑灭各种初期火灾的有效的灭火器材，其中小型的是手提式灭火器，比较大一点的为推车式灭火器。根据灭火剂的多少，也有不同规格。因为不同的物质的燃烧特点不同，必须根据不同物质，有针对性地选择灭火器进行灭火。

（一）灭火器的种类

（1）按灭火器里所充填的灭火剂分类，可分为干粉灭火器、二氧化碳灭火器、卤代烷类（俗称哈龙）灭火器、泡沫灭火器、清水灭火器等。

（2）按驱动灭火剂喷出的压力形式分类，可分为储气瓶式灭火器、储压式灭火器、化学反应式灭火器等。

（二）灭火器的主要应用性能

1. 干粉灭火器

干粉灭火器（见图 3—23）是利用二氧化碳气体或氢气气体作动力，将筒内的干粉喷出灭火的。干粉是一种干燥的、易于流动的细微固体粉末，由能灭火的基料和防潮剂、流动促进剂、结块防止剂等添加剂组成，主要用于扑救石油、有机溶剂等易燃液体、可燃气体和电气设备的初期火灾。干粉灭火器按移动方式分为手提式、背负式和推车式三种。使用手提灭火器时，一只手握住喷嘴，另一只手向上提起提环，干粉即可喷出。

2. 二氧化碳灭火器

二氧化碳灭火器（见图 3—24）充装的是液态二氧化碳，利用汽化的二氧化碳气体降低燃烧区温度，隔绝空气并降低空气中含氧量来进行灭火的，主要用于扑救贵重设备、档案资料、仪器仪表、600V 以下的电气设备及油类初期火灾，不能扑救钾、钠等轻金属火灾。二氧化碳灭火器主要由钢瓶、启闭阀、虹吸管和喷嘴等组成。常用的二氧化碳灭火器分为 MT 型手轮式和 MTZ 型鸭嘴式两种。使用手轮式灭火器时，手提提把，翘起喷嘴，打开启闭阀即可。使用鸭嘴式灭火器时，用右手拔出鸭嘴式开关的保险销，握住喷嘴根部，左手将上鸭嘴往下压，二氧化碳即可从喷嘴喷出。

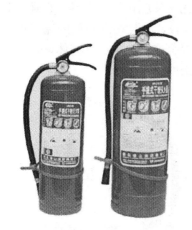

图 3—23　干粉灭火器

图 3—24　二氧化碳灭火器

3. 卤代烷灭火器

卤代烷灭火器（见图 3—25）是一类利用卤代烷烃类化合物作为灭火剂的灭火装置，主要包括哈龙 1211、哈龙 1301 等。由于卤代烷灭火剂在灭火、防爆和抑爆方面均具有独特的效果，并且不导电、无残留，是灭火器中首选的灭火药剂。众所周知，自 20 世纪 70 年代科学家提出含氯原子的 CFCS、含溴原子的哈龙等物质破坏臭氧层的观点以来，哈龙物质已被证明是主要的 ODS（臭氧耗损物）之一，且具有比其他 CFCS 更高的臭氧破坏潜

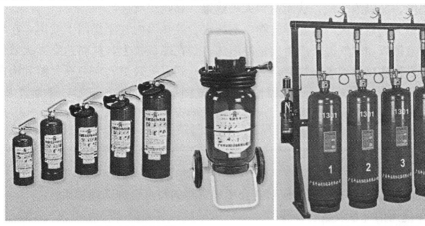

（a）1211灭火器　　　　　　　　（b）1301灭火器

图 3—25　卤代烷灭火器

能（ODP）和温室效应潜能（GWP）。卤代烷灭火剂性能稳定（寿命可达120年），挥发性强，容易在大气对流层中逐渐积累，阻止地球的红外线散失，引起温室效应；此外，积聚在大气平流层中的卤代烷灭火剂在太阳紫外线的照射下，生成自由基，这些自由基会与大气层中的臭氧发生连锁反应，破坏地球的臭氧层，从而危害人类及环境。当前的臭氧层破洞，全球变暖和酸雨等三大全球环境问题中有两个直接与卤代烷灭火剂有关。

4. 水型和泡沫型灭火器

水型灭火器和泡沫型灭火器的构造原理基本一样。水型灭火器（见图3—26）装的是水（清水）或混有各种添加剂的水，以增强灭火效力。泡沫型灭火器（见图3—27）有化学和机械两种灭火器，化学泡沫型灭火器是一种化学反应式的灭火器，它是由装在灭火器筒体的碳酸氢钠水溶液和少量的泡沫添加剂（外药），与装在内胆里的硫酸铝水溶液（内药）组成。机械泡沫型灭火器是将泡沫液和水的混合液装在灭火器筒体内，再充装进一定压力的氮气（储压式）或另外装有一定量二氧化碳的储气瓶。

图3—26　水型灭火器　　　　图3—27　泡沫型灭火器

化学泡沫型灭火器灭火时将灭火器倒置，内药和外药相混合进行化学反应产生泡沫和二氧化碳气体，靠内部产生的二氧化碳气压力将泡沫喷出，覆盖在燃烧物表面上，即可降低燃烧物的温度，又隔绝空气，从而达到灭火效果（属物理灭火）。

机械泡沫型灭火器灭火时打开释放阀，泡沫混合液在筒内气压作用下喷出，在喷管的出口处有混合液体以和空气混合产生大量的泡沫覆盖在燃烧物上，从而达到灭火效果。水型灭火器主要是将水喷射到燃烧物上，使其冷却而达到灭火效果。水型灭火器和泡沫型灭火器都不能扑救带电物体火灾。灭火器使用温度范围一般为4℃～55℃，冬季注意防冻。只有化学泡沫型灭火器灭火时需倒置，水型和泡沫型灭火器不得倒置喷射。

◤ 学习测试

1. 货架的主要类别有哪些？如何根据仓库和货物的特点合理选择货架？

2. 仓库中应用的计量设备有哪些？

3. 灭火器有哪些类型？它们各有什么特点？

4. 不定项选择：

（1）在仓库中可增加空间利用率的设备是（　　）。

A. 叉车　　　　　　B. 货架　　　　　　C. 托盘　　　　　　D. 起重机

（2）广泛应用于办公室存放文档、图书馆存放档案文献、金融部门存放票据、工厂车间及仓库存放工具和物料的货架是（　　）。

A. 阁楼式货架　　　B. 装配式货架　　　C. 拣选式货架　　　D. 移动式货架

（3）下列关于重力式货架的说法不正确的是（　　）。

A. 重力式货架是密集型货架的一种，能够大规模密集存放货物

B. 重力式货架可保证货物先进先出

C. 重力式货架出入库作业完全分离，增加了出入工具的运行距离

D. 重力式货架有利于进行拣选活动，是拣选式货架中很重要的一种

（4）下列关于货架的说法正确的是（　　）。

A. 货架是一种架式结构物，可充分利用仓库空间，提高库容利用率

B. 悬臂式货架用于长条形物料的存放

C. 托盘式货架是存放装有货物托盘的货架，可实现机械化作业，便于单元化存取

D. 重力式货架属于通道式货架的一种

E. 移动式货架是一种带轮且可移动的货架

（5）自动化立体仓库按建筑形式不同，可分为（　　）。

A. 单元货架式　　　B. 移动货架式　　　C. 拣选货架式

D. 整体式　　　　　E. 分离式

（6）自动化立体仓库按货物存取形式分，可分为（　　）。

A. 单元货架式　　　B. 移动货架式　　　C. 拣选货架式

D. 整体式　　　　　E. 分离式

（7）自动化立体仓库主要由下列哪些部分组成？（　　）

A. GPRS　　　　　　B. 高层货架　　　　C. 输送设备系统

D. 控制与管理系统　E. 存取设备系统

（8）仓库中使用最广泛的计量设备是（　　）。

A. 重量计量设备　　　　　　　　　　B. 流体容积计量设备

C. 长度计量设备　　　　　　　　　　D. 个数计量设备

（9）根据计量方法的不同，计量设备可以分为（　　）。

A. 重量计量设备　　B. 长度计量设备　　C. 流体容积计量设备

D. 个数计量设备　　E. 单元计量设备

（10）目前，在仓库中常用的空气减湿方法主要有（　　）。

A. 吸湿剂减湿　　　B. 洒水减湿　　　　C. 通风减湿

D. 密封减湿　　　　E. 冷却减湿

（11）在常用的吸湿剂中，应用比较广泛的是（　　）。

A. 带孔隙的硅胶　　B. 活性氧化铝　　　C. 氯化钙　　　　　D. 碳酸钙

（12）适用于扑救贵重设备、档案资料、仪器仪表、600V以下的电气设备及油类初期火灾的灭火器是（　　）。

A. 干粉灭火器　　　　　　　　　　　B. 二氧化碳灭火器

C. 卤代烷灭火器　　　　　　　　　　D. 泡沫型灭火器

（13）（　　）主要用于扑救石油、有机溶剂等易燃液体，可燃气体和电气设备的初期火灾。

A. 干粉灭火器　　　　　　　　　　　B. 二氧化碳灭火器

C. 卤代烷灭火器　　　　　　　　　　D. 泡沫型灭火器

（14）（　　）由于在灭火防爆和抑爆方面均具有独特的效果，并且不导电、无残留，是灭火器中的首选。

A. 干粉灭火器　　　　　　　　　　　B. 二氧化碳灭火器

C. 卤代烷灭火器　　　　　　　　　　D. 泡沫型灭火器

案例分析

2008 年 2 月 14 日，佛山市三水烟花爆竹仓库发生大爆炸，爆炸发生时传出三声巨响，在广东佛山市三水区、南海区、禅城区、高明区均有震感，其中离爆炸发生地点一公里左右的一个村庄，所有居民楼房的玻璃窗户全部震碎。

调查发现，事故的直接原因是储存在粤通公司 A2 仓库内的烟花爆竹火药受潮，产生并聚集了大量热量从而导致爆炸，并引发邻近仓库里的烟花爆竹燃烧爆炸。广东省安全监管局依法对粤通公司处以人民币 20 万元罚款，并吊销公司及其相关责任人的证照。另外 6 名法定责任人也受到处罚。间接原因是使用部分 C 级仓库违规超量储存 A 级产品（烟花在制作过程中，因药物混合，并且裸露，最容易引起爆炸；但到了组装、包装过程，便较安全，属于 C 级危险等级；装箱后，安全系数更高）。

问题：粤通公司的教训深刻，你认为其管理制度存在哪些缺陷？应如何改进？

实训项目

一、实训任务

仓储设施与设备配置及用途分析。

二、实训目的及训练要点

1. 掌握仓储常见设备及其用途。

2. 了解不同仓储设备的运作方式。

三、实训设备、仪器、工具及资料

可观看录像的多媒体教室、仓储实训室。

四、实训内容及步骤

1. 观察仓储实训室设施与设备整体布置。

2. 观察仓库设施设备组成及安排。

3. 详细列出仓库设施设备组成及用途。

4. 思考该实训室是否还有可添加的设备，用途是什么。

5. 判断该实训室的设备是否有可替代方案，可上网搜索资料。

6. 撰写实训报告。

第四章 装卸搬运装备与技术

物流的各环节和同一环节的不同活动之间，都必须进行装卸搬运作业。在运输的全过程中，装卸搬运所占的时间为全部运输时间的50％。正是装卸活动把物流运动的各个阶段连接起来，形成连续的流动过程。在生产企业的物流中，装卸搬运成为各生产工序间连接的纽带，它是从原材料、设备等装卸搬运开始，以产品装卸搬运为止的连续作业过程。在流通物流中，装卸搬运成为生产企业、仓储、消费者等各个环节连接的纽带。在物流系统中，装卸搬运作业的工作量和所花费的时间，耗费的人力、物力占有很大的比重。为了及时、高效、安全地完成装卸搬运作业，必须合理地配备、选择装卸搬运设备。

装卸搬运装备是指用来搬移、升降、装卸和短距离输送货物或物料的设备的总称。它是物流系统中使用频率最大、数量最多的一类机械设备，是物流机械的重要组成部分。它不仅用于船舶与车辆货物的装卸，而且用于库场货物的堆码、拆垛、运输以及舱内、车内、库内货物的起重输送和搬运。

装卸搬运装备所装卸搬运的货物，来源广，种类繁多，外形和特点各不相同，如箱装货物、袋装货物、桶装货物、散货、易燃易爆及剧毒品等。为了适应各类货物的装卸搬运和满足装卸搬运过程中各个不同环节的不同要求，各种装卸搬运设备应运而生。装卸搬运设备的机型和种类已达数千种，而且各国仍在不断研制新机种、新机型。装卸搬运设备种类很多，分类方法也很多，常按以下几种方法进行分类：

（1）按主要用途或结构特征进行分类。

按主要用途或结构特征进行分类，可分为起重设备、连续运输设备、装卸搬运车辆、专用装卸搬运设备。其中，专用装卸搬运设备是指带专用取物装置的装卸搬运设备，如托盘专用装卸搬运设备、集装箱专用装卸搬运设备、船舶专用装卸搬运设备、分拣专用设备等。

（2）按作业方向分类。

1）水平方向作业的装卸搬运设备。这种装卸搬运设备的主要特点是沿地面平行方向实现物资的空间转移，如各种机动、手动搬运车辆，各种皮带式、平板式输送机等。

2）垂直方向作业的装卸搬运设备。这种装卸搬运设备所完成的是物资沿着与地面垂直方向的上下运动，如各种升降机、堆垛机等。

3）混合方向作业的装卸搬运设备。这种设备综合了水平方向和垂直方向两类装卸搬运设备的特长，在完成一定范围的垂直作业的同时，还要完成水平方向的移动，如门式起重机、桥式起重机、叉车、轮胎起重机等。

（3）按被装卸物资的特点分类。

1）成件包装货物的装卸搬运设备。成件包装货物一般是指怕湿、怕晒，需要在仓库内存放并且多用棚车装运的货物，如日用百货、五金器材等。这种货物包装方式很多，主要有箱装、筐装、桶装、袋装、捆装等。该类货物一般采用叉车，并配以托盘进行装卸搬运作业，还可以使用牵引车和挂车、带式输送机等解决成件包装货物的搬运问题。

2）长、大、笨重货物的装卸搬运设备。长、大、笨重货物通常指大型机电设备、各种钢材、大型钢梁、原木、混凝土构件等，具有长、大、笨重结构和形状特点。这类货物的装卸搬运作业通常采用轨道式起重机和自行式起重机两种。在长、大、笨重货物运量较大并且货流稳定的货场、仓库，一般配备轨道式起重机；在运量不大或作业地点经常变化时，一般配备自行式起重机。

3）散装货物的装卸搬运设备。散装货物通常是指成堆搬运不计件的货物，如煤、焦炭、沙子、白灰、矿石等。散装货物一般采用抓斗起重机、装卸机、链斗装车机和输送机等进行机械装车。

4）集装箱货物装卸搬运设备。集装箱一般选用内燃叉车或电瓶叉车作业。5t 及 5t 以上集装箱采用龙门起重机或旋转起重机进行装卸作业，还可采用叉车、集装箱跨运车、集装箱牵引车、集装箱搬运车等。

随着物流现代化的不断发展，装卸搬运设备将会得到更为广泛的应用。从装卸搬运设备的发展趋势来看，发展多类型的装卸搬运设备，发展专用装卸搬运设备来适应货物的装卸搬运作业要求是今后装卸搬运设备的发展方向；并通过采用新技术、新材料、新设备，逐步实现装卸搬运设备的系列化、标准化、通用化、集装化，增大装卸搬运设备作业范围，提高机械化作业比重。

学习任务一　起重设备

知识目标：了解起重设备的分类、组成及性能指标，掌握常见起重设备的工作特点。

能力目标：能够识别各种起重设备，根据货物特点对起重设备进行合理配置与选择。

学习方法：本任务为实践技能学习，组织学生到货场、车站及港口码头实地调研参观实习。

一》 起重设备的工作特点

起重设备是一种循环、间歇运动的机械，用来垂直升降货物或水平移动货物，以满足货物的装卸、转载、卸载等作业要求。

起重设备是重复循环工作的货物装卸搬运机械，一般具有一个起升运动和一个或几个水平运动。起重设备的种类不同，其构造和工作原理也不相同，但是各类起重机械的工作程序基本相同。它的工作程序是：吊挂抓取货物，提升后进行一个或数个动作的水平及垂直运移，将货物放到卸载地点，然后返程做下一次动作准备，这称作一个工作循环。完成一个工作循环后，再进行下一次的工作循环。每一个工作循环中都包括载货和空返行程。因此，起重设备是一种间歇动作的机械，它具有间歇重复的特点。在工作中，各工作机构经常处于反复起动、制动状态，而稳定运动的时间相对于其他机械而言则较为短暂。起重机以装卸为主要功能，搬运的功能较差，搬运距离很短。大部分起重机械机体移动困难，因而通用性不强，往往是港口、车站、仓库、物流中心等处的固定设备。同时，起重机的作业方式，是从货物上部起吊，因而，作业需要空间高度较大。

二》起重设备的分类

起重设备按起升机构的活动范围不同，可分为简单起重设备、通用起重设备和特种起重设备三大类。按其机械综合特征，可分为轻小型起重设备、桥式类起重设备、臂架类起重设备、堆垛类起重设备、升降设备五大类。按其结构特点，又可分为电动葫芦、单梁起重设备、桥式起重设备、龙门起重设备、旋臂起重设备、门座起重设备、轮胎起重设备等类别。

三》起重设备的性能指标

表征起重设备主要性能特征的技术经济指标，是选用起重设备的主要依据，主要有起重量、起升高度、幅度、跨度、工作速度、轮压等。对于轮胎起重设备，还包括最小转弯半径、最大爬坡度、最小离地间隔等指标。

（1）起重量 G，是指被起升重物的重量，单位为 kg 或 t。它又可分为额定起重量、总起重量、有效起重量等。

1）额定起重量 G_n，是指起重机吊起物料连同可分吊具或属具（如抓斗、电磁吸盘、平衡梁等）的重量的总和。额定起重量通常标定在起重机的标牌上。

2）总起重量 G_z，指起重机能吊起的物料连同可分吊具和长期固定在起重机上的吊具或属具（包括吊钩、滑轮组、起重钢丝绳以及在起重小车以下的其他起吊物）重量的总和。

3）有效起重量 G_p，指起重机能吊起的物料的净重量。

（2）起升高度 H，一般是指起重机工作场面或起重机运行轨道顶面到取物装置上极限位置（采用吊钩时取吊钩钩口中心计算，采用抓斗或其他吊具时取其最低点计算）之间的垂直距离。

（3）幅度 R，指臂架类起重机旋转中心线到取物装置中心线之间的水平距离。

（4）跨度 L，指桥式类起重机大车运行轨道中心线之间的水平距离。

（5）工作速度 v，起重机的工作速度主要是指起升速度、变幅速度、旋转速度和运行速度四种。

（6）轮压，指桥架自重和小车处在极限位置时，在起重机自重和额定起重量作用下在大车车轮上的最大垂直压力。

四 》 常见起重设备

（一）电动葫芦和单梁起重机

1. 电动葫芦

电动葫芦是在工字钢下翼缘运行的起重机械。电动葫芦的起升机构一般由带制动器的锥形异步电机驱动。为了减小外形尺寸，一般采用行星减速机，并安排电机、减速机和钢绳卷筒呈同轴布置。运行轨道可以按照工艺路线的需要进行布置，一般由直线的或曲线的工字钢组成。在线路上可以设置道岔。电动葫芦一般由人工跟随，通过按钮进行升降和运行的控制。但在自动控制的系统中，也可以通过沿轨道铺设的位于电动葫芦顶上的信号线实现感应遥控。其外形如图 4—1 所示。

2. 单梁起重机

把电动葫芦安装在单轨桥架上就成为单梁起重机，设备外形如图 4—2 所示。

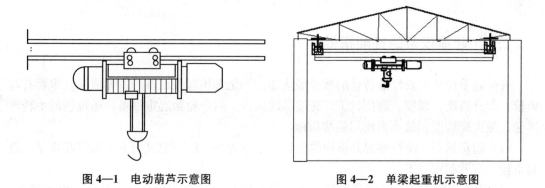

图 4—1　电动葫芦示意图　　　　　　图 4—2　单梁起重机示意图

（二）桥式起重机

桥式起重机是横架于车间、仓库及露天货场的上方，用来吊运各种货物的机械设备，通常称为"桥吊"、"天车"或"行车"。它放置在固定的两排钢筋混凝土栈桥上，可沿栈桥上的轨道纵向移动，起重小车可在桥架上的小车轨道上做横向移动。这样，起重机可以在一个长方体（起升高度×跨度×走行线长度）的空间内作业。桥式起重机是应用广泛的一种轨道运行式起重机，其数量占各种起重机总量的 60%～80%，额定起重量从几吨到几百吨。常用的桥式起重机有桥式吊钩起重机、桥式抓斗起重机、桥式电磁起重机、三用桥式起重机、双小车桥式起重机和电葫芦双梁桥式起重机。其外形如图 4—3 所示。

（三）龙门起重机

龙门起重机又称龙门吊或门式起重机，它是由支撑在两条刚性或一刚一柔支腿上的主梁构成的龙门框架而得名，其结构如图 4—4 所示。龙门起重机的起重小车在主梁的轨道上行走，而整机则沿着地面轨道行走。为了增加作业面积，主梁两端可以具有外伸悬臂。悬臂长度是龙门起重机的支腿至悬臂部分最外端的距离。

龙门起重机具有场地利用率高、作业范围大、适应面广、通过性强等特点，在仓库、货场、车站、港口、码头等场所，担负着生产、装卸、安装等作业过程中的货物装卸搬运任务，是企业生产经营活动中实现机械化、自动化的重要生产力。龙门起重机应用十分普遍，其使用数量仅次于桥式起重机。

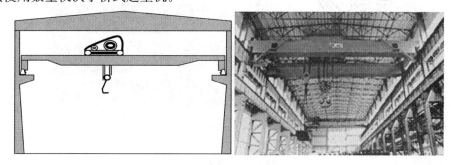

图 4—3　桥式起重机

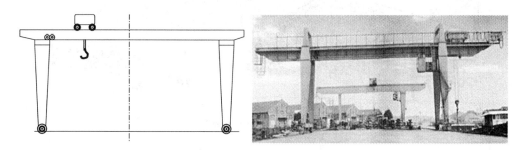

图 4—4　龙门起重机

（四）门座式起重机

门座式起重机又称门机，是有轨运行的臂架型移动式起重机。门座式起重机的额定起重能力范围很宽，一般在 5～100t，造船用的门座式起重机的起重范围则更大，现已达到 150～250t。门座式起重机的工作机械具有较高的运动速度，使用效率高。同时，它的结构是立体的，所占面积很小，具有高大的门架和较长距离的伸臂，因而具有较大的起升高度和工作幅度，能满足港口码头船舶和车辆的机械化装卸、转载以及充分利用场地的要求。门座式起重机的回转机构能使臂架做 360°回转，其变幅机构能使臂架俯仰，改变起吊点至回转中心的距离，并且在变幅过程中保持货物的离地高度不变，有起升机构完成起吊作业。门座式起重机的缺点是造价高，需要钢材多，需要较大电力供给，一般轮压较大，需要坚固的地基，附属设备也较多。其外形如图 4—5 所示。

（五）汽车起重机

汽车起重机是安装在标准的或专用的载货汽车底盘上的全旋转臂架起重机，其车轮采用弹性悬挂，行驶性能接近于汽车。一般在车头部设有司机室，绝大多数还在转台上设有起重司机室。汽车起重机行驶速度高，越野性能好，作业灵活，可迅速改变作业场地，特别适合于流动性大、不固定的作业场所。汽车起重机作业时一般放下支腿，不能带负荷行驶，且不能配套双绳抓斗使用，因此其使用受到一定局限。汽车起重机的外形如图 4—6 所示。

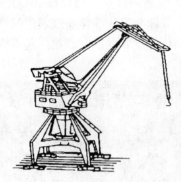

图 4—5　门座式起重机

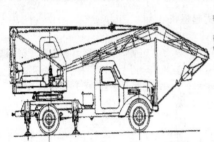

图 4—6　汽车起重机

(六) 轮胎起重机

　　轮胎起重机是装在特制轮胎底盘上的全回转（可 360°回转）悬臂起重机，同汽车起重机的主要区别在于：底盘不同。汽车起重机用标准或专用汽车底盘，轮胎起重机用专用底盘，其轴距和轮距配合适当，从而稳定性好，并能在平坦的地面上吊货行驶，但走行速度较低，所以适合固定在一个货场内作业。轮胎起重机的外形如图 4—7 所示。

图 4—7　轮胎起重机

(七) 履带起重机

　　履带起重机是将起重机作业部分装在车架上的悬臂式旋转起重机，这种起重机可在路面不好的情况下作业，稳定性好，可不打开支腿进行作业，但运行速度较低（一般不超过4～6km/h），并且在行驶时会损坏路面。另外，维修操作也较复杂，配件不易解决，在使用中受到一定的限制，一般只适用于建筑、建设施工工地。其外形如图4—8所示。

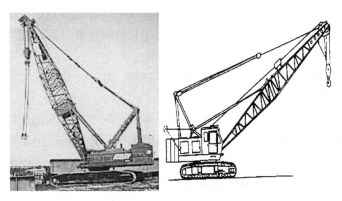

图4—8 履带式起重机

（八）浮式起重机

浮式起重机是以专用浮船作为支撑和运行装置，浮在水上作业，可沿水道自航或拖航的水上臂架起重机。它广泛应用于海河港口，可单独完成船—岸间或船—船间的装卸作业。浮式起重机的外形如图4—9所示。

图4—9 浮式起重机

学习任务二 集装箱装卸搬运设备

知识目标：了解集装箱装卸搬运设备的分类，掌握常见集装箱装卸搬运设备的工作特点。

能力目标：能够正确识别集装箱装卸搬运设备，分析港口装卸工艺流程。

学习方法：本任务为实践技能学习，组织学生到港口、码头实地调研参观实习。

一 》 集装箱装卸搬运设备的分类

由于集装箱（container）的载重量都以吨甚至以十吨计，因此，集装箱的整体装卸用人力是无法完成的。为了完成集装箱的装卸、搬运和堆垛作业，需采用装卸效率高的集装箱专用装卸搬运设备。

集装箱装卸搬运设备按作业场所和装卸搬运过程，常分为集装箱船装卸设备、集装箱堆场装卸设备、集装箱货运站装卸设备三大类。

集装箱的主要装卸搬运设备有岸边集装箱装卸桥、轮胎式集装箱龙门起重机、轨道式集装箱龙门起重机、集装箱牵引车和挂车、集装箱叉车、集装箱跨运车等。

二 》 常见集装箱装卸搬运设备的工作特点

（一）岸边集装箱装卸桥

岸边集装箱装卸桥简称岸桥，它是集装箱码头前沿进行集装箱船舶装卸的专用机械设备。由于它具有效率高、车船作业方便、适用性强的优点，所以在集装箱专用码头上大都安装有岸边集装箱装卸桥。

岸边集装箱装卸桥主要由带行走机构的门架、承担臂架重量的拉杆、臂架等几个部分组成。臂架分为海侧臂架、陆侧臂架和门中臂架三个部分。门中臂架用于连接海侧和陆侧臂架。臂架的主要功能是用来承受带升降机构的小车自重，而升降机构又是用来承受集装箱吊具和集装箱总重的。海侧臂架一般设计成可俯仰的，以便集装箱装卸桥移动时与船舶的上层建筑不发生碰撞。岸边集装箱装卸桥如图4—10所示。

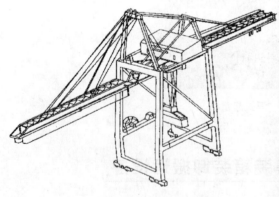

图4—10 岸边集装箱装卸桥

（二）轮胎式集装箱龙门起重机

轮胎式集装箱龙门起重机（见图4—11）是在集装箱货场上使用的装卸设备。它的门架由两片龙门框和底梁组成，支撑在橡胶充气轮胎上，可以在集装箱货堆之间行走。当它在集装箱货堆中行走时，一般采用电磁感应的自动导向技术，当它从一个货堆移到另一个货堆时，可做 90°直角转向，以减少调车的作业场地。它的作业内容是把集装箱从运输车辆上吊起，堆到货场上，或者把货场上的集装箱吊起装到运输车辆上。它的起重量是集装箱的最大总重量和吊具重量之和。

轮胎式集装箱龙门起重机有两个主要尺寸参数，即跨度和起升高度。跨度是指两侧行走轮中心线之间的距离。根据集装箱货场的布置，通常有两种跨度，即跨 6 列集装箱和一条运输车辆通道，或者跨 3 列集装箱和一条运输车辆通道。一般各列集装箱之间的间隙为 300mm，最外边一列集装箱与龙门起重机支腿之间的间隙为 500mm。运输车辆与集装箱之间的间隙不小于 500mm，需要留出人行走道的间隙 1 200mm。起升高度是指起升最高位置时吊具底部至地面的垂直距离，一般按堆放三层来考虑。起吊的集装箱要通过三层货垛并且要有 500mm 的安全间隙，集装箱的最大高度为 2.74m，所以轮胎式集装箱龙门起重机的高度一般不少于 11.50m。目前常用的轮胎式集装箱龙门起重机起重量为 40t，跨度为 23.47m，起升高度为 18.1m。

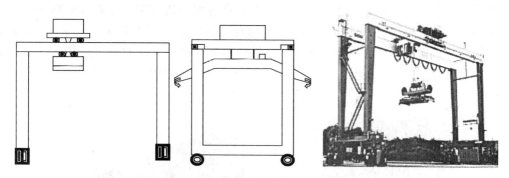

图 4—11 轮胎式集装箱龙门起重机

（三）轨道式集装箱龙门起重机

轨道式集装箱龙门起重机（见图 4—12）由两片双悬臂的龙门架组成，两侧门腿用下横梁连接，龙门架通过大车运行机构在地面铺设的轨道上行走，起重小车运行在龙门架的轨道上，小车上有回转机构，它可以做大于 270°的回转运动，在回转盘上安装有起升机构，通过钢丝绳、导向滑轮组和集装箱吊具进行装卸作业。对于标准集装箱码头，在一个泊位配备两台岸桥的情况下，货场一般配备三台跨度为 30～60m 的轨道式龙门集装箱起重机，其中两台供前方船舶装卸作业，一台供后方进箱或装箱用。

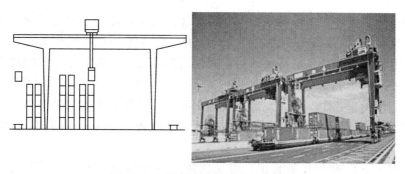

图 4—12 轨道式集装箱龙门起重机

轨道式龙门集装箱起重机较轮胎式龙门集装箱起重机跨度大、结构简单、操作方便、易于实现自动化控制，同时，还具有堆垛层数多的优点，可以充分利用堆场面积，提高堆场堆存能力。

（四）集装箱跨运车

集装箱跨运车，如图4—13所示，是一种专用于集装箱短途水平搬运和堆码的机械。跨运车作业时，以门形车架跨在集装箱上，并由装有集装箱吊具的液压升降系统对集装箱进行搬运和堆码。

集装箱跨运车的特点是机动性好，可一机多用，既可进行水平运输，也可进行堆场堆码、搬运和装卸作业。但集装箱跨运车造价高、使用维护费用高、驾驶视野有待改善。

（五）集装箱正面吊

集装箱正面吊，如图4—14所示。其特点是有可伸缩的臂架和左右可旋转120°的吊具，便于在堆场进行吊装和搬运；臂架不可做俯仰运动，可加装吊钩来吊装重件。该机机动性强，可以一机多用，既可吊装作业，又可短距离搬运，其起升高度一般可达4层箱高，且稳定性好，是一种适应性强的堆场装卸搬运机械，适用于集装箱吞吐量不大的集装箱码头。

图4—13　集装箱跨运车

图4—14　集装箱正面吊

（六）集装箱叉车

集装箱叉车是一种大型平衡式叉车，是集装箱码头和货场常用的机械设备，主要用在集装箱吞吐量不大的综合性码头和货场。它的优点是既可以堆码集装箱，又可以短距离运输，而且换上普通货叉后还可以搬运其他货物，可以一机多用。它的缺点是直角堆垛通道宽度较宽，影响场地的面积利用率。另外轮压较大，对路面的承载能力要求高。集装箱叉车的载荷中心距（货叉根部至货物中心之间的距离）大，达1 220mm，司机室在车体一侧且位置较高，以改善司机的视线，还配备顶部起吊或侧部起吊的集装箱吊具。

对于带有叉车槽的20ft集装箱，可采用货叉进行装卸搬运。对于不带叉槽的20ft集装箱和所有40ft集装箱，必须采用专用的集装箱吊具。集装箱吊具有两类，一类是侧面吊具,如图4—15(a)所示;另一类是顶面吊具,如图4—15(b)所示。侧面吊具的上部有两个与20ft集装箱上部角配件相配合的旋锁。为了便于旋锁与上部角配件对准,吊具上有侧移机构,有的还有左右摆动机构。为了一机多用,有的吊具还有伸缩机构,使之既能吊起20ft集装箱,又可吊起40ft集装箱。侧面吊具比较轻便,但只能搬运空集装箱。顶部吊具有一个框架,在四个角上有四个与集装箱上部角配件相配合的旋锁,可以搬运满载集装箱。吊具上有侧移机构,一般可以在左右侧移300mm。左右摆动机构的摆动量一般为3°~5°。

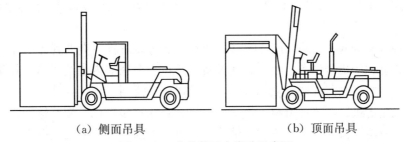

(a) 侧面吊具　　　　　　　　　　(b) 顶面吊具

图4—15　集装箱叉车搬动示意图

(七) 集装箱牵引车和半挂车

集装箱牵引车是专门用于拖带集装箱半挂车,两者结合组成长距离运输集装箱的车组的专用机械,如图4—16所示。它主要用于港口码头、铁路货场与集装箱堆场之间的运输。集装箱牵引车具有牵引装置、行驶装置,但自身不能载运货物。它的前后车轮都装有行走制动器,车架后部装有连接挂车的牵引鞍座。牵引车的驾驶室比较短,司机的视野好。车辆的轴距短,因而转弯半径小。集装箱在半挂车上,其前端压在牵引车上,使牵引车的牵引力能够充分发挥而不至于打滑。半挂车的前端底部一般都装有支腿。在运输途中,支腿是收起的,到了目的地后,支腿放下,牵引车即可离开,接受新的牵引运输任务。

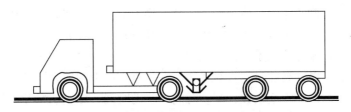

图4—16　集装箱牵引车和半挂车

集装箱半挂车按其使用场所,可分为公路用半挂车和货场用半挂车。为了保证长途运输的安全,公路用半挂车上装有固定集装箱用的旋锁装置。货场用半挂车上虽也有旋锁装置,但较公路用半挂车简单。专用于集装箱的半挂车是骨架式的,又称底盘车,车架仅由底盘骨架构成,而且集装箱本身也作为强度构件,加入到半挂车的结构中。底盘车本身自重轻、结构简单、维修方便,在集装箱运输中用的最多。

学习任务三 输送设备

知识目标：了解输送设备的概念和主要性能指标，掌握常见输送设备的工作特点。

能力目标：能够分析各种输送设备的性能、结构及工作原理。

学习方法：本任务为实践技能学习，学生分组在物流实训室由实训指导教师组织学习。

输送设备（conveyor）是以连续的方式沿着一定的线路从装货点到卸货点均匀输送货物和成件包装货物的机械设备。由于输送设备能够在一个区间内连续搬运大量货物，搬运成本非常低廉、搬运时间准确、货流稳定，因此，被广泛用于现代物流系统中。常见的输送设备有带式输送机、斗式提升机、链式输送机、悬挂式输送机、螺旋输送机、辊子输送机、气力输送机等。按安装方式不同，输送设备可分为固定式和移动式两大类。固定式输送机是指整个设备固定安装在一个地方，不能再移动，主要用于固定输送的场合，如专用码头、仓库中货物的移动，以及工厂工序之间的原材料、半成品和成品的输送。它具有输送量大、能耗低、效率高等特点。移动式输送机是指整个设备安装在车轮上，可以移动，具有机动性强、利用率高等特点，适用于中小仓库。

一》 输送设备的主要技术性能指标

输送设备的主要技术性能指标是表征输送设备工作性能的主要参数，是选用和管理连续输送设备的重要依据。

（1）生产率。生产率是指输送机在单位时间内输送货物的质量，用 Q 表示，以 t/h 为单位。

（2）输送速度。输送速度是指被输送货物或物料沿输送方向的运行速度。

（3）充填系数。充填系数是指输送机承载件被物料或货物充填的程度。

（4）输送长度。输送长度是指输送机的装载点与卸载点之间的距离。

（5）提升高度。提升高度是指货物或物料在垂直方向上的输送距离。

（6）其他性能指标。安全系数、制动时间、起动时间、电动机功率、轴功率、单位长度牵引构件的质量、传入点张力、最大动张力、最大静张力等。

二》 常见输送设备的工作特点

（一）带式输送机

带式输送机的组成装置包括金属结构机架，装在头部的驱动滚筒和装在尾部的张紧滚筒，绕过头尾滚筒沿输送机全长安装的无端输送带和上、下托辊，以及电动机、减速器等在内的驱动装置、装载装置、卸载装置和清扫装置等。带式输送机的一般结构如图 4—17 所示。

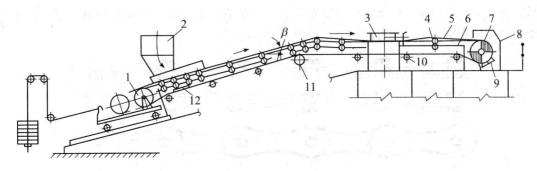

图 4—17 带式输送机结构示意图

1—张紧滚筒；2—装载装置；3—卸载装置；4—上托辊；5—输送带；6—机架；
7—驱动滚筒；8—卸载装置；9—清扫装置；10—下托辊；11—转轴；12—缓冲片

除了普通带式输送机外，还有一些新型带式输送机，例如压带式输送机，在垂直区段增加一台并列的带式输送机，两输送机的输送带夹持着物品同步提升；又如中间带驱动的带式输送机，在输送机的中间安装几台较短的驱动带式输送机，借助两条贴紧的输送带产生摩擦力来驱动长距离的带式输送机；再如气垫带式输送机，是用气垫代替托辊组，使输送作业平稳、减少污染，同时可减少维修费用。

（二）辊子输送机

辊子输送机是由一系列以一定间距排列的辊子组成的（见图 4—18），用于输送成件物品或托盘货物的输送设备。它的结构简单、运转可靠、布置灵活、输送平稳、使用方便、经济节能。它与生产过程和装卸搬运系统能很好地衔接和配置，利用多种功能组成流水作业，也可并排组成大宽度的输送机以运送大型成件物品，因而在仓库、港口、货场得到了广泛的应用。

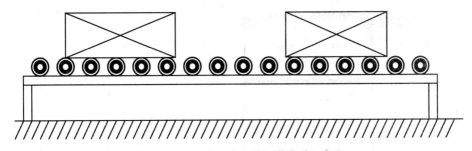

图 4—18 辊子输送机的辊道输送示意图

为了保证货物在辊子上移动时的稳定性，支撑面至少应该接触四、五个辊子，即辊子的间距应小于货物支撑面长度的 1/4。辊子输送机也可以布置成一定的坡度，使货物能靠自身的重力从一处移至另一处。但起点和终点要有一定的高度差限制，如果输送距离较长，必须分成几段，在每段的终点设一个升降台，把货物升至一定高度，再次沿重力式辊道移动。重力式辊道的速度无法控制，有时可能发生碰撞。虽可以设计一种限速辊子，但结构比较复杂。辊子输送机可以直线输送，也可以改变输送方向，为此要用锥形辊子按扇形布置。

（三）链式输送机

链式输送机有多种形式，使用最广的是最简单的链条输送机，由两根套筒辊子链条组成，如图 4—19 所示。链条由驱动链轮牵引，链条下面有导轨，支撑着链节的套筒辊子。货物直接压在链条上，随着链条的运动而向前移动。

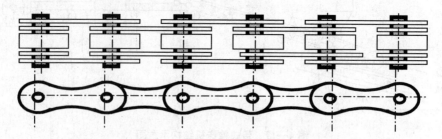

图 4—19　链条输送机的链条结构示意图

一种新款的链条是用特殊形状的链片制成的，可用来安装各种附件，如托板。用链条和托板组成的链板输送机是一种应用广泛的连续输送设备。如果托板铰接在链条上，可以侧向倾翻，则可以制成自动分拣机，在需要把物品卸出的位置，使托板倾翻，即可使物品滑到相应的溜槽内。

另一种新款的链条输送机是链板式垂直提升机，托住物品的是一串互相铰接的板条。提升机有两对链条，托板的第一根板条铰接在一对链条上，托板的最后一根板条铰接在另一对链条上。物品先在送货输送机上等待，当第一对链条运行至物品入口处时，探测装置发出信号，起动送货输送机，使之与提升机同步运行，物品逐渐转到由板条组成的托板上，如图 4—20 所示。当第一根板条随着第一对链条经过转向轮向上移动时，最后一根板条也正好随着第二对链条向上移动，于是两对链条拉着载货托盘垂直提升。链条运行至顶部，第一根板条随第一对链条经过转向链轮垂直地向下移动，后续的板条继续把物品送到出口输送机上，当最后一根板条随着第二对链条向下移动时，整个托板成为垂直状态。

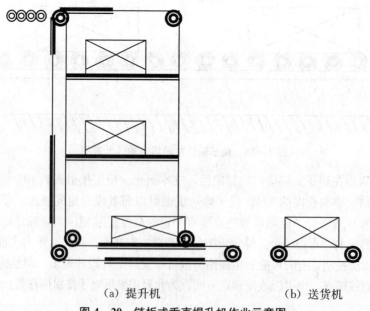

　　　　　　　　(a) 提升机　　　　　　　　　　　(b) 送货机

图 4—20　链板式垂直提升机作业示意图

（四）悬挂式输送机

单轨悬挂式输送机是最简单的架空输送设备。它有一条由工字钢组成的架空单轨线路。承载滑架上有一对滚轮，承受物品的重量，沿轨道滚动，吊具挂在滑架上。如果物品的重量太大，可以用平衡梁把物品挂在两个或四个滑架上，滑架由链条牵引，如图4—21所示。

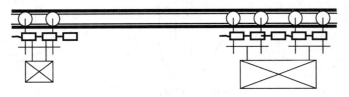

图4—21 单轨悬挂式输送机

由于架空线路一般为空间曲线，要求牵引链条在水平和垂直方向上都有很好的扰性，一般采用可拆链。标准可拆链的链环转角在$2°40'\sim3°12'$范围内，要求垂直弯曲半径较大。链条由链轮驱动，也可以由履带式驱动装置驱动。转向可用链轮，也可以用滚柱组转向装置。悬挂式输送机的上、下料作业是在运行过程中完成的。通过线路的升降可实现自动上、下料，如图4—22所示。

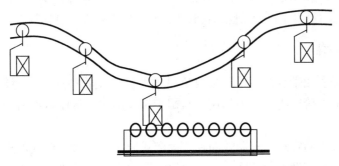

图4—22 悬挂输送机的自动上、下料作业示意图

悬挂式输送机多应用于机械、汽车、电子、家用电器、轻工、食品、化工等行业大批量流水生产作业中。单机输送能力大，可采用很长的线体实现跨厂房输送。其特点是结构简单、可靠性高，能在各种恶劣环境下使用；造价低、耗能少、维护费用低，可大大减少使用成本。

（五）斗式提升机

斗式提升机是垂直提升散碎物料的连续运输机械。驱动装置带动牵引件回转，它的牵引件可以是运输带或者链条。在牵引件上按一定的间距固定着很多料斗，料斗从提升机的底部抓起物料，随牵引件上升到顶部后，绕过链轮或者卸料滚筒，物料即从料斗内卸出。按卸料方式，斗式提升机可分为三种形式：离心卸料型、导板卸料型、完全卸料型，如图4—23所示。

离心卸料型斗式提升机有比较高的提升速度，利用斗子在顶部链轮或滚筒处回转时产生的离心力将物料抛出。它的运输量比较大，但不适用于输送那些破碎后品级降低的物料，也不适用于输送容易飞扬的粉尘状物料。

导板卸料型斗式提升机的料斗一个接一个。在顶部卸料时利用前一个料斗的背面作为

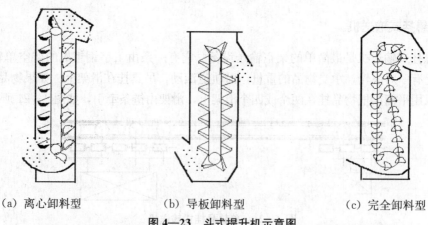

（a）离心卸料型　　　　（b）导板卸料型　　　　（c）完全卸料型

图4—23　斗式提升机示意图

导板溜槽，为此，斗背两侧应有挡板。这种提升机的速度比较低，但由于料斗间距短，运输量仍然比较大，它在卸料时不会引起物料与卸料挡板的冲击，故障少，耐用、可靠，但不适用于输送黏性物料，造价也比较高。

完全卸料型与离心卸料型相似，但在顶部端链轮的卸料侧还有一个改向链轮，链条从改向链轮的内侧绕过，这样就可使料斗中的物料全部卸出。这种斗式提升机的运行速度比较低（约35m/min），运输量也比较少。但卸料时斗口垂直向下，即使黏性物料也能靠重力卸出。

（六）螺旋输送机

螺旋输送机是利用带有螺旋叶片的螺旋轴的旋转，使物料产生沿螺旋面的相对运动，物料受到料槽或输送管臂的摩擦力作用不与螺旋一起旋转，从而将物料轴向推进，实现物料输送的设备。

螺旋输送机分为固定式和移动式两种。固定式输送机一般属慢速输送机，可以进行距离不太远的水平输送或低倾角的输送，通常用于车间内。移动式输送机一般属于快速输送机，可以完成高倾角和垂直输送，通常用于物料出库、装卸、灌包等作业。

螺旋输送机由固定的料槽与在其中旋转的、具有螺旋叶片和传动轴组成的旋转体构成。传动轴由两端轴承和中间的悬挂轴承支撑，螺旋体通过传动轴由电动机驱动。物料由进料口进入机槽以滑动方式做轴向运动，直至卸料口卸出，如图4—24所示。

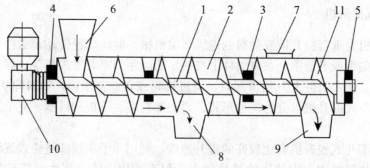

图4—24　水平螺旋输送机结构示意图

1—传动轴；2—料槽；3、4、5—轴承；6、7—进料口；8、9—卸料口；
10—驱动装置；11—螺旋叶片

螺旋输送机主要用于输送各种粉状、粒状、小块状物料并可同时完成混合、搅拌、冷却等作业。不宜输送易变质的、黏性大的、块头大的及易结块的物料。

螺旋输送机的优点是结构比较简单，成本较低，工作可靠，维护管理方便，尺寸紧凑，占地面积小，能实现密封输送。其缺点是单位能耗较大，物料在输送中易磨损，螺旋叶片和料槽的磨损也较严重。

（七）气力输送机

气力输送机是由一定速度和压力的空气带动粉粒状物料在管内流动，实现在水平和垂直方向上移动的输送设备。它的结构简单，能保护环境不受污染，被广泛应用于装卸粮食、水泥等物料。

在多数气力输送机中，物料颗粒呈悬浮状态，这种悬浮式系统有三类，即吸送式、压送式和混合式。

1. 吸送式气力输送机

吸送式气力输送机如图4—25所示。吸嘴由内管和外管组成，内管与系统管道相连。在系统负压的作用下，空气从内管与外管的间隙中进入吸嘴，在流动过程中把物料卷入管内。夹带物料的气流从管道进入容积式分离器后，由于流动面积突然扩大，速度骤然下降，便失去夹带物料的能力，大部分物料颗粒在重力的作用下落在分离器的底部，只有少量粉尘继续随空气从分离器顶部逸出。

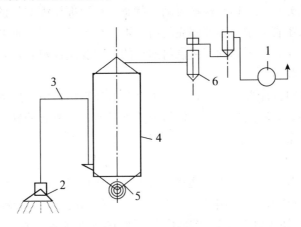

图4—25　吸送式气力输送机示意图

1—鼓风机；2—吸嘴；3—管道；4—容积式分离器；5—卸料器；
6—除尘器

容积式分离器的工作原理是：夹带物料的空气流从切线方向进入分离器内外管之间的环形空间，由上向下做螺旋流动，在离心力的作用下，物料被抛向锥形管壁并滑至底部卸料口；向下做螺旋运动的空气到达锥形底部后又转而向上，最后由内管排出。分离器还可以是离心式的，也可以是布袋过滤式的。

卸料器又称闭锁器，安装在分离器的下方，其作业过程是使物料从分离器中卸出并阻止空气自由进入分离器，利用叶轮使分离器中的物料与大气隔离。

吸送式气力输送系统的供料简单方便，可以从多处同时吸料，但只能在一处卸料。它的缺点是输送距离较短。

2. 压送式气力输送机

压送式气力输送机，如图4—26所示。鼓风机在系统中产生正压，物料从供料器进入系统，被压缩空气吹入管道，到达分离器后，从卸料器卸出，气流经除尘器过滤后进入大气。

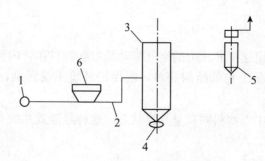

图4—26　压送式气力输送机示意图
1—鼓风机；2—管道；3—分离器；4—卸料器；5—除尘器；6—供料器

供料器有多种形式，有轮式、叶轮式、容器式等。对于水泥等粉状物料，适宜采用容器式供料器。物料输送首先要把物料装入密封的容器中，装到一定高度后，关闭加料口并打开供料口。压缩空气同时送到容器的顶部和底部。进入容器底部的压缩空气使物料流态化，即物料与空气充分混合，达到极易流动的状态。在顶部压缩空气的压力下，流态化物料经供料口压送到系统管道中。容器卸完料后，再一次进行装料，重复上述过程。这种供料器是周期性断续工作，为了达到连续供料的目的，需要设计双容器式的装置，一个在供料时，另一个进行装料。

压送式气力输送机只能在一处供料，但可以在多处卸料，由于压力高，可以进行长距离输送，生产率较高。其缺点是需要比较复杂的供料器，还要有较好的密封技术，以免粉尘从管道泄漏造成污染。

3. 混合式气力输送机

混合式气力输送机由吸送系统和压送系统组成，如图4—27所示。首先通过吸嘴把物料吸入管道运至分离器，分离出来的物料又被供料器供入管道，由压送系统继续运送到目的地。这种系统兼有吸送式输送系统和压送式系统的优点，缺点是系统比较复杂，可靠性有所降低。

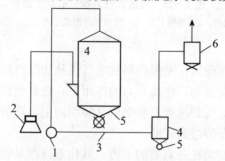

图4—27　混合式气力输送机示意图
1—鼓风机；2—吸嘴；3—管道；4—容积式分离器；5—卸料器；6—除尘器

学习任务四 叉车

知识目标：了解叉车的定义、分类和作用，掌握叉车的结构、工作特点及操作技术。

能力目标：能够为物流企业仓储系统配置、操作与管理叉车。

学习方法：本任务为实践技能学习，学生分组在实训室由实训指导教师指导实践学习。

叉车（forklift truck），又称铲车，是物流领域装卸搬运设备中应用最广泛的一种设备。它以货叉作为主要的取货装置，叉车的前部装置装有标准货叉，可以自由地插入托盘取货和放货，依靠液压起升机构升降货物，由轮胎式行驶系统实现货物的水平搬运。叉车除了使用货叉以外，通过配备其他取物装置后，还能用于散货和多种规格品种货物的装卸作业。叉车具有良好的动力性能。根据叉车工作的需要，叉车的前进和后退的最大行驶速度相同，前进挡和后退挡的挡数相同。叉车的上方设置护顶架，部分叉车有司机室。

一 》 叉车的分类

叉车按照性能和功用分类，有平衡重式叉车、前移式叉车、侧面式叉车、插腿式叉车、伸缩臂式叉车、高货位拣选式叉车等。其中平衡重式叉车的应用最为广泛。

叉车按其所使用的动力不同，又可分为汽油叉车、柴油叉车、蓄电池叉车和液态燃料叉车。

表4—1为常用叉车性能指标数据的比较。

表4—1　　　　　　　　　　　　　　　　叉车的性能指标

叉车名称	最大起重量	起升高度	最高时速	适用场合
平衡重式叉车	40t	12m		室外搬运作业
插腿式叉车	2t			室内搬运作业
前移式叉车	5t	3m	15km/h	室内搬运作业
侧面式叉车	40t	3m	30km/h	室外搬运作业
伸缩臂式叉车	轻量	10m以上	60km/h	室内、外搬运作业
高货位拣选式叉车	轻量	13m	8km/h	室外搬运作业

二 》 叉车的结构及工作特点

（一）平衡重式叉车

平衡重式叉车是叉车中应用最广泛的一种形式，占叉车总数的80％以上，其特点是工作装置位于叉车的前端，货物载于前端的货叉上，为了平衡前端货物的重量，需要在叉车的后部装有平衡重。前轮为驱动轮，后轮为转向轮。平衡重式叉车的外形如图 4—28 所示。

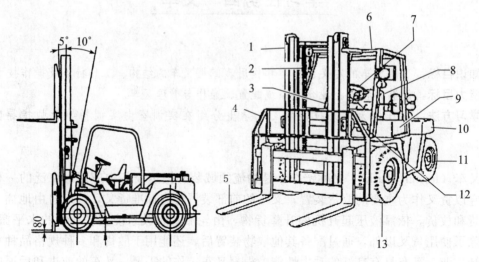

图 4—28　平衡重式叉车

1—门架；2—起升液压缸；3—控制杆；4—挡货架；5—货叉；6—护顶架；7—转向盘；
8—坐椅；9—内燃机罩；10—平衡重；11—后轮胎；12—倾斜液压缸；13—前轮胎

1. 平衡重式叉车工作装置的组成和功能

平衡重式叉车主要由门架、货叉、起升液压缸和倾斜液压缸等组成。

（1）门架。门架是叉车工作装置的骨架，门架支撑着起升液压缸，同时要承受货物的垂直作用力和纵向弯矩。根据工作的需要，门架可做成两节门架和三节门架。两节门架由不能升降的外门架和可沿外门架升降的内门架组成。叉车在未工作以前，内门架和外门架的高度是一样的。当叉车进行堆码工作时，内门架沿着外门架上升。

（2）货叉。货叉是承载货物的装置，由水平段和垂直段两部分组成。垂直段与滑架连接，连接的方式有挂钩式和轴套式两种形式；水平段用于支撑货物，水平段的前端做成叉形以利于叉取货物。货叉是关系到作业安全的重要部件，从材料和制造工艺上有特殊的要求。

（3）起升液压缸和倾斜液压缸。起升液压缸和倾斜液压缸控制着门架的起升和倾斜。起升时，起升液压缸首先带动货叉升至极限位置，然后再带动内门架上升；倾斜液压缸的可使门架前倾或后倾一定的角度，带动货叉前俯或后仰，以便叉起和卸下货物。

另外，叉车的总体结构还应包括叉车的车架、护顶架和平衡重等部分。车架是叉车的基本骨架，是支撑各个零部件的基础，承受的负载较大，同时还要承受较大的纵向弯矩和转矩，因此要求组成车体的材料必须具有足够的强度和刚度。车架一般有板式和箱式两种形式。护顶架的作用是避免司机因跌落货物而受伤害。在结构及性能上都有一定的要求。平衡重的作用是平衡叉车前部的荷载，由铸铁铸造而成。

2. 平衡重式叉车的应用场合

平衡重式叉车是目前应用最广泛的一种，由于没有支撑臂，因而需要较长的轴距和平衡重来平衡载荷，这样叉车的重量和尺寸都较大，需要较大的作业空间。同时，货叉直接从前轮的前方叉取货物，对叉取货物的体积一般没有要求；动力较大、底盘较高、具有较强的地面适应能力和爬坡能力，适用于室外作业。

（二）前移式叉车

前移式叉车的货叉可沿叉车纵向前后移动，有两条前伸的支腿，与插腿式叉车比较，前轮较大，支腿较高，作业时支腿不能插入货物的底部。前移式叉车与插腿式叉车一样，都是货物的重心落到车辆的支撑平面内，因此稳定性很好。前移式叉车的外形如图4—29所示。

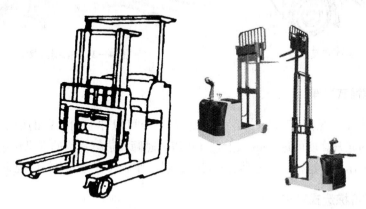

图4—29 前移式叉车

前移式叉车分门架前移式和货叉前移式两种。前者的货叉和门架一起移动，叉车驶近货垛时，门架可能前伸的距离要受外界空间对门架高度的限制，因此只能对货垛的前排货物进行作业。货叉前移式叉车的门架则不动，货叉借助于伸缩机构单独前伸。如果地面上具有一定的空间允许插腿插入，那么叉车能够超越前排货架，对后一排货物进行作业。

前移式叉车一般由蓄电池作动力，起重量在3t以下。它的优点是车身小、重量轻、转弯半径小、机动性好，适合于通道较窄的室内仓库作业。

（三）侧面式叉车

侧面式叉车（见图4—30）的门架、起升机构和货叉位于叉车的中部，可以沿着横向导轨移动。货叉位于叉车的侧面，侧面还有一货物平台。当货叉沿着门架上升到大于货物平台高度时，门架沿着导轨缩回，降下货叉，货物便放在叉车的货物平台上。侧面式叉车的门架和货叉在车体一侧。车体进入通道，货叉面向货架或货垛，装卸作业不必先转弯再作业。因此这种叉车适合于窄通道作业，且有利于条形长尺寸物品的装卸和搬运。

（四）插腿式叉车

插腿式叉车（见图4—31）前方带有小轮子的支腿能与货叉一起叉入货物底部，由货叉托起货物。货物的重心位于前后车轮所包围的支撑平面内，叉车稳定性好，不必再设平衡重。插腿式叉车一般由电动机驱动，蓄电池供电，起重量在2t以下。它的作业特点是起重量小、车速低、结构简单、外形尺寸小、行走轮直径小、对地面要求较高，适用于通道狭窄的仓库和室内堆垛、搬运作业。

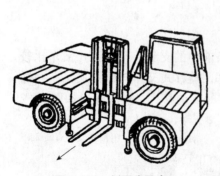

图4—30 侧面式叉车

图4—31 插腿式叉车

（五）伸缩臂式叉车

伸缩臂式叉车（见图4—32）的货叉安装在一个可以伸缩的长臂的前端。一般搬运货物较轻，但它的起升高度可达10m以上，并可以跨越障碍进行货物的堆垛作业，通过变换叉车属具进行多种作业。这种叉车还具有稳定性较强，作业人员可以有较好视野的优点。

（六）高货位拣选式叉车

高货位拣选式叉车（见图4—33）的主要作用是高位拣货。操作台上的操作者可与装卸装置一起上下运动，并拣选储存在两侧货架内的货物，适用于多品种少量出入库的特选式高层货架仓库。起升高度一般为4～6m，最高可达13m，可大大提高仓库空间利用率。为保证安全，操作台起升时，只能微动运行。

图4—32 伸缩臂式叉车

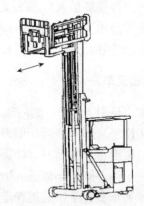

图4—33 高货位拣选式叉车

三》 叉车的技术参数及选择因素

（一）叉车的主要技术参数

叉车的主要技术参数（见图4—34）是反映叉车技术性能的指标，是选择叉车的主要依据，主要参数的含义如下所述。

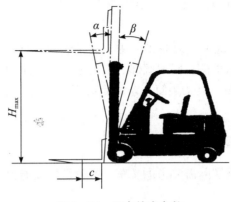

图 4—34　叉车技术参数

1. 载荷中心距 c

它是指叉车设计规定的标准载荷中心到货叉垂直段前臂之间的距离。

2. 额定起重量

它是指当货物的重心处于载荷中心以内时，允许叉车举起的最大重量。

3. 最大起升高度 H_{max}

它是指当叉车的门架垂直，额定起重量的货物起升到最高位置时，货叉水平段的上表面距离地面的垂直距离。

4. 最大起升速度

通常指叉车在坚实的地面上满载时，额定起重量货物起升的最大速度。最大起升速度会直接影响叉车的作业效率，提高叉车的起升速度是国内外叉车制造业技术改进的共同趋势。目前，国外内燃叉车的起升速度已达 40m/min。

5. 门架倾角 α 和 β

它是指叉车在平坦、坚实的路面上，门架相对于垂直位置向前或向后的最大倾角。门架前倾角 α 的作用是便于叉取和卸放货物；门架后倾角 β 的作用是当叉车带货行驶时，防止货物从货叉上滑落，增加叉车载货行驶时的纵向稳定性。增大 β 可使叉车纵向稳定性增加，然而 β 的增大，往往受到叉车结构上的限制。

6. 最大运行速度

最大运行速度一般指叉车满载时，在干燥、平坦、坚实的地面上行驶时的最大速度。叉车主要用于装卸和短途搬运作业，而不是用于货运。所以，在运距为 100～200m 时，叉车能发挥出最好效率；而运距超过 500m 时，则不宜采用叉车搬运。

7. 满载最大爬坡度

满载最大爬坡度指叉车满载时，在干燥、坚实的路面上，以低速和等速行驶所能爬越的最大坡度，以度或百分数表示。国产叉车标准中，满载最大爬坡度为 15°～20°。

8. 最小转弯半径

最小转弯半径是指叉车在空载低速行驶、打满转向盘时，外侧转向轮的中心平面在支撑平面上滚过的轨迹圆半径。

9. 堆垛通道最小宽度

堆垛通道最小宽度是指叉车正常作业时，通道的最小理论宽度。叉车正常作业是指叉车在通道内直线运行，并且要做 90°转向进行取货。

10. 最小离地间隙

最小离地间隙指车体最低点与地面的间隙。它是表征叉车在满载低速行驶时通过性的主要参数。叉车车体最低点可能在门架底部、前桥中部、后桥中部、平衡重下部。车轮半径增加，可使离地间隙增加，但又会使叉车的重心提高，转弯半径增大，对叉车稳定性、机动性改善是不利的。

（二）选择叉车考虑的因素

在选择叉车时，要根据实际需要考虑叉车的各种指标及能力，主要考虑因素包括以下几方面。

1. 负载能力

负载能力是最重要的因素，即把额定负载举到特定高度的能力。负载能力是以负载重心距为基础进行计算的。

2. 最大起升高度

最大起升高度是货叉提升的最大限度，它必须满足货架最高层的提升要求。

3. 行走及起升速度

行走及起升速度是衡量叉车作业效率的重要指标。该指标高的叉车可以在较短的时间内完成较多的工作。

4. 机动性

机动性表示叉车在通道内的作业能力。叉车在直角堆垛时，通道的最小宽度反映了叉车的机动性。

5. 控制方式及操作性

叉车作业效率、机动性和安全性受控制方式和操作性的影响。

学习任务五　堆垛设备

知识目标：了解堆垛设备的分类，掌握各种巷道式堆垛机的结构和工作原理。
能力目标：能够为物流企业仓储系统配置、操作与管理堆垛设备。
学习方法：本任务为理论学习，学生分组在教室由理论指导教师组织学习。

一》 堆垛机的分类

堆垛机是立体仓库中最重要的起重运输设备，是代表立体仓库特征的标志。其主要用途是在立体仓库的通道内运行，将位于巷道口的货物存入货格，或者将货格中的货物取出，运送到巷道口。

堆垛机的分类方式很多，主要分类形式如下：

（1）按照有无导轨可分为有轨堆垛机和无轨堆垛机。有轨堆垛机是指堆垛机沿着巷道内的轨道运行，无轨堆垛机又称高架叉车。在立体仓库中运用的主要作业设备是有轨巷道堆垛机、无轨巷道堆垛机和普通叉车。

（2）按照高度不同，可分为低层型、中层型和高层型。低层型堆垛机的起升高度在5m以下，主要用于分体式高层货架仓库及简易立体仓库中；中层型堆垛机的起升高度在5~15m之间；高层型堆垛机的起升高度在15m以上，主要用于一体式的高层货架仓库中。

（3）按照自动化程度不同可分为手动、半自动和自动堆垛机。手动和半自动堆垛机上带有司机室，自动堆垛机不带有司机室，采用自动控制装置进行控制，可以进行自动寻址、自动装卸货物。

（4）按照用途不同，堆垛机可分为桥式堆垛机和巷道堆垛机。

二 》 桥式堆垛机

桥式堆垛机（见图4—35）具有起重机和叉车的双重结构特点，像起重机一样，具有桥架和回转小车。桥架在仓库上方运行，回转小车在桥架上运行。同时，桥式堆垛机具有叉车的结构特点，即具有固定式或可伸缩式的立柱，立柱上装有货叉或者其他取物装置。

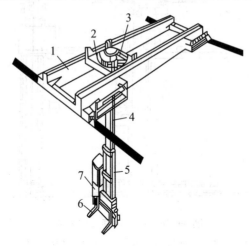

图4—35　桥式堆垛机
1—桥架；2—回转小车；3—回转平台；4—立柱固定段；
5—立柱伸缩段；6—货叉；7—司机室

货架和仓库顶棚之间需要有一定的空间，保证桥架的正常运行。立柱可以回转，保证工作的灵活性。回转小车根据需要可以来回运行，因此桥式堆垛机可以服务于多条巷道。

桥式堆垛机堆垛和取货是通过取物装置在立柱上运行实现的，因为立柱高度的限制，桥式堆垛机作业高度不能太高。因此，桥式堆垛机主要适用于12m以下中等跨度的仓库中，巷道的宽度较大，适于长、大、笨重物料的搬运和堆垛。

三》 巷道堆垛机

巷道堆垛机沿货架仓库巷道内的轨道运行，货叉采用伸缩机构，这样就可以使巷道宽度变窄，提高仓库的利用率。巷道堆垛机一般采用半自动和自动控制装置，运行速度和生产效率都较高。因为此类堆垛机只能在货架巷道内作业，因此要配备出入库装置。机架除应满足一般起重机的强度和刚度要求外，还有较高的制造与安装精度要求。巷道堆垛机采用特殊形式的取物装置，常用多节伸缩货叉或货板；各机构电气传动调速要求高，且要求起动、制动平衡，停车准确，采用安全保护装置，适用于各种高度的高层货架仓库。

巷道堆垛机的起重量是指被起升单元货物的重量（包括托盘或货箱）。根据使用要求，拣选入库、出库方式的起重量取 0.1t 或 0.25t；单元化入库、出库方式的起重量一般常用为 0.25～5t。巷道堆垛起重机的起升速度为 6.3～40m/min，运行速度为 25～180m/min，货叉伸缩速度为 5～30m/min。

巷道堆垛机由起升机构、机架、载货台及存取货机构、运行机构、电气装置及安全保护装置等组成，如图 4—36 所示。

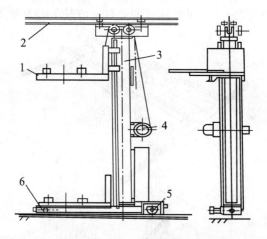

图 4—36　单立柱巷道堆垛机
1—载货台及存取货机构；2—机架；3—起升机构；4—电气装置；
5—安全保护装置；6—运行机构

（一）起升机构

巷道堆垛机的起升机构由电动机、制动器、减速器或链轮及柔性件组成，常用的柔性件有钢丝绳和起重链等，用钢丝绳作柔性件质量轻、工作安全、噪声小；用链条作柔性件机构比较紧凑。除了一般的齿轮减速机外，由于需要较大的减速比，因而也经常见到涡轮涡杆减速机和行星齿轮减速机。

起升速度应备低挡低速，主要用于平稳停准和取、放货物时货叉和载货台做极短距离的升降。提升机构的工作速度一般在 12～30m/min，最高可达 48m/min。在堆垛机的起重、行走和伸叉（叉取货物）三种驱动中，起重的功率最大。

（二）机架

巷道堆垛机的机架是由立柱、上横梁和下横梁组成的一个框架。根据机架结构的不同，将巷道堆垛机分为双立柱和单立柱两种。双立柱巷道堆垛机的机架是由两根立柱和上、下横梁组成的长方形框架，立柱形式有方管和圆管两种结构形式，方管可作导轨使用，圆管要附加起升导轨。它的特点是强度和刚度较大，并且运行稳定，运行速度也较高，主要应用于起升高度高、起重量大的立体仓库中。单立柱巷道堆垛机的机架由一根立柱和下横梁组成，立柱上附加导轨。它的特点是机身的重量轻、制造成本较低、刚性较差，主要应用于起重量小的立体仓库中，同时运行速度不能太高。

（三）载货台及存取货机构

载货台是货物单元的承载装置。对于只需要从货格拣选一部分货物的拣选式堆垛机，则载货台上不设存取货装置，只有平台供放置盛货容器之用。

存取货机构是堆垛机的特殊工作机构。取货的那部分结构根据货物外形特点设计，最常见的是一种伸缩货叉，也可以是一块可伸缩的取货板，或者其他结构形式。

伸缩货叉机构装在载货台上，载货台在滚轮的支撑下沿立柱上的导轨做垂直于行走方向的运动（起重），垂直于起重方向——行走平面的方向为伸叉的方向。堆垛机的操作平台设在底座上，工作人员在此处可进行手动或半自动操作。

货叉完全伸出后，其长度约为原来长度的两倍。一般货叉采用三节式机构，下叉固定在载货台上，中叉和下叉可以向左右伸出。当主动齿轮顺时针转动时，中叉向左运动，在链条的牵引下，上叉也向左运动达到向左伸叉的目的；当主动齿轮逆时针转动则向右伸叉。

（四）运行机构

常用的运行机构是地面行走式的地面支撑型和上部行走式的悬挂型或货架支撑型。地面行走式采用2～4个车轮在地面单轨或双轨上运行，立柱顶部设有导向轮。上部行走式采用4个或8个车轮悬挂于屋架下弦的工字钢下沿翼缘行走，在下部有水平导轮。货架支撑型上部有4个车轮，沿着巷道两侧货架顶部的两根导轨行走，在下部也有水平导轮。

（五）电气装置

电气装置是由电动驱动装置和自动控制装置组成。巷道堆垛机一般由交流电动机驱动，如果调速要求较高，采用直流电动机进行驱动。控制装置的控制方式有手动、半自动和自动三种，其中自动控制包括机上控制和远距离控制两种方式。

（六）安全保护装置

堆垛机是一种起重机械，它要在又高又窄的巷道内高速运行。为了保证人身及设备的安全，堆垛机必须配备有完善的硬件及软件的安全保护装置，如各个机构的行程限制装置、下降超速保护装置、断绳保护装置、起升过载保护装置、断电保护装置等。

学习任务六 其他装卸搬运设备

知识目标: 掌握物流常见装卸搬运设备的特点及用途,了解仓储作业中的工属具。

能力目标: 能够为物流企业仓储系统合理配置、操作与管理搬运车。

学习方法: 本任务为理论学习,学生分组在教室由理论指导教师组织学习。

一》 搬运车和牵引车

(一)托盘搬运车

托盘搬运车又称托盘式叉车,它是以搬运托盘为主的搬运车辆。托盘搬运车包括手动托盘搬运车和电动托盘搬运车,如图4—37所示。托盘搬运车体形小、重量轻,主要用于区域内装卸作业。托盘搬运车有两个货叉似的插腿,可插入托盘底部。插腿的前端有两个小直径的行走轮,用来支撑托盘货的重量。货叉可以通过手泵液压缸抬起,使托盘或货箱离开地面,然后行走。

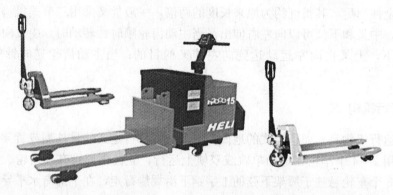

(a)电动托盘搬运车　　　　(b)手动托盘搬运车

图4—37 托盘搬运车

(二)手推车

手推车属于人力作业车辆。手推车分为两轮车和四轮车,如图4—38所示。

手推两轮车的前部带有叉撬装置,在搬运货物时,无须将货物举起装卸,手推车将装卸搬运活动连在一起。在仓库、车站和物流中心的装车、倒垛和配送作业中也常用到这种工具。

手推四轮车装有手推扶手,供人推扶,这种车可以为单层,也可以是多层。

(三)平台搬运车

平台搬运车是室内经常使用的短距离搬运车辆,一般情况下,采用蓄电池或电动机为动力进行驱动。

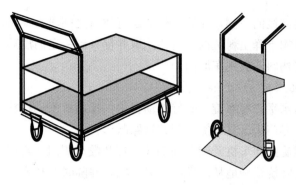

(a) 四轮双层手推车　　　(b)两轮手推车

图 4—38　手推车

(四) 牵引车

牵引车是指具有牵引装置，专门用于牵引载货挂车进行水平搬运的车辆，如图 4—39 所示。牵引车按动力不同，可以分为内燃牵引车和电动牵引车；根据动力大小可以分为普通牵引车和集装箱牵引车。

（a）全挂车　　　　　　　（b）半挂车

图 4—39　牵引车

二》 大宗散碎物料的装卸系统

为了提高装卸搬运作业效率，除了选择先进的设备外，还要成套配置，形成一个科学合理的作业系统，减少中间倒运环节，充分发挥各个设备的作用。例如，对于装在火车、轮船的大宗散碎物料的装卸，可利用前面介绍的设备进行有机组合，增添辅助、衔接装置，便可形成一个装卸作业线。

(一) 装车机和卸车机

装车机和卸车机用于港口、货场、工矿企业装卸煤炭、砂石、矿石等散货，一般由几种输送机组合而成，具有作业效率高、节省人力等优点。常用的有链斗式和螺旋式两种。

1. 链斗式装车、卸车机

链斗式装车、卸车机主要由钢结构、斗式提升机、带式输送提升机构、走行机构、电气设备、电缆卷绕装置和司机室等部分组成。

卸车机工作时，提升机构将带有两排料斗的斗式提升机降至待卸的车厢内，斗式提升机转动时，料斗自行挖取车内物料，并将其提升到一定的高度后抛卸到带式输送机上，然后由带式输送机将物料运送堆放到两侧的堆场上。通过走行机构的缓慢移动和斗式提升机逐层挖取物料，直至把车厢内的货物卸完。

装车机常设在装卸线的一侧，在装车机的走行轨道之间设有储料坑。装车作业时，斗式提升机通过提升机构下降至料坑内，料斗挖取并提升到一定高度后，倾倒在带式输送机上，由带式输送机将物料输送到车厢内。

2. 螺旋式卸车机

螺旋式卸车机由水平卸料螺旋、螺旋传动机构、螺旋式摆动机构、提升机构、走行机构和钢结构组成，是专门用于具有侧开门的铁路敞车。

卸车作业时，螺旋式卸车机开到车厢端部，打开敞车侧门，再逐次放下卸料螺旋，然后起动走行机构，使螺旋缓慢地从一端移至另一端，并随时调整好螺旋的高度，将车厢内的散货层从车厢两侧卸下。当螺旋接近车厢底板时，可操纵螺旋摆动机构，使两个螺旋处于不同的位置，以便将车底板和端部的残留散货卸干净。螺旋式卸车机具有结构简单、效率较高、设备投资少等优点。

常用的螺旋式卸车机有桥型和门型两种。前者主要用于库内或车间内的卸车作业；后者可跨越多个车辆，可在平地料场进行卸料和堆料作业。

（二）翻车机

翻车机是用倾翻车厢的方法将所载散货一次卸出的高生产率卸车机，它具有卸车效率高、生产能力大、机械化程度高的特点，适用于大型专业化散货码头或货场。

翻车作业时，一般需要将载重列车解列并逐一送进翻车机进行翻卸，卸完后的空车又需送出拉走重新编列。翻车机卸车时，将摘钩后的载重车厢推入翻车机内，进行定位，压紧车厢，然后回转机构回转约180°，卸出散货，把空车再回转复位，解除压紧，将已卸空的车辆推出翻车机，如图4—40(a)所示。

翻车机的卸车效率正常为每小时20～30节车厢，每次可翻一节车厢，也可以同时翻两节或三节车厢。对于旋转车钩的车辆可采用不解体的方式卸车，效率更高，但对车厢和翻车机的技术要求也更高。用于火车整车厢卸货的翻车机作业状况如图4—40(b)所示。

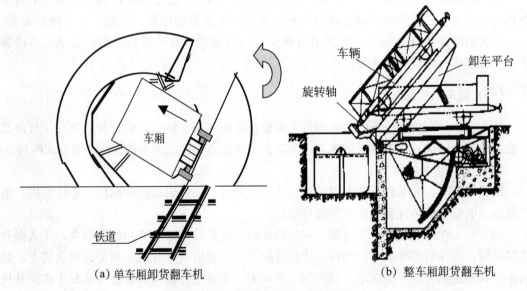

(a) 单车厢卸货翻车机　　　　　　　(b) 整车厢卸货翻车机

图4—40　翻车机作业状况示意图

（三）卸船机和装船机

1. 卸船机

卸船机是根据船型和各种散货卸船作业的特点而设计的多动作专用设备，有抓斗卸船机、带斗门座起重机、链斗式卸船机、螺旋式卸船机、夹带卸船机等。卸船机的结构一般是起重设备和输送设备的组合，或是不同的输送设备的组合。

2. 装船机

装船机是根据装船作业的特点而设计的多动作专用机械，其主要用途是将库场上或铁路车厢运来的货物装入船舱内。装船机通常是与堆场前沿主输送机配套使用的，由能沿港口码头移动和能俯仰的带式输送机组成的，有的也把机头端部带式输送机做成可伸缩的。机头端部带式输送机的伸缩、移动距离、俯仰和回转角度取决于船舶的舱容、舱口尺寸、船舶吃水和潮水落差等因素。

三 》 仓储作业中的工属具

为了提高仓储设备的利用率，还必须配备与仓储作业机具相配合使用的专用工具和属具，统称为工属具。用于仓储作业的工属具应满足如下要求：能提高劳动生产率、减少体力劳动、保证作业的安全。

常用工属具有主动工属具、单元货物装卸工属具和叉车工属具三大类。

（一）主动工属具

主动工属具属于自动化的工属具，主要有起重电磁铁和真空吸盘两种。

（1）起重电磁铁。它用于搬运金属一类的磁性物料，又分为电磁铁式、永磁式和电控永磁式三种。电磁铁式吸力大，成本较低，但要采取特别措施防止断电失去磁性，导致物料脱落的事故发生，如使用备用蓄电池等。永磁式较安全，但磁力小，价格高。电控永磁式兼有前两者的优点，安全可靠、吸力大，但卸放物料时，要消磁。

（2）真空吸盘。真空吸盘可分为有泵真空吸盘和无泵真空吸盘两种，对货物的物质特性没有特别要求。真空吸盘使用时要注意货物的表面是否平整，吸盘的真空程度，以确保安全。

（二）单元货物装卸工属具

在仓库中，托盘一般通过叉车搬运，但在有些特殊场合，也会使用单元货物装卸工属具进行搬运，如托盘吊钩就是常见的一种属具。某些特殊形状的物料也会使用专用的吊具搬运。

（三）叉车工属具

叉车的工属具种类繁多，可适用于不同的作业对象和不同的作业要求。使用这些专用的工属具进行搬运及装卸作业，可大大提高搬运作业的效率和装卸作业的安全性。叉车的各种工属具，如图4—41所示。

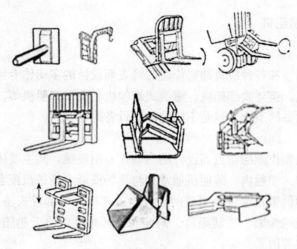

图 4—41 叉车工属具

📚 学习测试

1. 起重机的重要性能指标是什么？

2. 叉车的主要特点是什么？

3. 不定项选择：

(1) 下列不属于起重机主要性能指标的是（　　　）。

A. 起重量　　　　　　　B. 额定起重量　　　　　C. 幅度

D. 跨度　　　　　　　　E. 载荷中心距　　　　　F. 门架倾角

(2) 目前，常用的轮胎式集装箱龙门吊起重机起重重量为（　　　）。

A. 20t　　　　　　　　B. 30t　　　　　　　　C. 40t　　　　　　　　D. 50t

(3) 下列不属于输送设备主要技术性能的指标是（　　　）。

A. 输送速度　　　　　　　　　　　　　　B. 输送长度

C. 提升高度　　　　　　　　　　　　　　D. 输送货物重量

(4) 适应性强、应用最为广泛的叉车是（　　　）。

A. 步行操纵式叉车　　　　　　　　　　　B. 平衡重式叉车

C. 前移式叉车　　　　　　　　　　　　　D. 电动托盘叉车

(5) 适用于在通道狭窄的仓库内作业的叉车是（　　　）。

A. 平衡重式叉车　　　B. 插腿式叉车　　　C. 伸缩臂式叉车　　　D. 前移式叉车

(6) 叉车正常作业时，通道的最小理论宽度为（　　　）。

A. 载荷中心距　　　　　　　　　　　　　B. 最小转弯半径

C. 堆垛通道最小宽度　　　　　　　　　　D. 叉车的最大宽度

(7) 室内经常使用的短距离搬运车辆是（　　　）。

A. 托盘搬运车　　　　B. 手推车　　　　C. 平台搬运车　　　D. 牵引车

(8) 下列关于大宗散碎物料装卸系统的说法正确的是（　　　）。

A. 装、卸车机主要用于港口、货场、工矿企业的煤炭、矿石、砂石等散货

B. 常用的装、卸车机有悬挂式和气力输送式

C. 翻车机主要用于小型散货码头或货场

D. 翻车机的卸车效率正常为每小时 40～60 辆

E. 散货卸船机的机构一般是起重设备和输送机械的组合，或者输送机械与不同的输送机械的组合

（9）仓储作业中常用的工属具有（　　）几大类。

A. 主动工属具   B. 搬运车和牵引车工属具

C. 单元货物装卸工属具   D. 叉车工属具

E. 散碎物料工属具

📖 实训项目

一、实训任务

1. 练习叉车的操作。

2. 在托盘货架上存取托盘货物。

二、实训目的及训练要点

1. 掌握叉车的操作方法。

2. 掌握叉车操作的注意事项。

三、实训设备、仪器、工具及资料

叉车、托盘、货架、模拟物品

四、实训内容及步骤

1. 教师讲解托盘的注意事项。

2. 学生练习空叉车操作。

3. 学生练习叉车叉取托盘，注意准确性，不要碰到托盘。

4. 练习在货架上存取托盘。

5. 总结叉车操作的心得和注意事项。

第五章　包装装备与技术

我国国家标准 GB/T 4122.1—2008《包装术语 第1部分：基础》中对包装的定义是：包装（package/packing）是指为在流通过程中保护产品、方便储运、促进销售，按一定技术方法而采用的容器、材料及辅助物等的总称；也指为了达到上述目的而使用容器、材料和辅助物的过程中施加一定方法等的操作活动。

包装按在流通领域中的作用，大致可以分为如下几类：

（1）包装件（package）：产品经过包装所形成的总体。

（2）运输包装（transport package）：以运输为主要目的的包装，具有保障产品的安全，方便储运装卸，加速交接、点验等作用。

（3）工业包装（industrial package）：对原材料部件和从制造商销售到制造商或其他中间商的半成品或成品的包装。

（4）销售包装（consumer package）：以销售为主要目的，与内装物一起到达消费者手中的包装。它具有保护、美化、宣传产品，促进销售的作用。

（5）商业包装（commercial package）：根据包装的数量、包装类型、包装质量或包装设计要求，使其符合各自贸易要求的包装。

（6）硬质包装（rigid package）：在充填或取出内装物后，容器形状基本不发生变化的包装。该容器一般用金属、木质材料、玻璃、陶瓷、纸板、硬质塑料等材料制成。

（7）软包装（flexible package）：在充填或取出内装物后，容器形状可发生变化的包装。该容器一般用纸、纤维制品、塑料薄膜或复合包装材料等制成。

在产品流通的过程中，为了有效地保护产品、方便储运、促进销售，需要对产品进行合理地包装。包装过程包括成形、充填、封口、裹包等主要包装工序，以及清洗、干燥、杀菌贴标、捆扎、集装、拆卸等前后包装及其他辅助包装工序。完成全部或部分包装过程的机器称为包装装备。

学习任务一　包装技术

知识目标：掌握常见的各种包装保护技术及特点。

能力目标：能够根据货物特点，选用包装技术，并评价包装技术是否合理。

学习方法：本任务为实践技能学习，学生分组在教师指导下到相关包装企业参观学习。

一 》 防震包装技术

防震包装又称缓冲包装，在各种包装方法中占有重要的地位。产品从生产出来到开始使用要经过一系列的运输、保管、堆码和装卸过程，在这个过程中都会有力作用在产品之上，并可能使产品发生机械性损坏。为了防止产品遭受损坏，就要设法减小外力的影响，所谓防震包装就是指为减缓内装物受到冲击和震动，保护其免遭损坏所采取的一定防护措施的包装。防震包装主要有以下三种方法：

（1）全面防震包装方法。全面防震包装方法是指内装物和外包装之间全部用防震材料填满进行防震的包装方法。

（2）部分防震包装方法，如图 5—1(a) 所示。对于整体性好的产品和有内装容器的产品，仅在产品或内包装的拐角或局部地方使用防震材料进行衬垫即可。所用包装材料主要有泡沫塑料防震垫、充气型塑料薄膜防震垫和橡胶弹簧等。

（3）悬浮式防震包装方法，如图 5—1(b) 所示。对于某些贵重易损的物品，为了有效地保证在流通过程中不被损坏，要求外包装容器比较坚固，然后用绳、带、弹簧等将被包装物悬吊在包装容器内。在物流过程中，无论是哪个环节，内装物都被稳定悬吊而不与包装容器发生碰撞，从而减少损坏。

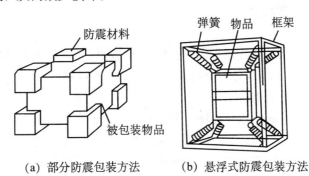

(a) 部分防震包装方法　　(b) 悬浮式防震包装方法

图 5—1　防震包装技术

二 》 防破损包装技术

缓冲包装有较强的防破损能力，因而是防破损包装技术中有效的一类。此外还可以采取以下几种防破损包装技术：

（1）捆扎及裹紧技术。捆扎及裹紧技术的作用是使杂货、散货形成一个牢固整体，以增加整体性，便于处理及防止散堆来减少破损。

（2）集装技术。利用集装，减少与货体的接触，从而防止破损。

（3）选择高强度保护材料。通过外包装材料的高强度来防止内装物受外力作用破损。

三 》 防锈包装技术

（一）防锈油防锈蚀包装技术

大气锈蚀是空气中的氧、水蒸气及其他有害气体等作用于金属表面引起电化学反应的结果。如果使金属表面与引起大气锈蚀的各种因素隔绝（即将金属表面保护起来），就可以达到防止金属大气锈蚀的目的。防锈油包装技术就是根据这一原理将金属涂封防止锈蚀的。

用防锈油封装金属制品，要求油层要有一定厚度，油层的连续性好，涂层完整。不同类型的防锈油要采用不同的方法进行涂覆。

（二）气相防锈包装技术

气相防锈包装技术就是用气相缓蚀剂（挥发性缓蚀剂），在密封包装容器中对金属制品进行防锈处理的技术。气相缓蚀剂是一种能减慢或完全停止金属在侵蚀性介质中的破坏过程的物质。它在常温下即具有挥发性，在密封包装容器中，在很短的时间内挥发或升华出的缓蚀气体就能充满整个包装容器内的每个角落和缝隙，同时吸附在金属制品的表面，从而起到抑制大气对金属锈蚀的作用。

四 》 防霉腐包装技术

在运输包装内装运食品和其他有机碳水化合物货物时，货物表面容易生长霉菌，在流通过程中如遇潮湿环境，霉菌会繁殖极快，甚至延伸至货物内部，使其腐烂、发霉、变质，因此要采取特别防护措施。

防霉变质的包装措施通常包括冷冻包装、真空包装和高温灭菌方法。冷冻包装的原理是减慢细菌活动和化学变化的过程，以延长储存期，但不能完全消除食品的变质；高温杀菌法可消灭引起食品腐烂的微生物，可在包装过程中用高温处理防霉。有些经干燥处理的食品包装，为防止水汽浸入而产生霉腐，可选择防水汽和气密性好的包装材料，采取真空和充气包装。

真空包装法也称减压包装法或排气包装法。这种包装可阻挡外界的水汽进入包装容器内，也可防止在密闭的防潮包装内部存有潮湿空气，在气温下降时结露。采用真空包装法，要注意避免过高的真空度，以防损伤包装材料。

防止运输包装内货物发霉，还可使用防霉剂，防霉剂的种类很多，用于食品的必须选用无毒防霉剂。机电产品的大型封闭箱，可酌情开设通风孔或通风窗等相应的防霉措施。

五 》 防虫包装技术

防虫包装技术，常用的是驱虫剂，即在包装中放入有一定毒性和嗅味的药物，利用药物在包装中挥发气体杀灭和驱除各种害虫。常用驱虫剂有萘、对位二氯化苯、樟脑精等。也可采用真空包装、充气包装、脱氧包装等技术，使害虫无生存环境，从而达到防虫的目的。

六》 危险品包装技术

危险品有上千种，按其危险性质，交通运输及公安消防部门规定分为十大类，即爆炸性物品、氧化剂、压缩气体和液化气体、自燃物品、遇水燃烧物品、易燃液体、易燃固体、毒害品、腐蚀性物品、放射性物品等，有些物品同时具有两种以上危险性能。

有毒商品的包装要在明显的地方标明有毒的标志。防毒的主要措施是包装严密不漏、不透气，例如重铬酸钾（红矾钾）和重铬酸钠（红矾钠），为红色透明结晶，有毒，用坚固附桶包装，桶口要严密不漏，制桶的铁板厚度不能小于 1.2mm。有机农药一类的商品，应装入沥青麻袋，缝口严密不漏，如用塑料袋或沥青纸袋包装，外面应再用麻袋或布袋包装。用作杀鼠剂的磷化锌有剧毒，应用塑料袋严封后再装入木箱中，箱内用两层牛皮纸、防潮纸或塑料薄膜衬垫，使杀鼠剂与外界隔绝。

对有腐蚀性的商品，要注意防止商品和包装容器的材质发生化学变化。金属类的包装容器，要在容器壁上涂涂料，防止腐蚀性商品对容器的腐蚀。例如包装合成脂肪酸的铁桶内壁要涂有耐酸保护层，防止铁桶被合成脂肪酸腐蚀，进而使合成脂肪酸随之变质。再如氢氟酸是无机酸性腐蚀物品，有剧毒，能腐蚀玻璃，不能用玻璃瓶作包装容器，应装入金属桶或塑料桶中，然后再装入木箱。甲酸易挥发，其气体有腐蚀性，应装入良好的耐酸坛、玻璃瓶或塑料桶中，严密封口，再装入坚固的木箱或金属桶中。

对黄磷等易自燃商品的包装，宜装入壁厚不小于 1mm 的铁桶中，桶内壁须涂耐酸保护层，桶内盛水，并使黄磷浸没在水中，桶口严密封闭，每桶净重不超过 50kg。遇水引起燃烧的物品如碳化钙（遇水即分解并产生易燃乙炔气），应用坚固的铁桶包装，桶内充入氮气，如果桶内不充氮气，则应装置放气活塞。

对于易燃、易爆商品，如有强烈氧化性的，遇有微量不纯物或受热即急剧分解引起爆炸的商品，其防爆炸包装的有效方法是采用塑料桶包装，然后将塑料桶装入铁桶或木箱中，每件净重不超过 50kg，并应有自动放气的安全阀，当桶内气体压力达到一定值时，能自动放气。

七》 特种包装技术

（一）充气包装

充气包装是采用二氧化碳气体或氮气等不活泼气体置换包装容器中空气的一种包装方法，因此也称为气体置换包装。这种包装方法是根据好氧性微生物需氧代谢的特性，在密封的包装容器中改变气体的组成成分，降低氧气的浓度，抑制微生物的生理活动、酶的活性和鲜活商品的呼吸强度，达到防霉、防腐和保鲜的目的。

（二）收缩包装

收缩包装就是用收缩薄膜裹包物品（或内包装件），然后对薄膜进行适当加热处理，使薄膜收缩而紧贴于物品（或内包装件）的包装方法。

收缩薄膜是一种经过特殊拉伸和冷却处理的聚乙烯薄膜，由于薄膜在定向拉伸时产生残余收缩应力，这种应力受到一定热量后便会消除，从而使其横向和纵向均发生急剧收缩，同时使薄膜的厚度增加。聚乙烯薄膜的收缩率通常为30%～70%，收缩力在冷却阶段达到最大值，并能长期保持。

（三）拉伸包装

拉伸包装是20世纪70年代开始采用的一种新包装方法，它是由收缩包装发展而来的，拉伸包装是依靠机械装置在常温下将弹性薄膜围绕被包装件拉伸、紧裹，并在其末端进行封合的一种包装方法。由于拉伸包装不需要进行加热，所以消耗的能源只有收缩包装的5%。拉伸包装可以捆包单件物品，也可用于托盘包装之类的集合包装。

（四）脱氧包装

脱氧包装是继真空包装和充气包装之后出现的一种新型除氧包装方法。脱氧包装是在密封的包装容器中，使用能与氧气起化学反应的脱氧剂与之反应，从而除去包装容器中的氧气，以达到保护内装物的目的。脱氧包装适用于那些对氧气特别敏感的物品和那些即使有微量氧气也会促使质量变坏的食品包装中。

学习任务二　包装标记与标志

知识目标： 了解商品包装标志的概念及作用，掌握商品包装识别标志、储运标志和危险货物包装标志。

能力目标： 能够识别各种货物的包装标记与标志，并根据货物的特点印刷特种包装标记与标志。

学习方法： 本任务为理论学习，学生分组在教室由理论指导教师组织学习。

商品包装标志是指印刷、粘贴和书写在商品包装上，以文字、符号和图形等形式标明的标记，用以指明包装内物品的特性和收发事项，以及在运输、装卸、交接、保管和配送等物流过程中的安全要求。

商品包装标志主要有包装识别标志、包装储运标志和危险货物包装标志三种。

一》 商品包装识别标志

商品包装识别标志是表明包装物内商品特征、收发及运输事项的记号。通常在商品的包装物上用文字、数字及特殊符号标明。

（1）商品特征标志。商品特征标志是发货人向收货人说明这些商品的重要特征及内容的标记，如商品名称、品牌、规格、型号、数量、重量、体积等，常用特定的记号加简单的文字说明组成。

（2）商品收发标志。商品收发标志是反映商品生产单位、发运地点、到达地点及到达单位的文字标识，它是商品周转的重要标记。书写时要求清楚地标明收发货单位的全称及具体地址，字迹要端正、清晰、易于辨认。

进出口商品还应按照国际惯例，标明收货国、单位及其代号、商品代码、合同号码、进出口港名等。

（3）商品运输标志。商品运输标志一般由承运部门书写，主要标明货组和确定配载顺序的标记，包括运单号码、货物总件数、收发方名称和地址等。

二》 商品包装储运标志

商品包装上的储运标志是根据商品的性质，在包装的特定位置上以简单醒目的图案和文字显示货物在运输、搬运、装卸、储存、堆码和开启时应注意的事项。

我国国家标准《包装储运图示标志》（GB/T 191—2008），对标志的名称、图形、尺寸、颜色和使用方法等做了明确规定。

（1）商品包装储运标志的名称和图形共17种，见表5—1。

（2）标志外框为长方形，其中图形符号外框为正方形，尺寸一般分为4种，见表5—2。

（3）包装储运标志的颜色一般为黑色。当包装的颜色使得黑色标志显得不清晰时，应在印刷面上用适当的对比色，最好以白色作为图形标志的底色。除非另有规定，一般应避免采用易于同危险品标志相混淆的颜色，如红色、橙色或黄色。

表 5—1　　　　　　　　　　　商品包装储运标志名称及图形符号

标志名称	图形符号	含义	标志名称	图形符号	含义
易碎物品		表明运输包装件内装易碎物品，搬运时应小心轻放	禁用叉车		表明不能用升降叉车搬运的包装件
禁用手钩		表明搬运运输包装件时禁用手钩	由此夹起		表明搬运货物时可夹持的面
向上		表明运输包装件在运输时应竖直向上	此处不能卡夹		表明搬运货物时不能夹持的面
怕晒		表明该运输包装件不能直接照晒	堆码质量极限		表明该运输包装件所能承受的最大质量极限

续前表

标志名称	图形符号	含义	标志名称	图形符号	含义
怕辐射		表明该物品一旦受辐射会变质或损坏	堆码层数极限		表明可堆码相同运输包装件的最大层数
怕雨		表明该运输包装件怕雨淋	禁止堆码		表明该包装件只能单层放置
重心		表明该包装件的重心位置，便于吊起	由此吊起		表明起吊货物时挂绳索的位置
禁止翻滚		表明搬运时不能翻滚该运输包装件	温度极限		表明该运输包装件应该保持的温度范围
此面禁用手推车		表明搬运货物时此面禁止放入手推车			

表 5—2 图形符号及标志外框尺寸 单位：mm

序号	图形符号外框尺寸	标志外框尺寸
1	50×50	50×70
2	100×100	100×140
3	150×150	150×210
4	200×200	200×280

注：如遇特大或特小的运输包装件，标志的尺寸可按规定适当扩大或缩小。

（4）标志的使用方法。标志使用时有如下事项需要考虑：

1）标志的打印。可采用印刷、粘贴、拴挂、钉附及喷涂等方法打印标志。印刷时，外框线及标志名称都要印上，出口货物可省略中文标志名称和外框线；喷涂时，外框线及标志名称可以省略。

2）标志的数目。一个包装件上使用相同标志的数目，应根据包装件的尺寸和形状决定。

3）标志的位置。包装储运标志应标注在显著位置，下列标志应按如下规定标记：

①标志"易碎物品"应标在包装件所有的端面和侧面的左上角处。

②标志"向上"应标在与标志"易碎物品"相同的位置上，当两个标志同时使用时，标志"向上"应更接近包装箱角。

③标志"重心"应尽可能标在包装件所有六个面的重心位置上，否则至少应标在包装件2个侧面和2个端面上。

④标志"由此夹起"只能用于可夹持的包装件，标注位置应为可夹持位置的两个相对面上，以确保作业时标志在作业人员视线范围内。

⑤标志"由此吊起"至少应标注在包装件的两个相对面上。

三》 危险货物包装标志

危险货物包装标志是在商品包装上以特定的标记和标签，表明危险货物的类别和性质，以便物流各环节有关人员严格按照作业要求，采取防护措施，保证安全。

我国国家标准《危险货物包装标志》（GB 190－2009），对标志的类别、名称、尺寸、图案、颜色和使用方法等做了明确的规定。

（1）标志分为标记（见表5—3）和标签（见表5—4）。标记4个，标签26个，其图形分别标示各类危险货物的主要特性。

表5—3　　　　　　　　　　　　　危险货物包装标记

序号	标记名称	标记图形
1	危害环境物质和物品标记	（符号：黑色；底色：白色）
2	方向标记	（符号：黑色或正红色；底色：白色） （符号：黑色或正红色；底色：白色）
3	高温运输标记	（符号：正红色；底色：白色）

表 5—4   危险货物包装标签

序号	标签名称	标签图形
1	爆炸性物质或物品	（符号：黑色；底色：橙红色） **1.4** （符号：黑色；底色：橙红色） **1.5** （符号：黑色；底色：橙红色） **1.6** （符号：黑色；底色：橙红色） ** 项号的位置——如果爆炸性是次要危险性，留空白 * 配装组字母的位置——如果爆炸性是次要危险性，留空白
2	易燃气体	（符号：黑色；底色：正红色） （符号：白色；底色：正红色）
	非易燃无毒气体	（符号：黑色；底色：绿色）

续前表

序号	标签名称	标签图形
2	非易燃无毒气体	 （符号：白色；底色：绿色）
	毒性气体	 （符号：黑色；底色：白色）
3	易燃液体	 （符号：黑色；底色：正红色） （符号：白色；底色：正红色）
4	易燃固体	 （符号：黑色；底色：白色红条）
	易于自燃的物质	 （符号：黑色；底色：上白下红）
	遇水放出易燃气体的物质	 （符号：黑色；底色：蓝色） （符号：白色；底色：蓝色）

续前表

序号	标签名称	标签图形
5	氧化性物质	 （符号：黑色；底色：柠檬黄色）
	有机过氧化物	 （符号：黑色；底色：红色和柠檬黄色） （符号：白色；底色：红色和柠檬黄色）
6	毒性物质	 （符号：黑色；底色：白色）
	感染性物质	 （符号：黑色；底色：白色）
7	一级放射性物质	 （符号：黑色；底色：白色， 附一条红竖条） 黑色文字，在标签下半部分写上： "放射性" "内装物_____" "放射性强度_____" 在"放射性"字样之后应有一条红竖条

续前表

序号	标签名称	标签图形
7	二级放射性物质	 （符号：黑色；底色：上黄下白， 附两条红竖条） 黑色文字，在标签下半部分写上： "放射性" "内装物＿＿＿＿＿＿" "放射性强度＿＿＿＿＿＿" 在一个黑边框格内写上："运输指数" 在"放射性"字样之后应有两条红竖条
	三级放射性物质	 （符号：黑色；底色：上黄下白， 附三条红竖条） 黑色文字，在标签下半部分写上： "放射性" "内装物＿＿＿＿＿＿" "放射性强度＿＿＿＿＿＿" 在一个黑边框格内写上："运输指数" 在"放射性"字样之后应有三条红竖条
	裂变性物质	 （符号：黑色；底色：白色） 黑色文字 在标签上半部分写上："易裂变" 在标签下半部分的一个黑边框格内写上： "临界安全指数"
8	腐蚀性物质	 （符号：上黑下白；底色：上白黑下）
9	杂项危险物质和物品	 （符号：黑色；底色：白色）

（2）标志的尺寸。危险货物的包装标志的尺寸一般分为 4 种，见表 5—5。

表 5—5 　　　　　　　　　　　　　　 标志的尺寸 　　　　　　　　　　　　　　 单位：mm

尺寸号别	长	宽
1	50	50
2	100	100
3	150	150
4	250	250

注：如遇特大或特小的运输包装件，标志的尺寸可按规定适当扩大或缩小。

（3）标志的使用方法。使用标志需要注意的地方有：

1）标志的打印。危险货物包装标志的打印可以采用粘贴、钉附及喷涂等方法。

2）标志的位置。危险货物包装标志，需要根据包装的类型来确定，一般来说，应该遵循以下原则：

① 箱状包装，位于包装端面或侧面的明显处。

② 袋、捆包装，位于包装明显处。

③ 桶形包装，位于桶身或桶盖。

④ 集装箱、成组货物，粘贴在四个侧面。

每种危险品包装件应按其类别粘贴相应的标志。但如果某种物质或物品还有属于其他类别的危险性质，包装上除了粘贴主标志外，还应粘贴表明其他危险性的标志作为副标志，副标志图形的下角应标有危险货物的类项号。

储运的各种危险货物性质的区分及应标打的标志，应按我国国家标准《危险货物分类和品名编号》（GB 6944—2005）、《危险货物品名表》（GB 12268—2005）及有关国家运输主管部门规定的危险货物安全运输管理的具体办法执行，出口货物的标志应按我国加入的有关国际公约（规则）办理。

学习任务三　包装装备

知识目标：了解物流包装设备的类别，掌握常见包装设备的结构原理及工作特点。

能力目标：能够利用包装设备对纸箱捆扎封装。

学习方法：本任务为理论学习，学生分组在教室由理论指导教师组织学习。

包装装备的种类很多，按包装物的使用范围分类，可分为专用包装机、多用包装机、通用包装机。按包装物和包装材料的供给方式分类，可分为全自动包装机、半自动包装机。按包装种类分类，可分为单个包装机、内包装机、外包装机。按包装装备功能分类，可分为充填机、灌装机、裹包机、封口机、贴标机、捆扎机、真空包装机、泡罩包装机等。

一 》 充填机

充填是包装过程的中间工序，在此之前是包装容器准备工序（如容器的成形加工、清洗消毒、按序排列等），在此之后是封口、贴标、打印等辅助工序。充填机是将精确数量的包装品充填到各种容器内的机械，适用于包装粉状、颗粒状的固态物品。

（一）充填机的分类

实际生产中，由于产品的状态、性质及所要求的计量精确度等因素各不相同，因此对于不同的物料，所用的充填方法也各有不同，这样就形成了各式各样的充填机，如图5—2所示。

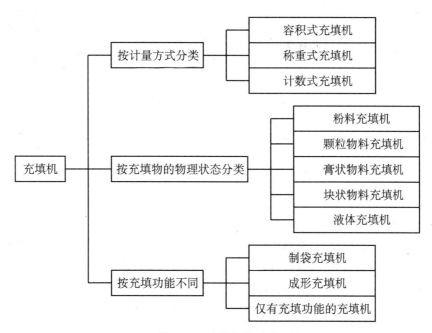

图5—2 充填机的分类

常见的充填机工作原理和特点也是不尽相同的，见表5—6。

表5—6 常见的充填机的工作原理和特点

充填机	工作原理	特点
容积式充填机	将产品按预定容量充填到包装容器内	结构简单，计数速度快，计数精度低
称重式充填机	将产品按预定重量充填到包装容器内	结构复杂，计数速度慢，计数精度高
计数式充填机	将产品按预定数目充填到包装容器内	结构较复杂，计数速度较快

称重式充填机和容积式充填机的充填方法分别如图 5—3 和图 5—4 所示。

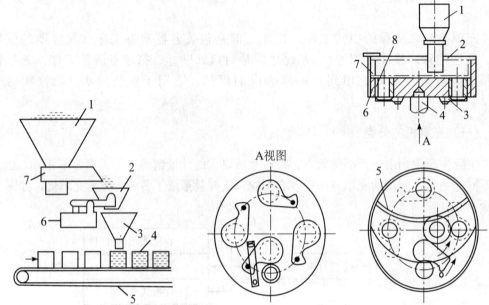

图 5—3　称重式充填机充填方法示意图

1—储料斗；2—计量漏斗；3—充填漏斗；
4—包装件；5—传送带；6—秤；7—进料器

图 5—4　容积式充填机充填方法示意图

1—料斗；2—有机玻璃罩；3—活门底盖；
4—转轴；5—刮板；6—转盘；7—护圈；8—固定量杯

（二）常见的充填机

1. 各种黏度的充填机

中低黏度充填机主要用于充填汤汁、蜂蜜、洗发精、润滑油等。高黏度充填机主要用于充填沙拉、年糕、豆馅、鱼酱、肉酱等。各种黏度的充填机的特点如下：

（1）从低黏度到高黏度的、无流动性的、含颗粒的、半固体的流体，均可定量充填。

（2）同台充填机可迅速、方便地调整充填量，调整范围高达 1∶6。

（3）可配合各种包装机连锁控制，做全自动高速充填，最高每分钟 30 次。

（4）充填误差±0.1%。

（5）可加入特殊充填阀不漏液设计，配合各种不同流体，做多种形式选择。

2. 粉末充填机

粉末充填机主要用于面粉、调味粉的包装，包装全程都在密封机内进行，可减少包装物的损失，计量精度高，可配合连续式封口机使用。

二》 灌装机

灌装机是将液体产品按预定的量充填到包装容器内的机械。它不仅可以灌装黏度较低的物料（主要是依靠自重以一定速度流动，例如酒类、油类、饮料、药水等），也可以依靠压力灌装某些黏稠物料或半流体物（例如酱类、牙膏、洗发膏、药膏等）。在生产中，灌装机多用于食品工业，尤其是饮料制造业。图 5—5 为液体内装物的真空灌装方法示意图。

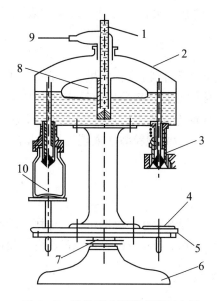

图 5—5　液体真空灌装方法示意图

1—进料管；2—储液管；3—灌注器；4—承托台；5—工作台；6—机座；
7—支轴；8—液位浮子；9—接真空泵；10—容器

（一）灌装机的基本组成

灌装机主要由包装容器的供送装置、灌装物料的供送装置、灌装阀三部分组成。包装容器的供送装置的作用主要是将容器有节奏地送到灌装工位，灌装后，再将容器送出灌装机。

灌装物料的供送装置的作用主要是将物料提供给灌装阀，再灌装入包装容器，可分为常压供料装置、压力供料装置和真空供料装置。常压供料装置是在常压下利用物料的重力向处于低位的灌装阀流送，物料装在处于高位的储液箱中，只适用于灌装低黏度不含气体的液体，如牛奶、葡萄酒等。压力供料装置是通过施加机械压力，利用活塞或柱塞的往复运动来压送物料，适用于中等黏度、流动性不好的物料，如果酱、牙膏等。真空供料装置是先将包装容器（如瓶子）抽真空，然后进行灌装。

灌装阀的作用是根据灌装工艺要求切断或沟通液室、气室和待灌容器之间液料流通的通道。按不同的灌装方式可分为常压灌装阀、压力灌装阀、真空灌装阀、等压灌装阀。

（二）常见灌装机

1. 膏状灌装机

膏状灌装机主要用于灌装膏状产品。针对不同物料的物理特性与不同行业灌装工艺要求，可在同一机型上配备圆口单向阀式或软管注射式膏状灌装机，以便满足用户不同的灌装要求，充分体现了膏体定量灌装的实用性、可靠性、经济性与适应性。

2. 液体灌装机

液体四管台式灌装机就是一个典型的液体灌装机，其灌装范围为 30～100mL，计量误差±1％，主要用于洗涤液、糖浆、果汁、食油、乳剂、农药等所有溶液、黏液、乳液的定量灌装。

3. 颗粒灌装机

颗粒灌装机是专门进行各种颗粒物灌装的机械，它采用单相（220V）调速电动机配合棘轮机构进行传动，所有接触灌装品部分均由符合食用卫生标准的 316 不锈钢制成，并且可以设置 8 个灌装工位。根据不同需要，用户可随时，任意调整灌装质（数）量和灌装速度，是食品、医药、化工等各行业颗粒灌装最理想的产品。

三 》 裹包机

裹包机是用挠性材料全部或局部裹包产品的机械，适用于块状或具有一定刚度的物品包装。同时，裹包机对于某些粉状和散粒状物品经过浅盘、盒等预包装后，也可进行包装。

（一）裹包机的分类及特点

裹包机按包装成品的形态可分为全裹包机和半裹包机；按裹包方式可分为折叠式裹包机、拉伸式裹包机、贴体式裹包机、覆盖式裹包机、收缩式裹包机、接缝式裹包机等。常见裹包机的特点见表 5—7。

表 5—7　　　　　　　　　　　　常见裹包机的特点

裹包机	特点
折叠式裹包机	用于长方形物体的裹包，包装外观规整，视觉效果好
拉伸式裹包机	用于把聚集在托盘上的物品连同托盘一起裹包
贴体式裹包机	包装后产品有较强的立体感
覆盖式裹包机	采用黏合或热封的方法进行裹包
收缩式裹包机	温度可调，性能稳定，包装效果好
接缝式裹包机	可连续工作，工作效率高

（二）常见裹包机

1. 全自动栈板裹包机

全自动栈板裹包机如图 5—6 所示，其特点是：台面加装驱动设备可将栈板自动送入、定位、拉膜、裹膜、切膜、抚平、包装完成自动送出，完全无人操作。配合自动覆盖机可自动完成顶部包装。

2. 水平式缠绕裹包机

水平式缠绕裹包机如图 5—7 所示，适用于各种长条形物体的包装，广泛应用于塑料型材、铝材、板材、管材、染织品等行业。水平式缠绕裹包机的原理是包装材料通过回转臂系统围绕匀速前进的货物做旋转运动，同时通过拉伸机构调节包装材料的张力，把物体包装成紧固的整体，并在物体表面形成螺旋式规则的包装，美观大方、防尘防潮。水平式缠绕裹包机的性能特点：有四个感应开关，自动感测货物运行位置；可编程控制器控制；

可选择多种包装材料；装有气动夹紧装置和安全保护装置。

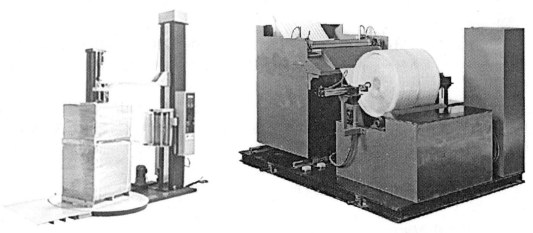

图5—6 全自动栈板裹包机　　　　图5—7 水平式缠绕裹包机

四》 封口机

封口机是在包装容器内盛装产品后，将容器的开口部分封闭起来的机械。封口机是包装流程中不可缺少的工序，封口的好坏直接影响到被包装产品的保质期的长短和是否美观。封口机主要由机身、封口装置等构成。

（一）封口机的分类

封口机按其封口方式可分为如表5—8所示的几类。

表5—8　　　　　　　　　　　　　　常见封口机

封口机	特点
熔焊式封口机	通过加热使包装容器封口处熔融而将包装容器封闭，常用的加热方式有超声波、电磁感应和热辐射
热压式封口机	采用加热加压的方式封闭包装容器，常用的加热元件有加热板、加热环带、加热辊
缝合式封口机	使用缝线缝合包装容器，多用于麻袋、布袋、复合编织袋等的封口
滚压式封口机	用滚轮滚压金属盖使之变形从而封闭包装容器
卷边式封口机	用滚轮将金属盖与包装容器开口处相互卷曲、钩合，从而封闭包装容器，常用于罐头的封口

封口机按使用封口材料的情况，又可分为以下几种：

（1）不使用封口材料的封口机：如热压封口机等，仅通过加热加压使包装容器封口。

（2）使用封口材料的封口机：如液压封口机、卷边封口机等，通过对封口材料进行液压、卷边使之与包装容器结合封闭。

（3）使用封口辅助材料的封口机：如缝合机、钉合机、胶带封口机、黏合封口机等，采用缝线、金属钉、胶带、黏合剂等对包装容器进行封口。

（二）常见封口机

1. 手动封口机

手动封口机是常用且简单的封口机，其封合方法一般采用热板加压封合或脉冲电加热封合。这类封口机重量轻、占地小、操作方便快捷，适用于商店、商场、小型工厂等场合的塑料袋封口。

手动封口机由手柄、压臂、电热带、指示灯、定时旋钮等元件组成，该机不用开关，使用时只要接通电源，根据封接材料的热封性能和厚度，调节定时器旋钮，确定加热时间，然后将塑料袋口放在封接面上，按下手柄，指示灯亮，电路自动控制加热时间，1～2s后，指示灯熄灭，电源被自动切断，即完成塑料袋的封口。

印字型封口机除具有普通型封口机功能外，还可在封口处印上生产日期、生产批号等。

2. 脚踏式封口机

脚踏式封口机与手动封口机的热封原理基本相同，不同之处是采用脚踏的方式拉下压板。脚踏式封口机由踏板、拉杆、工作台面、上封板、下封板、控制板、立柱、底座等部分组成，适用于各种塑料薄膜（PP、PE、PVC等）的封口，操作便捷。

操作时双手握袋，轻踩踏板，瞬间通电完成封口，既方便，封口效果又好。脚踏式封口机可采用双面加热，以减小热板接触面与薄膜封接面间的温差，提高封口速度和封口质量。有些脚踏式封口机的工作台面可以任意倾斜，以适应封接包装液体或粉状物料的塑料袋。

3. 立式封口机

立式封口机主要由环带式热压封口器、传送装置、电气控制装置和落地支架等部分组成。立式封口机的工作原理是当装有物品的包装放置在传送带上时，袋的封口部分被自动送入运转中的两根封口带之间并带入加热区。加热块的热量通过封口带传输到袋的封口部分，使薄膜受热熔软，再通过冷却区，使薄膜表面温度适当下降，然后经过滚花轮（或印字轮）滚压，使封口部分上下塑料薄膜粘合并压制出网状花纹（或印制标志），再由导向橡胶带与传送带将封好的包装袋送出机外，完成封口作业。

五 》 贴标机

贴标机是将事先印制好的标签粘贴到包装容器特定部位的机械，其工艺过程包括取标签、送标签、涂胶、贴标签、整平等。

（一）贴标机的分类

贴标机按自动化程度可分为半自动贴标机和全自动贴标机；按容器的运行方向可分为立式贴标机和卧式贴标机；按贴标部件的特征可分为压标式贴标机、滚压式贴标机、龙门式贴标机、真空转鼓式贴标机、多标仓转鼓贴标机等。

（二）贴标机的基本组成

贴标机由供标装置、取标装置、打印装置、涂胶装置及联锁装置等几部分组成。

供标装置的主要作用是在贴标过程中，将标签纸按一定的工艺要求进行供送，通常由标仓和推标装置组成。常见的供标装置有几种形式：滑车式、重锤式、杠杆式和弹簧式。

（1）滑车式。标盒设计成倾斜的，推标时，倾斜角和滑车的重量决定了对标签叠层的推动力。

（2）重锤式。标盒是水平的，推标压力取决于重锤重量，补充标签时需停机，多适用于立式贴标机。

（3）杠杆式。标盒竖立，从顶面供标，供标力决定于平衡重锤的大小，随着标纸的减少，推标盘自动上升，适用于卧式贴标机。

（4）弹簧式。推标压力为弹簧的弹力，是变化的，当标签叠层较厚时，压力就大，反之则小。弹簧可采用盘形弹簧，补充标签时也需停机，适用于立式贴标机。

取标装置根据取标方式不同有真空式、摩擦式、尖爪式等不同形式。

打印装置的主要作用是在贴标过程中在标签上打印产品批号、出厂日期、有效日期等数码，根据打印的方式不同可分为滚印式和打击式两种。

涂胶装置的主要作用是将适量的黏合剂涂抹在标签的背面或取标装置上。涂胶装置主要包括上胶、涂胶和胶量调节等部分，通常有盘式、辊式、泵式、滚子式等不同形式。

联锁装置设置的主要作用是为了保证贴标效能和工作的可靠性，可实现"无标不打印"、"无标不涂胶"，一般有机械式和电气式两种形式。

（三）常见贴标机

1. 上贴式贴标机

上贴式贴标机用于各种上贴或侧贴产品贴标，其配件包括机座、脚座、圆条、圆管，可采用 PLC 控制系统及步进马达驱动，贴标速度为每分钟 0～400 包，根据产品不同而不同。适合装设在任何生产线上，可根据需要选购输送带。上贴式贴标机在生产时，可根据需要快速更换贴标规格，可加装印字机，使制造日期、批号、有效期限的打印同时完成。

2. 卧滚贴式贴标机

卧滚贴式贴标机主要适用于注射液、易拉盖、口服液、小电池、笔身等全身绕贴，贴标速度可达每分钟 150～300 支。出标速度与瓶子输送速度以编码器追踪同步，贴标表面平整。卧滚贴式贴标机有翻页式屏幕及操作指示显示设计，包括产量、卷标剩余数量、送标速度、卷标吐出长度、贴标位置、底纸透光值、感应设定值、产品长度、卷标长度等皆以数值显示，有利于贴标异常时做出正确判别。卧滚贴式贴标机也可快速更换贴标规格，贴标及打印生产日期、批号、有效期限也可一次完成。

3. 圆贴式贴标机

圆贴式贴标机适用于各种圆瓶贴标，贴标速度为每分钟 0～400 包。圆贴式贴标机设有翻页式屏幕及操作指示显示设计，包括产量、卷标剩余数量、送标速度、卷标吐出长度、贴标位置、底纸透光值、感应设定值、产品长度、卷标长度等皆以数值显示，有利于贴标异常时做出正确判断。

六》 捆扎机

捆扎机是采用柔软的线材对包装件进行自动捆扎的机械，属于外包装设备，如图5—8所示。

图 5—8　塑料带捆扎机

（一）捆扎机的分类

捆扎机按自动化程度不同可分为全自动捆扎机、半自动捆扎机、手提式捆扎机；按接头接合形式，可分为热熔搭接式捆扎机、高频振荡式捆扎机、超声波式捆扎机、热针式捆扎机、打结式捆扎机和摩擦焊接式捆扎机；按接合位置，可分为底封式捆扎机、侧封式捆扎机、顶封式捆扎机、轨道开闭式捆扎机和水平轨道式捆扎机；按捆扎材料不同可分为带装捆扎机、线装捆扎机等。

（二）捆扎机的组成

捆扎机主要由机架与导轨、送带机构、收带紧带机构、封接装置、控制系统组成。

1. 机架与导轨

机架一般用角钢焊接而成，外面用钢板覆面，送带导轨位于机架上部，它由一条导槽和一些可以开启的叶片组成。带子的端部沿导槽滑动送进，因此，导槽内壁应光洁圆滑，以利于带子顺利滑动。导槽为活动式封闭结构，有让带子脱出的叶片，送带时可引导带子环绕物品一圈，退带时叶片被拉出的带子推开，再随后复位。

2. 送带机构

送带机构包括带盘、颈送轮、储带箱、送带轮等，它将带子自带盘中引到导轨导槽内。

3. 收带紧带机构

收带由送带轮反转快速完成，由离合器控制使送带轮反转，使带子自导槽中拉出捆在包装件上，并产生一定的收紧力。而紧带则把带子进一步抽紧，使其紧捆住包装件。紧带机构一般包括紧带器和紧带调节器两部分。

4. 封接装置

带子抽紧后，需将其接头固定。对于塑料带，一般利用热熔接方式进行封接。

5. 控制系统

基本型捆扎机的控制系统多用机械式，即由分配轴发出指令，由凸轮控制各执行机构，按工作循环要求依次进行动作。这种控制系统的性能可靠，结构简单，应用广泛。

七》真空包装机

真空包装机是将产品装入包装容器后，抽去容器内部的空气，达到预定的真空度的机械。充气包装机是将产品装入包装容器后，再用氮气、二氧化碳等气体置换到容器内，并完成封口工序的机械。绝大多数真空包装机都具有充气功能，同时，大多数的真空包装机还具有多种其他功能，如提升、充填、贴标等，这种包装机称为多功能包装机。

真空包装机用途广泛，可包装食品、金属制品、化工原料、精密仪器仪表、纺织品等，对于固体、散粒体、半流体或流体都适用。

（一）真空包装机的分类

按真空包装机的结构分可分为室式真空包装机、输送带式真空包装机、热成形真空包装机、插管式真空包装机、旋转式真空包装机。这里仅简单介绍前三种。

室式真空包装机是将已装有物品的包装袋放入真空室，合盖抽气，达到预定的真空度，需要充气时，在封口前充入气体，再用热封装置合拢封口。室式真空包装机又可分为台式真空包装机、单室真空包装机、双室真空包装机。

输送带式真空包装机是把输送带作为包装机的工作台，将装有物品的包装袋置于输送带上，随着输送带的运动，使其自动完成抽真空、充气、封口、冷却等工序。

热成形真空包装机，又称对称连续式或深冲式真空包装机，即利用片材在模具中热成形的方法，在包装机上自制容器，然后完成充填、抽真空、充气、横切、纵切、加盖等工序。

（二）常见真空包装机

1. 单室真空包装机

单室真空包装机只有一个真空室，对不同的包装材料和包装要求，设有真空度、热封时间等调整装置，可以达到最佳包装效果。单室真空机也可根据用户的要求，配备换字方便、印字清晰的印字装置，即在封口的同时，在封口线上印上保质期、出厂日期或出厂编号，以符合国家食品标签法的规定。

单室真空包装机具有设计先进、功能齐全、性能稳定可靠、适用范围广、封口强度好、使用维修方便等特点。

2. 双室真空包装机

双室真空包装机有上、下两个真空室轮流工作，两个工作室结构合理，气密性好，并符合食品卫生与防腐要求，上工作室可装一组热压封口装置，并采用平衡结构，可在任何位置停留，并有缓冲保护。

有些双室真空包装机还具有一次完成真空抽气、封口、印刷产品标签的功能。真空度由时间电位器设定开关调节，封口温度分五挡调节，以变压器加热电压的高低来达到不同的封口温度，热封时间采用数字显示器、继电器控制。

双室真空包装机具有设计先进、功能齐全、性能稳定可靠、使用范围广、封口强度好、包装能力强、经济效益高、使用方便等特点。

3. 小型真空包装机

小型真空包装机具有超强抽真空能力，能对各种塑料袋（普通胶袋、复合袋、铝箔袋等）进行封口。其自动化程度高，设有数字控制热封时间和过热自动保护报警装置，具有省电、体积小、重量轻、用途广、操作简便等优点。

八 》 泡罩包装机

泡罩包装机是将透明塑料薄膜或薄片制成泡罩，用热压封合、黏合等方法将产品封合在泡罩与底板之间的机械，广泛用于轻工、医药和化工行业，尤其是药品包装领域。泡罩包装有许多优点：直观性好、容易辨认商品的品质，密封性好、防潮、防变质等。

学习任务四　包装自动生产线

知识目标：了解包装自动生产线的概念，掌握包装自动生产线的分类、组成和特点。

能力目标：能够根据产品特点选择和布局包装自动生产线设备。

学习方法：本任务为实践技能学习，学生分组在实验室由实训指导教师指导学习。

随着现代科学技术的发展，电子计算机、智能机器人、各种高级自动化机械以及智能型检测、控制、调节装置等技术已被引入产品包装中，形成了包装自动生产线。

利用输送装置将自动机、辅助设备按产品的生产顺序组合，并以一定的节拍完成生产——物品由一端不断送入，生产材料在相应工位加入，经过各工序的加工后，产品从末端输出，这种生产设备的组合系统称为生产流水线。在生产流水线的基础上，再配以必要的自动检测、控制、调整补偿装置及自动供送料装置，使物品在无须人工直接参与操作情况下自动完成供送、生产的全过程，并且各机组间平衡协调，这种工作系统就称为自动生产线。自动生产线除了具有生产流水线的一般特征外，还具有更严格的生产节奏和协调性，因此，运输储存装置和自动控制系统，是区别流水线和自动生产线的重要标志。目前我国包装各行业不同程度地应用包装流水线和包装自动生产线。

应用包装自动生产线可以大大提高劳动生产率、包装产品质量，改善劳动条件，降低工人劳动强度，减少占地面积，降低包装产品成本。包装自动线特别适用于少品种、大批量的产品包装中，是包装工业发展的方向。

一 》 包装自动生产线的分类

（一）按包装机排列形式分类

（1）串联包装自动生产线。各包装机按工艺流程单台顺序连接，各单机生产节奏相同。

（2）并联包装自动生产线。为平衡生产节奏，提高生产能力，将相同包装机分成数组，共同完成同一包装操作，在此类自动生产线中间一般需设置换向或合流装置。

（3）混联包装自动生产线。在一条包装自动生产线上，同时采用串联和并联两种连接形式，主要是为了平衡各包装机的生产节奏，一般此类包装自动生产线较长，机械数量较多，因此输送、换向、分流、合流装置种类也比较多。

（二）按包装机之间的联系特征分类

（1）刚性包装自动生产线，如图 5—9（a）所示。各包装机间用输送装置直接连接起来，以一定的生产节奏运行，如果其中一台设备发生故障停车，将引起全线停车。

（2）柔性包装自动生产线，如图 5—9（b）所示。各包装机之间均连有储料器，由储料器对后续包装机供料，如果某台设备发生故障，不会影响其他设备的工作，故生产效率高，但投资较大。

（3）半柔性包装自动生产线，如图 5—9（c）所示。将自动生产线全线分成若干区段，对不易出现故障的地方不设储料器，提高其"刚性"；对经常出现故障的地方则设置储料器，提高其"柔性"，既保证了生产效率高，又保证投资不过大。

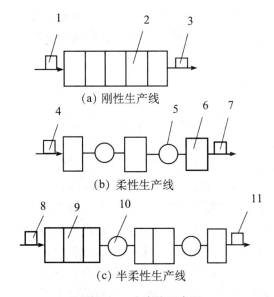

图 5—9　生产线示意图

1、4、8—被包装物；2、6、9—包装机；3、7、11—成品；5、10—中间储料器

包装自动生产线的建立，不仅提高了产品包装质量、包装速度，减轻了工人劳动强

度，减小了占地面积，而且，为产品包装过程的连续化、高速化奠定了基础。

二》 包装自动生产线的组成

包装自动生产线的类型很多，所包装的产品也不相同，但总体来讲，它主要由自动包装机、辅助工艺装置、输送装置、控制系统等组成，如图5—10所示。

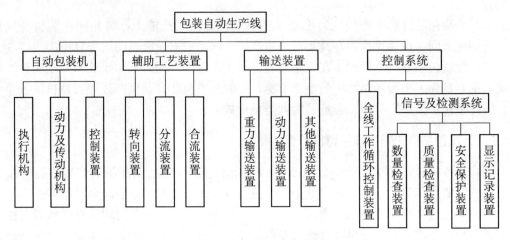

图 5—10 包装自动生产线的组成

（一）自动包装机

自动包装机是包装自动生产线最基本的设备，是自动生产线的主体。它无须操作人员直接参与，各机构能自动协调动作，在规定的时间内完成包装操作。自动包装机主要工作包括包装材料（或包装容器）与被包装物料的输送与供料、定量、充填、包封、贴标等。

（二）辅助工艺装置

在包装自动生产线中，为满足工艺上的要求，使自动生产线能协调工作，需配置一些辅助工艺装置，如转向装置、分流装置、合流装置等。

（1）转向装置。转向装置主要用于改变被包装物品的输送方向或改变被包装物体输送状态。转向装置结构形式很多，在选择中应根据不同物品、不同形状选用。

（2）分流装置。分流装置主要用于平衡生产节奏，提高生产率。前台包装机完成加工后，需将其分流给几台包装机来完成后续工序，这是由分流装置完成的。常用的分流装置有挡臂式、直角式、活门式、转向滚轮式、摇摆式、导轨滑板式等。

（3）合流装置。若要连接前道工序的多台包装机与后道工序的一台包装机，必须设置合流装置。常用的合流装置有推板式、导板式、回转圆盘式等。

（三）输送装置

输送装置是将各台自动包装机连接起来，使之成为一条自动线的重要装置。它不仅担负包装工序间的传送作用，而且使包装材料（或包装容器）、被包装物品进入自动线，以及成品离开自动线。自动线上常用的输送装置大体分重力式和动力式两类。

（1）重力输送装置。它是利用物品的重力克服输送过程的摩擦力而得以实现输送，故不需要动力，其结构较简单，但这类装置只能由高处向低处输送，且输送时间难于精确保证。常见的重力输送装置有输送槽、滚道和滑轮输送道等。

（2）动力输送装置。它是利用动力源（一般是电动机）的驱动使物品得以输送，是包装线中最常用的输送装置。它不但可实现由高处向低处的输送，也可实现由低处向高处的输送，且输送速度稳定可靠。常用的动力输送装置有带式输送机、动力滚道、链式输送机和链板式输送机等。

（3）其他输送装置。为适应不同物品材料的特性，还有一些特殊输送装置，如对钢铁材料物品，可采用磁性输送装置，对一些质量较小的圆形或薄型物品，则可采用摩擦带输送装置等。

（四）控制系统

在包装自动生产线中，控制系统起着类似于人类神经系统的作用，它将自动线中所有的设备连接成一个有机的整体。它主要包括全线工作循环控制装置、信号及检测系统。随着科学的进步，各种新技术如光电控制、数控技术、电脑控制技术等在自动线中被大量采用，使自动生产线控制系统更加完善，更加可靠，效率更高。

三 》 包装自动生产线设备的选择和布局

（一）设备的选择

1. 了解包装物的物理性质

选择设备前必须对包装物的形状、特性、包装材料等进行充分的研究。采用包装机组成自动生产线时，要考虑包装物品是否能以稳定正常的状态进入下道工序，特别是不规则形状的包装物容易出现异常传送现象，容易导致故障的产生。

2. 机械之间设置缓冲区

从理论上讲自动生产线总运行效率与其组成的各个包装机的运行效率有关，连接的台数越多，运行效率越低。因此，为了防止运行效率降低，在机械之间连接部位设置缓冲单元，当下道工序的机器短时间内因故障而停机时，使从前道工序传出的制品进入缓冲单元储存起来，等机械正常工作后再顺次进行包装。

3. 内包装机与外包装机应匹配

作为运输包装的外包装，一般是把数个到数十个经过内包装的商品汇集成一个外包装。所以，内包装—外包装自动生产线一般由数台内包装机与一台外包装机相连接。外包装机的包装能力取决于内包装机排出的商品合流（集合）的供给能力。此外，设计时也可以考虑让外包装机的包装能力留有余量，这样生产中只需增加内包装机便可提高自动生产线的生产能力。

(二) 设备的布局

1. 包装工艺路线

包装工艺路线是包装自动生产线总体设计的依据，它是在调查研究和分析所收集资料的基础上确定的。设计包装工艺路线时，在保证包装质量的基础上，力求高效率、低成本、结构简单、合理、可靠、易实现自动控制、方便维修和操作。

工艺路线的拟定主要根据包装生产要求，合理安排整个包装工序，确定完成各工序的具体方法，计算全线所需各机组的数量、生产能力，以及设计中间输送、存储设备，平衡和调节生产能力。其主要内容为：

（1）合理选择包装材料和包装容器。

（2）确定工序的集中与分散。工序集中与分散程度是依据哪一种设计更能全面、综合地保证质量、提高生产率和降低成本而决定的。工序集中，减少了中间输送、存储、转向等环节，使机构得以简化，可缩减生产线的占地面积。但是，工序过分集中，会对包装工艺增加更多的限制，降低了通用性，增加了机构的复杂程度，不便于调整。所以，采用集中工序时，应保证调整、维修方便，工作可靠，有一定通用性等。为提高生产率，便于平衡工序的生产节拍，可以将包装操作分散在几个工序中同时进行，使工艺时间重叠，即工序分散。

（3）平衡工序的节拍。平衡工序的节拍是制定包装自动生产线工艺方案的重要问题之一。各台包装机间具有良好的同步性，对于保证包装自动生产线连续协调地生产非常重要。平衡节拍时，反对压抑先进、迁就落后的平衡办法。

2. 绘制工艺原理图

在选择和确定了包装工艺方案之后，就应着手绘制工艺原理图。工艺原理图是不可缺少的原始资料，绘制工作循环图及有关机构的设计和选择，都以此为基础。包装自动生产的工艺原理图只需给出各单机所完成的功能。图5—11所示为装箱自动生产线的工艺原理图。

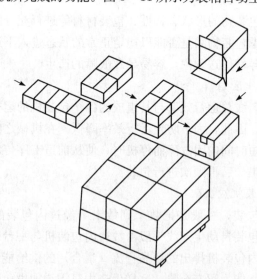

图5—11 装箱自动生产线的工艺原理图

3. 生产线配置

根据企业的生产能力规模、劳动力状况、运输条件、车间面积和流通要求等具体情况，并结合我国的国情，配置生产线。生产线通常包括以下几个部分：

（1）自动机部分。自动机是完成包装工序动作的主要执行体，它具体执行对被包装物品的包装整理动作，如糖果包装生产线中的糖果包装机，卷烟包装线中的香烟裹包机、条包机等。另外，在包装生产线中除了完成主体包装动作的自动机外，还有一些起预处理和后续整理作用的自动机，如饮料包装线中的洗瓶机、杀菌机等。

（2）输送机部分。输送机是包装生产线的必要组成部分，主要起到连接各工序自动机，输送传递物料，并在输送过程中对物品进行整理、排列，对生产线起一定缓冲调节、协调平衡各自动机生产能力等作用。如糖果食品包装线中的输送带，饮料包装线中的链道、辊道及液体输送系统等。

（3）电气部分。自动包装生产线的各项监测、控制、调节均是由电气部分实现的。它包括运行状态监测系统、信号显示系统、功率自动调节系统、照明系统、自动控制系统、电气柜等。

（4）动力部分。主要包括自动机及整线的驱动动力系统及电、气、供热系统。

（5）管线部分。主要包括动力管线、水、电、气及物料输送管线和控制系统线路。

（6）辅助系统部分。主要指对包装生产起辅助作用的设施。如包装制品的混合整理、生产线的清洗、材料的存放等。

（7）备件部分。包装生产线通常都应设置急用常备件备品库（柜）及工具柜，储备少量的急用备件，以备一旦出现临时故障及时更换排除。

（8）其他部分。如车间内的安全护栏、护网等安全防护设施，通风采暖、防震降噪、照明系统等。

4. 设备布局形式

包装工艺路线和设备确定后，应本着简单、实用、经济的原则布置设备，合理解决包装生产线在车间中的排列走向和安装位置等具体问题，力求实现最佳布局。

包装生产线的布局形式较为灵活，由于被包装物品的包装形式、工艺过程、生产能力、设备形式以及场地情况不同，有着各种不同的布局方式，工序相对集中的包装生产线，设备布局大多采用平面形式；而自动加工生产线由于工序较多，要求场地空间利用率较高，所以采用空间布局较多。

（1）平面布局。平面布局应力求生产线短、布局紧凑、占地面积小、整齐美观以及调整、操作、维修方便。包装自动生产线的排列可采用多种形式布置，如直线形、直角形或框形等。至于采用何种形式布置，需综合考虑各因素，比如：车间的平面布置、柱子间距、各台设备的外形尺寸和生产能力、输送机形式等，另外，还要便于操作和实现集中控制。

图5—12和图5—13所示为两种平面布局形式。如图5—12所示，各台设备间设置了平面输送装置。如图5—13所示，在设备上部空间设置输送装置。

在自动机之间设置输送装置，例如酒类自动灌装线的布局，其各台设备间都是沿平面输送物品的，在这类布局中，每一段输送装置都应配备一个驱动机，并根据自动机需要做连续或间歇运动。这样，组合或拆卸有关设备比较灵活，所以，自动包装生产线大都采用这种形

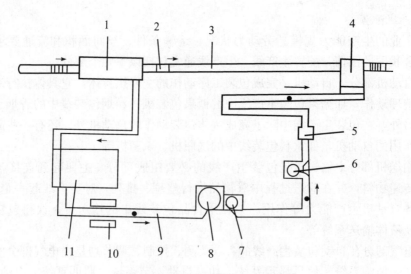

图5—12 设备间设置平面输送装置

1—取瓶机；2—塑料周转箱；3—输送装置；4—装箱机；5—检液装置；
6—贴标机；7—封口机；8—灌装机；9—传输带；10—空瓶检查台；11—洗瓶机

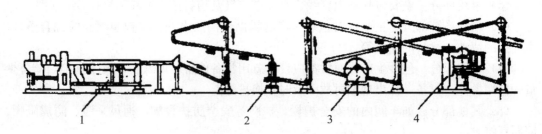

图5—13 设备上部空间设置输送装置

1—灌身制造机；2—翻边机；3—自动检漏机；4—卷边封口机

式。再例如牙膏管自动线的布局，慢速循环运行的输送链载着空管依次通过每一台自动机旁；当自动机内输送装置停歇时，由机械手将空管逐个取下，再供给自动机加工；加工结束后，空管仍借停歇时间由机械手传递回输送链，当空管从印刷机送出和进入干燥室时，该输送链均为连续匀速运转。在这种布局中，输送链需与间歇运动的自动机协调，并且物品要在输送线上反复取出置入，影响生产线的运行速度和生产效率。

（2）空间布局。包装自动生产线中的设备在不同楼层布置时，要考虑各种条件，如厂房大小及高度、设备外形尺寸及重量、各工序及包装工艺路线的特点、卫生条件、安全要求等。图5—14所示为食品灌装和装箱自动生产线布置实例，该布置将洗瓶、装箱过程同灌装分开，从卫生方面看是合理的。

设备的合理布置是一个综合性问题，应力求降低成本、因地制宜、灵活安排。

（3）串联布置和并联布置的使用。自动包装生产线采用串联直线形排列最为简单，既方便操作维修，又有利于简化输送装置，但这种形式要求厂房有足够的长度。如果车间长度有限、包装工艺又许可的话，可将包装生产线布置成L形、Ⅱ形或□形，但在拐角处需根据工艺要求设置转向或翻身机构。另外用直角形或框形布局时并不单纯是由于厂房长度的限制，而是出于工艺线路要求，以便于整理、操作，实现集中管理。

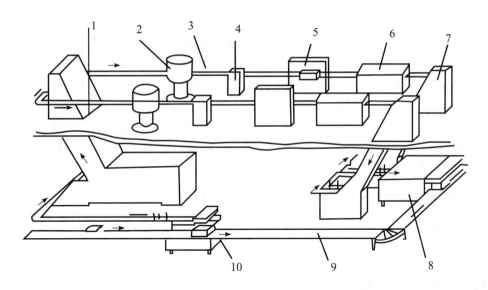

图 5—14 灌装和装箱自动生产线布置示意图

1—洗瓶机；2—灌装机；3—输送机；4—封口机；5—检验机
6—贴标机；7—升降机；8—装箱机；9—传输带；10—取瓶机

在生产量较多的情况下，为更好地平衡包装线的生产能力，通常可采用并联布置。这类布置可通过并联机组的生产能力自行缓解由前后工序产生的生产能力波动，其缓冲效果较单机串联成倍提高，亦能有效减少整线的故障停机损失，提高包装生产效率。为使各组成部分充分发挥工作效率，最好采用机动灵活的混联形式。这种混联式布局既能发挥并联线的特点，有效协调平衡各单机的生产能力，同时又可充分发挥高效单机的工作效率，设置灵活，可靠性高，集中了串、并联的特点，布局合理。

为保障安全，便于操作、维护，生产线中的各运动部件之间的距离必须适当安排。包装生产线中的管道、电线，应尽可能集中敷设，利用管线棚架，由空间架送，以免影响地面操作，作业场所较为干燥的场合可将管线设置在地下沟槽中，潮湿环境中则尽可能在空间敷设，并尽量贴近建筑墙壁架设。

另外，出于不同的考虑有时在设置包装生产线时还应注意包装线的区域划分问题。有时出于物料输送或仓储等方面的考虑，采用楼层布置，上层包装，下层仓储。有时出于卫生、安全等方面的考虑，将物品的整理及包装材料整理同包装区域隔离开。有时为了保障安全，采用隔栏、隔网将通道、活动区与自动机隔开。另外在车间内还应考虑适当的物品堆放位置，将堆放区、操作区、通道等区域明确划分开，以利于生产操作及管理。

四》 典型包装自动生产线

（一）酒类灌装自动工厂

成垛的空酒瓶由汽车运到工厂入口，由卸垛机卸下排成单行送到卸瓶机处，由卸瓶机将空瓶吊出放到传送带上，空托盘被输送到堆垛机；空的塑料箱被送至洗箱机，经洗净后再运行到装箱机以装内销酒；如果用的是纸箱，则由箱机加工好后送到另一台装箱机以装外销酒。空瓶经洗瓶机、排列机、灌装机、封口机、检液机、贴标机等完成清洗、灌装、贴标后，被分送到外销与内销装箱机处装箱，对外销的纸箱还要经过封箱。产品装箱后，被输送到储存输送设备，经分类机把不同品种的产品分别储存在不同的部位。然后，储存输送设备按同类产品送出到堆垛机。堆积好的托盘经收缩包装机包裹结实后，送入自动仓库存放。汽车在出口处按订货从自动仓库运走产品。

该自动工厂中的所有自动机的供料、操作、同步连锁，各运输、储存装置的运行，自动仓库的操纵与管理、记账、开发货单，以及其他控制与管理，都由一台小型计算机集中控制。

（二）金属罐灌装液体的自动生产线

此生产线生产率可高达每分钟千罐以上。全线主要由卸垛机、灌装机、封口机、储存装置、装箱封箱机和堆码机等组成，属于串联型柔性自动生产线。

（三）塑料袋充填粉粒物料的自动生产线

此生产线是用于塑料袋充填粉粒物料的自动生产线，生产能力为每分钟 300 袋左右。全线主要由成形充填封口机、重量选别机、异物检查装置、排列整形装置、中袋充填封口机及堆码机等组成，属于并联型柔性自动生产线。

（四）香皂自动成型生产线

此生产线生产能力为每分钟 200 块左右。全线主要由出机、切块机、打印成形机、香皂包装机、装盒机、中盒裹包机、装箱机和自动检验秤等组成，属于串联型刚性自动生产线。

五 》 包装自动生产线的技术经济指标

在包装生产过程中，运行指标集中反映了包装生产线在运行过程中的技术状态、运行效率和经济效果，是包装生产线技术管理和经济核算的重要依据，同时也是包装生产过程控制管理和运行评价的重要依据。

包装生产线的运行状况，主要通过运行过程的技术经济指标的考核来反映。包装生产线运行的技术经济指标主要包括：生产能力、生产效率、物料损耗、产品质量、包装材料损耗、动力能源消耗、劳动生产率等。这些技术经济指标与包装生产线中机器设备的质量、性能密切关联，也和产品的包装材料、容器质量、工艺参数的选择及操作管理水平有关。

（一）生产能力

生产能力是指包装线或机器设备在单位时间内完成包装的产品数量。生产能力通常分为以下几种：

（1）设计能力。它是设计计算出的理论能力，应在公称能力和极限能力之间。它通常是包装生产线能力配置的依据。

（2）公称能力（额定能力）。公称能力即铭牌能力，是包装生产线通常可达到的能力。

（3）极限能力。极限能力比公称能力大 $10\%\sim20\%$。

（4）有效能力。它是包装生产线在总工作时间内，平均每小时完成的包装数量。其计算公式为：

$$有效能力＝成品数量/包装线总工作时间$$

（二）生产效率

生产效率是包装生产线运行状态的综合评价指标，集中反映了包装生产线设备性能、可靠程度及包装过程的操作管理等方面因素的影响。此值反映了生产线中其他机组对核心自动包装机及整条包装生产能力的干扰程度，是衡量各机组故障的标准。

（三）物料损耗

物料损耗是评价包装生产线质量和运行效果的重要技术经济指标之一，也是包装生产线的运行过程、操作管理及经济核算的主要指标之一。在包装过程中由于包装材料、包装容器、包装工艺及设备机械因素等方面的原因，在包装过程中可能造成一定的物料损失。由于物料损失造成产品和生产的直接浪费，直接影响产品的生产及企业的经济效益，因此，在包装过程中应尽最大可能降低物料的损失。

（四）包装材料、包装容器损失

包装材料、包装容器损失的原因主要有包装材料、包装容器的质量和规格不符合要求，包装作业的操作管理存在疏漏以及设备机械因素等。

（五）正品率

质量是产品的生命，包装质量指标是评价包装工艺、包装设备及操作管理的重要依据。产品的包装质量主要包括两个方面：一是包装的外观质量，产品包装的主要目的是装饰、保护产品，一般要求包装外观规则、表面齐整、封闭性好。影响包装外观质量的因素除材料（容器）本身的质量及规格外，主要包括包装设备的性能和机械因素影响。二是包装的内部质量，有些产品在包装过程中由于工艺要求，需对物品进行必要的处理和整理。此外，包装过程本身也可能对物品质量产生一定影响。产品的质量情况可用正品率（合格品率）表示。

（六）动力、能源消耗

动力、能源消耗主要指在包装生产过程中包装线的水、电、气的耗用量。它综合反映出包装生产线设备的能源效率，从某种程度上来说，也是设备先进性的评价依据之一。一般常采用单位成品的动力、能源的消耗量或用单位能源的产量（或产值）计算表示，后者称为能源利用率。

（七）劳动生产率

劳动生产率是指人们在包装生产中的劳动效率，是劳动者消耗一定的劳动时间完成一定数量合格产品的能力。它可以用人在单位时间内所完成的合格包装产品数量表示，亦可用完成单位产品包装所耗用的劳动时间表示。因此，劳动生产率的提高，就意味着在单位时间完成包装的产品数量增加或完成单位产品所消耗的劳动时间减少。劳动生产率一般要用某范围人员在单位时间内所完成包装的合格产品数量表示。因此，计算劳动生产率涉及三方面因素。

（1）劳动时间：可按需要分别以年度、季度、月、天等单位表示。

（2）产品数量：可采用实物单位计量，或采用价值单位表示。

（3）人员范围：通常按生产工人或全体人员两种方式，劳动生产率可分为生产工人劳动生产率和全员劳动生产率两种。

劳动生产率的影响因素是多方面的，主要归结为工人操作水平、设备能力及自动化程度、运行操作管理水平等。

【知识与能力拓展】

商品的绿色包装

目前，世界上几乎所有国家都用塑料制品包装食品和药品。让人担忧的是在一定的介质环境和温度条件下，塑料中的聚合物单体和一些添加剂会溶出，并且极少量地转移到食品和药物中，从而引起急性或慢性中毒，严重的甚至会致癌。同时由于世界每年消耗的塑料制品很多，它们使用后遭人抛弃成为垃圾，而且很难处理，这也让环保者伤透脑筋。

由此可见，绿色包装的问题是一个亟待解决的问题，已经上升为全球性的问题。在国外，已经有许多国家和地区开始行动，他们颁布了法则，并积极运用化学技术研制新型的可分解塑料或替代品。

现在的日本商人在给食品包装时尽量采用不污染环境的原料，用纸袋包装取代塑料容器，这也减少了将用过的包装收集到工厂再循环所面对的成本和技术困难，绿色包装设计在这方面发挥了很大的作用，不少设计师进行了有益的尝试并取得了令人可喜的成绩。日本商人对包装进行了三方面的改革。

1. 节省材料

（1）日本味之素公司设计推出的包装，只是用白色单层瓦楞纸做成最节省的包装，标贴印刷也是朴实无华。

（2）日本资生堂株式会社推出的高效洗发剂和调理剂，其包装展示了设计师精心的设计。整套设计与原来所见的所谓"醒目包装"差距甚远，其目的也是尽可能地减少用料，从而减少垃圾的产生。

（3）日本碗、碟清洁剂的包装也一样能够照顾到环保的需要。消费者第一次用完清洁剂后，能够在市面上买到以立式或袋装出售的清洁剂，把清洁剂倒入原有的塑料容器中继续使用，无须丢掉原来的塑料容器。

（4）日本90%的牛奶都是以有折痕线条的包装出售，这是很好的教育，使小孩自小便接触和使用有环保作用的"绿色"产品，这种容易压扁的包装不但生产成本较低，而且能够减少占用空间，方便送往再循环并减少运输成本。还有日本常见的饮料 Yakltt 健康饮品也使用一种底部可以撕开，特别设计的杯形容器，在撕开底部后，人们能够轻易地把容器压扁，方便送往再循环。日本东京每年都举办包装设计比赛，一种叫做 Ecopac 的获奖饮料包装，广泛使用。它的包装由 100％ 再循环的纸板盒和盒子内用于盛饮料的袋子组成，也就是所谓的衬袋盒（bag in box）设计，主要目的就是要让人们能够较轻易地把纸盒和袋子分开，送去再循环时就较容易处理，现在日本市面上的饮料、酒类大多数采用这类包装。另一种开始被消费者接受的新包装设计是立式装（standing bag/pouch），由于开袋子比开瓶子更容易使内部液体流出，因此袋子的开口都特别设计，方便打开。这类袋装主要是取代塑料瓶子，前者的塑料使用只是后者的 1/5。除了饮料，日本市面的食用油，很多都是以复合纸包装出售，这也是大大减少了塑料的使用。

以上是日本普遍使用的几种"绿色"包装的优秀设计，它们大多数能减少再循环时的困难，更重要的是它们有利于人体的健康。尽管纸包装取代了部分塑料容器，但是塑料包装的废物仍是一个不容忽视的问题。若以重量来计算，它们占废物总量的 20％～30％，若以体积来计算，占总废物的 50％～60％，针对这一情况，日本专家指出：许多没有必要包装的食品，完全可以放弃包装。以蔬菜、水果为例，日本连锁店商会的调查显示，除了番茄、桃、草莓外，90％ 的蔬菜、水果都不需要销售包装，这样有助于保持蔬菜、水果的营养与新鲜。这些"绿色"包装是值得我们借鉴的。

2. 向安全材料方向发展的包装设计

日本三得利公司用作赠送顾客的礼品啤酒，其包装盒是用麦壳经加工以后精制而成的，这种材料废弃后可自行分解，成为一种肥料，形成一种资源。这个包装的设计师很好地进行了生态学及循环工艺的研究，形成了资源→加工→销售→使用→废弃→回收→资源，这样的良性循环，取于自然，还于自然。

以这样的材料设计制作包装可认为是一种"安全材料"和"安全包装"的典范。

百生纸作为一种安全材料在包装设计中具有特殊地位。1991 年日本包装设计协会展专门开辟出一个展位介绍和展出百生纸。设计师利用百生纸设计出一种貌不惊人的白色礼品纸袋，在百生纸制造过程中已将树木的种子加入其中，礼品纸袋废弃后，除了纸本身分解外，里面的种子便可有机会生根发芽，甚至长大，这种包装设计方案的提出无疑有益于我们保护生态环境，并将循环工艺的意义推向一个新的高度。

日本"守护从未来预支的地球"设计小组的设计也颇具新意，他们设计的食用油包装——用于包装食用油的塑料空心圆球为可食塑料，加热烹调后自行熔化，这种安全材料正逐步为消费者接受。

3. 向方便回收方向发展的包装设计

在包装设计时采用适当的形式，鼓励和方便消费者进行废弃包装的回收。日本三得利公司推出的啤酒易拉罐包装，喝完以后只要按其罐体形态提示的方向，左右旋转便可缩小体积，方便回收。日本目前空铁皮罐回收率已达到 45.7％，空铝罐回收率已达到 43.5％，但美国空铝罐回收率为 63.6％，两者相比仍有较大差距。为此，日本政府采取奖励空罐回收的方法——各销售店经常向消费者提供简便工具和方法，促进回收工作的开展，最大限度地保证这些废弃包装不会对环境造成污染。

在英国，某化学公司发明了一种新型的生物降解塑料。这种塑料不仅具有以往一些塑料的耐久、稳定及防水等性质，而且像自然界里许多有机物一样能迅速有效地分解为二氧化碳和水。在美国，某化学公司制成了一种新型塑料——乳酸聚合物，它是由可再生资源如干酪乳清和玉米制成的，在水分、空气和菌类共存的条件下，这种塑料半年左右就可降解为二氧化碳和水，最适用于快餐业和食品工业使用的餐具与包装材料。

我国也发明了一种以纯天然纸浆为原料的一次性快餐盒。这种快餐盒用完丢弃后，7～15天即完全降解，且不留任何有毒物质。可是喜中有忧的是，这种快餐盒在推向市场的过程中遇到了很多问题。

进入21世纪，世界各国包装组织都在积极地向国际环保组织要求的方向努力，如新的环保包装 ISO 14000 等标准和法规的出台。相比之下，我国的环保包装又滞后了一步，环保包装材料国产化生产能力还很低，绿色包装设计方面做得还不够，还需要更多的政策支持以及资金的扶持。

学习测试

1. 包装技术有哪些？其特点是什么？
2. 包装机械有哪些类型？其作用是什么？
3. 不定项选择：
(1) 属于防破损技术的有（ ）。

A. 气相防锈包装技术   B. 危险品包装技术
C. 捆扎及裹紧技术   D. 全面防震包装方法

(2) 不属于特种包装技术的有（ ）。

A. 充气包装   B. 真空包装
C. 收缩包装   D. 气相防锈包装

(3) 下列属于包装机械的是（ ）。

A. 充填机   B. 灌装机
C. 多功能剪板机   D. 捆扎机
E. 装箱机

实训项目

一、实训任务

调查常见商品包装形式及包装机械。

二、实训目的及训练要点

1. 掌握物流市场调研的方式、方法及实施步骤。
2. 了解常见的商品包装形式及包装标记、标志。
3. 了解常用包装机械的性能、结构及用途。

三、实训内容及要求

1. 利用互联网查找各种包装装备与技术的性能指标，了解其发展趋势和应用情况。
2. 撰写实训报告。

四、实训操作与规范

1. 自由组合，5人1组，有组织地进行集体活动。
2. 注意调研时的交通安全，听从现场指挥。

第六章 流通加工装备与技术

流通加工，是指某些原料或成品从供应领域向生产领域，或从生产领域向消费领域流动过程中，为了促进销售、维护产品质量和提高物流效率，而对商品所进行的初级或简单再加工，使原料或成品发生物理、化学或形状上的变化，以满足消费者的多样化需求和提高产品的附加值。流通加工设备是完成流通加工任务的专用机械。

流通加工在流通中，起着"桥梁"和"纽带"作用。但是，它却不是通过保护流通对象的原有形态而实现这一作用的，它和生产一样，是通过改变或完善流通对象的原有形态来实现的。其主要优势表现在：

（1）提高原材料利用率。利用流通加工机械对流通对象进行集中下料，可将生产厂家运来的简单规格产品，按使用部门的要求进行下料。例如，将钢板进行剪板、切裁；将钢筋或圆钢裁制成毛坯；将木材加工成各种长度及大小的板、方等。集中下料可以优材优用、小材大用、合理套裁，有很好的技术经济效果。北京、济南、丹东等城市通过对平板玻璃进行流通加工（集中裁制、开片供应），使玻璃利用率从60％提高到95％。

（2）进行初级加工，方便用户。用量小或临时需要的用户，缺乏进行高效率初级加工的能力，依靠流通加工点的机械设备进行流通加工可省去用户进行初级加工的投资、设备及人力，从而搞活供应，方便用户。目前发展较快的初级加工有：将水泥加工成混凝土，将原木或板方材加工成门窗，冷拉钢筋及冲制异形零件，进行钢板预处理、整形、打孔等。

（3）提高加工效率。由于建立集中加工点，可以采用效率高、技术先进、加工量大的专门机具和设备。这样做既提高了加工质量，也提高了设备利用率，还提高了加工效率，降低了加工费用及原材料成本。例如，一般使用部门在对钢板下料时，采用气割的方法留有较大的加工余量，不但出材率低，而且由于热加工容易改变钢的组织，加工质量也不好。集中加工后可设置高效率的剪切设备，在一定程度上防止了上述情况的发生。

（4）充分发挥各种输送手段的最高效率。一般说来，由于流通加工环节设置在消费地，因此，从生产厂到流通加工这第一阶段输送距离长，而从流通加工到消费环节的第二阶段距离短。第一阶段是在数量有限的生产厂与流通加工点之间进行定点、直达、大批量的远距离输送，因此，可以采用船舶、火车等大量输运的手段；第二阶段则是利用汽车和其他小型车辆来输送多规格、小批量、多用户的产品。这样可以充分发挥各种输送手段的最高效率，加快输送速度，节省运力运费。

（5）改变功能、提高收益。在流通过程中进行一些改变产品某些功能的简单加工，其目的除上述四点外还在于提高产品销售的经济效益。例如，我国内地的许多制成品（如洋娃娃玩具、时装、轻工纺织产品、工艺美术品等）在深圳进行简单的装潢加工，改变了产品外观功能，仅此一项就可使产品售价提高 20％以上。

所以，在物流领域中，流通加工可以成为高附加值的活动。这种高附加值的活动，主要着眼于满足用户的需要，提高服务的质量，是贯彻物流战略思想的表现，是一种低投入、高产出的加工形式。

学习任务一　流通加工技术

知识目标：了解流通加工的类型，掌握常见物品的流通加工技术。
能力目标：能够分析常见商品的流通加工技术。
学习方法：本任务为理论学习，学生分组在教室由理论指导教师组织学习。

流通加工技术主要是指对各种流通加工对象所采用的各种工艺流程设计和处理方式。流通加工的类型不同，其流通加工采用的技术也不同。

一　流通加工的类型

（一）为弥补生产领域加工不足的深加工

有许多产品在生产领域由于受到各种因素的限制，只能加工到一定程度，而不能实现完全加工。例如，钢铁厂的大规模生产只能按标准规格生产，以使产品有较强的通用性，从而使生产有较高的效率和效益；如果木材在产地就完成成材加工的话，就会造成运输的极大困难，所以在生产领域只能加工到圆木、板、方材这个程度，进一步的下料、切裁、处理等加工则由流通加工完成。这种流通加工实际是生产的延续，是生产加工的深化，对弥补生产领域加工不足有重要意义。

（二）为满足需求多样化进行的服务性加工

从用户需求角度看，需求存在着多样化和个性化两个特点。为满足要求，用户通常自己设置加工环节。例如，生产消费型用户的再生产往往从原材料初级处理开始。现代化生产的要求是生产型用户能尽量减少流程，尽量集中力量从事较复杂的技术性较强的劳动，而不是将大量初级加工包揽下来。这种初级加工带有服务性，由流通加工来完成，生产型用户便可以缩短自己的生产流程，使生产技术密集程度提高。对一般消费者而言，则可省去烦琐的预处置工作，而集中精力从事较高级的、能直接满足需求的劳动。

（三）为保护产品所进行的加工

在物流过程中，为了保护商品的使用价值，延长商品在生产和使用期间的寿命，防止商品在运输、储存、装卸、搬运、包装等过程中遭受损失，可以采取稳固、改装、保鲜、冷冻、涂油等方式。例如，水产品、肉类、蛋类的保鲜、保质的冷冻加工、防腐加工等；丝、麻、棉织品的防虫、防霉加工等，还有，为防止金属材料的锈蚀而进行的喷漆、涂防锈油等。和前两种加工不同，这种加工并不改变进入流通领域的"物"的外形及性质。

(四) 提高物流效率、方便物流的加工

有些商品本身的形态使之难以进行物流操作，而且商品在运输、装卸搬运过程中极易受损，因此需要进行适当的流通加工加以弥补。如鲜鱼的装卸、储存操作困难；过大设备搬运、装卸困难；气体运输、装卸困难等。进行流通加工，可以使物流各环节易于操作，如鲜鱼冷冻、过大设备解体、气体液化等。这种加工往往改变"物"的物理状态，但不改变其化学特性，并最终仍能恢复原物理状态。

(五) 促进销售的流通加工

流通加工也可以起到促进销售的作用。例如，将过大包装或散装物分装成适合一次销售的小包装的分装加工；将以保护产品为主的运输包装改换成以促进销售为主的装潢性包装，以起到吸引消费者、指导消费的作用；将零配件组装成用具、车辆以便于直接销售；将蔬菜、肉类洗净切块以满足消费者要求。这种流通加工可能是不改变"物"的本体，只进行简单改装的加工，也有许多是组装、分块等深加工。

(六) 为提高加工效率的流通加工

许多生产企业的初级加工由于数量有限故加工效率不高，也难以投入先进科学技术。流通加工则以集中加工的形式，解决了单个企业加工效率不高的弊病。它以一家流通加工企业的集中加工代替了若干家生产企业的初级加工，促使生产水平有较大提高。

(七) 为提高原材料利用率的流通加工

流通加工利用其综合性、用户多的特点，可以实行合理规划、合理套裁、集中下料的办法，有效提高原材料利用率，减少损失浪费。

(八) 衔接不同运输方式、使物流合理化的流通加工

在干线运输和支线运输的节点设置流通加工环节，可以有效解决大批量、低成本、长距离的干线运输与多品种、少批量、多批次末端运输和集货运输之间的衔接问题。在流通加工点与大生产企业间形成大批量、定点运输的渠道，又以流通加工中心为核心，组织对多个用户的配送，也可在流通加工点将运输包装转换为销售包装，从而有效衔接不同目的的运输方式。例如，散装水泥中转仓库将散装水泥袋装，这种将大规模散装水泥转化为小规模袋装水泥的流通加工，就衔接了水泥厂大批量运输和工地小批量装运。

(九) 以提高经济效益、追求企业利润为目的的流通加工

流通加工的一系列优点可以形成一种"利润中心"的经营形态，这种类型的流通加工是经营的一环，在满足生产和消费要求基础上取得利润，同时在市场和利润引导下使流通加工在各种领域中能有效地发展。

（十）一体化的流通加工

依靠生产企业与流通企业的联合，或者生产企业涉足流通，或者流通企业涉足生产，形成生产与流通加工进行合理分工、合理规划、合理组织，统筹进行生产与流通加工的安排，这就是生产—流通一体化的流通加工形式。这种形式可以促成产品结构及产业结构的调整，充分发挥企业集团的经济技术优势，是目前流通加工领域的新形式。

二 》 常见物品的流通加工技术

不同的流通加工目的，要求采用不同的加工形式。在流通加工领域，加工对象的不同性质和特征，也要求采用不同的加工技术。

（一）食品的流通加工

食品的流通加工的种类很多，只要我们留意超市里的货柜就可以看出，那里摆放的各类洗净的蔬菜、水果、肉末、鸡翅、香肠、咸菜等都是流通加工的结果。这些商品的分类、清洗、贴商标和条形码、包装、装袋等是在摆进货柜之前就已进行了的加工作业，这些流通加工都不是在产地，已经脱离了生产领域，进入了流通领域。食品流通加工的具体项目主要有如下几种：

（1）冷冻加工。为了解决鲜肉、鲜鱼在流通中保鲜及装卸搬运的问题，采取低温冻结方式的加工。这种方式也用于某些液体商品、药品等。

（2）分选加工。为了提高物流效率而进行的对蔬菜和水果的加工，如去除多余的根叶等。农副产品规格、质量离散情况较大，为获得一定规格的产品，采取人工或机械分选的方式加工称为分选加工。这种方式广泛用于果类、瓜类、谷物、棉毛原料等。

（3）精制加工。农、牧、副、渔等产品的精制加工是在产地或销售地设置加工点，去除无用部分，甚至可以进行切分、洗净、分装等加工，分类销售。这种加工不但大大方便了购买者，而且还可以对加工过程中的淘汰物进行综合利用。比如，鱼类的精制加工所剔除的内脏可以制成某些药物或用作饲料，鱼鳞可以制作高级黏合剂，头尾可以制鱼粉等；蔬菜的加工剩余物可以制饲料、肥料等。

（4）分装加工。许多生鲜食品零售起点较小，而为了保证高效输送出厂，包装一般比较大，也有一些是采用集装运输方式运达销售地区。这样为了便于销售，在销售地区按所要求的零售起点进行新的包装，即大包装改小包装、散装改小包装、运输包装改销售包装，以满足消费者对不同包装规格的需求，从而达到促销的目的。

此外，半成品加工、快餐食品加工也成为流通加工的组成部分。这种加工形式，节约了运输等物流成本，保护了商品质量，增加了商品的附加价值。如葡萄酒是液体，从产地批量地将原液运至消费地配制、装瓶、贴商标，包装后出售，既可以节约运费，又安全保险，以较低的成本，卖出较高的价格，附加值大幅度增加。

（二）木材的流通加工

木材流通加工可依据木材种类、地点等，决定加工方式。在木材产区可对原木进行流通加工，使之成为容易装载、易于运输的形状。

（1）磨制木屑、压缩输送。这是一种为了实现流通的加工。木材在运输时占有相当大的容积，往往使车船满装但不能满载，同时，装车、捆扎也比较困难。从林区外送的原木中有相当一部分是造纸材，可以制成便于运输的木屑形状，以供进一步加工，这样可以提高原木的利用率、出材率，也可以提高运输效率，具有相当可观的经济效益。例如，美国采取在林木生产地就地将原木磨成木屑，然后压缩使之成为容易装运的形状，而后运至靠近消费地的造纸厂，取得了较好的效果。根据美国的经验，采取这种办法比直接运送原木节约一半的运费。

（2）集中开木下料。在流通加工点将原木锯截成各种规格的锯材，同时将碎木、碎屑集中加工成各种规格板，甚至还可进行打眼、凿孔等初级加工。过去用户直接使用原木，不但加工复杂、加工场地大、加工设备多，还造成严重的资源浪费，木材平均利用率不到50％，平均出材率不到40％。采用集中下料按用户要求供应规格料，可以使原木利用率提高到95％，出材率提高到72％，经济效益可观。

（三）煤炭的流通加工

煤炭流通加工有多种形式：除矸加工、煤浆加工、配煤加工等。

（1）除矸加工，是以提高煤炭纯度为目的的加工形式。一般煤炭中混入的矸石有一定发热量，混入一些矸石是允许的，也是较经济的。但是，有时则不允许煤炭中混入矸石，在运力十分紧张的地区要求充分利用动力，多运"纯物质"，少运矸石，在这种情况下，可以用除矸的流通加工排除矸石，减少运输能力浪费，提高煤炭运输和经济效益。

（2）煤浆加工。煤炭的运输方法主要是采用运输工具运载，运输中损失浪费较大，又容易发生火灾。采用管道运输是最近兴起的一种先进技术，目前，某些发达国家已开始投入运行，有些企业内部也采用这一方法进行燃料输送。

在流通的起始环节将煤炭磨成细粉，本身便有了一定的流动性，再用水调和成浆状则具备了流动性，可以像其他液体一样进行管道输送。这种方式不和现有运输系统争夺运力，输送连续、稳定而且快速，是一种经济的运输方法。

（3）配煤加工。在使用地区设置集中加工点，将各种煤及一些其他发热物质，按不同配方进行掺配加工，生产出各种不同发热量的燃料，称作配煤加工。这种加工方式可以按需要发热量生产和供应燃料，防止热能浪费、大材小用的情况；也防止发热量过小，不能满足使用要求的情况出现。工业用煤经过配煤加工还可以起到便于计量控制、稳定生产过程的作用，在经济及技术上都有价值。

（四）水泥的流通加工

1. 水泥熟料的流通加工

在需要长途运输水泥的地区，将运输成品水泥改为运输熟料这种半成品，即在该地区的流通加工（磨细工厂）磨细，并根据当地资源和需求情况掺入混合材料及外加剂，制成不同品种及标号的水泥供应给当地用户。

在需要经过长距离输送供应的情况下，以熟料形式代替传统的粉状水泥有很多优点：

（1）可以大大降低运费、节省运力。运输普通水泥和矿渣水泥平均约有30％上的运力消耗在矿渣及其他各种混合材料上。在我国水泥需求量较大的地区，工业基础大都较好，当地又有大量的工业废渣。如果在使用地区对熟料进行粉碎，可以根据当地的资源条件选择混合材料的种类，这样就节约了消耗在混合材料上的运力，节省了运费。同时，水泥输送的吨位也大大减少，有利于缓和铁路运输的紧张状态。

（2）可按照当地的实际需要大量掺加混合材料。生产廉价的低标号水泥，发展低标号水泥的品种，能在现有生产能力的基础上最大限度地满足需要。我国大、中型水泥厂生产的水泥，平均标号逐年提高，但是目前我国使用水泥的部门大量需要较低标号的水泥，然而，大部分施工部门没有在现场加入混合材料来降低水泥标号的技术设备和能力，因此，不得已使用标号较高的水泥，这是很大的浪费。

如果以熟料为长距离输送的形态，在使用地区加工粉碎，就可以按实际需要生产各种标号的水泥，尤其可以大量生产低标号水泥，以节省成本。

（3）容易以较低的成本实现大批量、高效率的输送。从国家的整体利益来看，在铁路输送中运力利用率比较低的输送方式显然不是发展方向。采用输送熟料的流通加工形式，可以充分利用站、场、仓库等现有的装卸设施，又可以利用普通车皮装运，比散装水泥方式具有更好的技术经济效益，更适合于我国的国情。

（4）可以大大降低水泥的输送损失。水泥的水硬性是在充分磨细之后才表现出来的，而未磨细的熟料抗潮湿的稳定性很强。所以，输送熟料也可以防止由于受潮而造成的损失。此外，颗粒状的熟料也不像粉状水泥那样易于散失。

（5）能更好地衔接产需，方便用户。采用长途输送熟料的方式，水泥厂就可以和有限的熟料粉碎工厂之间形成固定的直达渠道，使水泥的物流更加合理，从而实现经济效益较优的物流。水泥的用户也可以不出本地区而直接向当地的熟料粉碎工厂订货，因而更容易沟通产需关系，大大方便了用户。

2. 集中搅拌混凝土

改变以粉状水泥供给用户，由用户在建筑工地现场拌制混凝土的习惯方法，而将粉状水泥输送到使用地区的流通加工点，搅拌成混凝土后再供给用户使用，这是水泥流通加工的另一种重要加工方法。这种流通加工方式，优于直接供应或购买水泥在工地现场搅拌制作混凝土的技术经济效果。因此，这种流通加工方式已经受到许多国家的重视。

这种水泥的流通加工方法有如下优点：

（1）将水泥的使用从小规模的分散形态改变为大规模的集中加工形态，因此可以利用现代化的科技手段，组织现代化大生产。

（2）集中搅拌可以采取准确的计量手段，选择最佳的工艺，提高混凝土的质量和生产效率，节约水泥。

（3）可以广泛采用现代科学技术和设备，提高混凝土质量和生产效率。

（4）可以集中搅拌设备，有利于提高搅拌设备的利用率，减少环境污染。

（5）在相同的生产条件下，能大幅度降低设备、设施、电力、人力等费用。

（6）可以减少加工点，形成固定的供应渠道，实现大批量运输，使水泥的物流更加合理。

（7）有利于新技术的采用，简化工地的材料管理，节约施工用地等。

（五）平板玻璃的流通加工

"集中套裁，开片供应"是平板玻璃重要的流通加工方式。这种方式是在城镇中设立若干个玻璃套裁中心，负责按用户提供的图纸统一套裁开片，向用户供应成品，用户可以将其直接安装到采光面上。在此基础上也可以逐渐形成从工厂到套裁中心的、稳定的、高效率的、大规模的平板玻璃"干线输送"，以及从套裁中心到用户的小批量、多户头的"二次输送"的现代物流流通模式。这种方式的好处是：

（1）提高玻璃利用率。平板玻璃的利用率可由不实行套裁时的 62% 提高到 90% 以上。

（2）可以促进平板玻璃包装方式的改革，从工厂向套裁中。已运输平板玻璃，如果形成固定渠道便可以搞大规模集装，这样，不但节约了大量包装用木材，而且可防止流通中大量破损。

（3）提高生产效率。套裁中心按用户需要裁制，有利于玻璃生产厂简化规格，进行单品种大批量生产。这不但能提高工厂生产率，而且可以简化工厂切裁、包装等工序，使工厂能集中力量解决生产问题。

（4）降低废品率。现场切裁玻璃劳动强度大，废料也难于处理，搞集中套裁可以广泛采用专用设备进行裁制，废玻璃相对数量少并且易于集中处理。

（六）机械产品及零配件的流通加工

（1）组装加工。多年以来自行车及机电设备储运困难较大，主要原因是不易进行包装，如进行防护包装，包装成本过大，并且运输装载困难，装载效率低，流通损失严重。但是，这些货物有一个共同特点，即装配较简单，装配技术要求不高，主要功能已在生产中形成，装配后不需进行复杂检测及调试，所以，为解决储运问题，降低储运费用，采用半成品（部件）高容量包装出厂，在消费地拆箱组装的方式。

（2）石棉橡胶板的成形加工。石棉橡胶板是机械装备、热力装备、化工装备中经常使用的一种密封材料，单张厚度 3mm 左右，不但难以运输而且在储运过程中极易发生折角等损失，尤其是用户单张购买时更容易发生这种损失。

学习任务二　常见流通加工装备

知识目标：了解流通加工装备的分类标准。
能力目标：能够识别常见的流通加工装备，并按照加工物品特性选择流通加工装备。
学习方法：本任务为理论学习，学生分组在教室由理论指导教师组织学习。

一》 按流通加工形式分类

常见流通加工装备按照流通加工形式，可分为剪切加工设备、集中开木下料设备、配煤加工设备、冷冻加工设备、分选加工设备、精制加工设备、分装加工设备和组装加工设备等。

（1）剪切加工设备。

剪切加工设备用于进行下料加工或将大规格的钢板裁小或裁成毛坯。

（2）集中开木下料设备。

集中开木下料设备在流通加工中，可将原木材锯裁成各种锯材，同时将碎木、碎屑集中起来加工成各种规格的板材，还可以进行打眼、凿孔等初级加工。

（3）配煤加工设备。

配煤加工设备能够将各种煤及一些其他的发热物质，按不同的配方进行掺配加工，生产出各种不同发热量的燃料。

（4）冷冻加工设备。

冷冻加工设备是为了解决鲜肉、鲜鱼或药品等在流通过程中保鲜及搬运装卸问题，采用低温冷冻方式的加工设备。

（5）分选加工设备。

分选加工设备是根据农副产品的规格、质量差别较大的情况，为了获得一定规格的产品而采取的分选加工的设备。

（6）精制加工设备。

精制加工设备主要用于农、牧、副、渔等产品的切分、洗净、分装等简单的加工。

（7）分装加工设备。

分装加工设备是为了便于销售，在销售地按照销售要求进行新的包装、大包装改小包装、散装改小包装、运输包装改销售包装等的加工设备。

（8）组装加工设备。

组装加工设备是采用半成品包装出厂，在消费地由流通部门所设置的流通加工点进行拆箱组装的加工设备。

二》 按流通加工的对象分类

根据流通加工对象的不同，流通加工设备可分为金属流通加工设备、水泥流通加工设备、玻璃流通加工设备、木材流通加工设备、煤炭流通加工设备、食品流通加工设备、组装产品的流通加工设备、生产延续的流通加工设备及通用流通加工设备等。

（一）金属流通加工设备

在流通中进行加工的金属材料主要有钢铁、铜材、铝材、合金等。金属流通加工设备是对上述金属进行剪切、折弯、下料、切削加工，它主要分为成形设备和切割加工设备。成形设备包括：锻压机、液压机、冲压机、剪折弯设备、专用设备；切割加工设备包括：数控机床（加工中心、铣床、磨床、车床）、电火花成形机、线切割机床、激光成形机、雕刻机、钻床、锯床、剪板机、组台机床等。此外用于金属流通加工的还有金属切削机床、金属焊接设备、机械手、工业机器人等。

利用金属流通加工设备，对金属材料进行流通加工可以提高加工精度、减少边角废料、减少消耗、提高加工效益、简化生产环节、提高生产水平，并有利于进行高质量的流通加工。

（二）水泥流通加工设备

水泥流通加工设备主要包括：混凝土搅拌机、混凝土搅拌站、混凝土输送车、混凝土输送泵、车泵等。

混凝土搅拌机是水泥加工中常用的设备之一，是将水泥、骨料、砂和水均匀搅拌制备混凝土的专用机械。

将粉状水泥输送到使用地区的流通加工点（集中搅拌混凝土工厂或商品混凝土工厂），在那里搅拌成商品混凝土，然后供给各个工地或用户使用，这是水泥流通加工的一种重要方式。它有优于直接供应或购买水泥在工地现制混凝土的技术经济效益，因此，受到许多国家的重视。这种流通加工的方式有如下优点：

（1）把水泥的使用从小规模的分散形态改变为大规模的集中加工形态。因此，可以充分应用现代管理科学技术组织现代化的大生产，可以发挥现代设备和现代化管理方法的优势，大幅度提高生产效率和混凝土质量。集中搅拌，可以采取准确的计量手段和选择最佳的工艺，综合考虑外加剂及混合材料的影响，根据不同需要，拌制不同性能的混凝土；提高混凝土质量、节约水泥、提高生产率。例如，制造每立方米混凝土的水泥使用量，采用集中搅拌一般能比分散搅拌减少 20～30kg。

（2）与分散搅拌比较，相等的生产能力，集中搅拌的设备在吨位、设备投资、管理费用、人力及电力消耗等方面，都能大幅度降低。由于生产量大，可以采取措施回收使用废水，防止各分散搅拌点排放洗剂、废水造成的污染，有利于环境保护。由于设备固定不动还可以避免因经常拆建所造成的设备损坏，延长设备的寿命。

（3）采用集中搅拌的流通加工方式，可以使水泥的物流更加合理。这是因为，在搅拌站（厂）与水泥厂（或水泥库）之间可以形成固定的供应渠道，这些渠道的数目大大少于分散使用水泥的渠道数目，在这些有限的供应渠道之间，就容易采用高效率、大批量的输送形态，有利于提高水泥的散装率。在集中搅拌场所内还可以附设熟料粉碎设备，直接使用熟料实现熟料粉碎及拌制商品混凝土两种流通加工形式的结合。

（4）采用集中搅拌的流通加工方式，也有利于新技术的推广应用，简化了工地材料的管理，节约施工用地。

（三）玻璃流通加工设备

在流通加工中，用于玻璃的流通加工设备主要是指对玻璃进行切割等加工的专用机械，包括各种各样的切割机。在流通加工中对玻璃进行精加工还需清洗机、磨边机、雕刻机、烤花机、钻花机、丝网印刷机、钢化和夹层装备、拉丝机、拉管机、分选机、瓶罐检验包装设备、玻璃技工工具、金刚石砂轮等。

（四）木材流通加工设备

木材流通加工设备可以根据需要对木材进行磨制、压缩、锯裁等加工，满足装车、捆扎的要求。

（五）煤炭流通加工设备

煤炭流通加工设备是对煤炭进行加工，主要包括除矸加工设备、管道输送煤浆加工设备、配煤加工设备。

（六）食品流通加工设备

食品流通加工设备，依据流通加工项目可分为冷冻加工设备、分选加工设备、精制加工设备和分装加工设备。

（七）组装产品的流通加工设备

很多产品不容易进行包装，即使采用防护包装，成本也很高，故对一些组装技术不高的产品（如自行车）可以在流通加工中完成产品的组装，可大大降低储运费用。

（八）生产延续的流通加工设备

一些产品因其自身特性要求，需要较宽阔的仓储场地或设施，而在生产场地建设这些设施不经济，则可将部分生产领域的作业延伸到仓储环节完成，既提高了仓储面积、容积利用率，又节约了生产场地。如时装的检验、分类等作业，可以在时装仓库专用悬轨体系中完成，可一举多得。

（九）通用流通加工设备

通用流通加工设备主要包括裹包集包设备、外包装配盒设备、印贴条码标签设备、拆箱设备、称重设备等。

（1）裹包集包设备，如裹包机、装盒机等。

（2）外包装配盒设备，如钉箱机、裹包机、打带机。

（3）印贴条形码标签设备，如网印设备、喷印设备、条形码打印机。

（4）拆箱设备，如拆箱机、拆箱工具。

（5）称重设备，如称重机、地磅。

学习任务三　专用流通加工装备

知识目标：了解建筑行业和食品加工行业的流通加工装备。

能力目标：能够识别、选择常见的建筑行业和食品加工行业专用流通加工装备。

学习方法：本任务为理论学习，学生分组在教室由理论指导教师组织学习。

一》 建筑行业的流通加工装备

建筑业的发展，带动了商品混凝土使用量的不断增加。目前，世界先进工业国家商品混凝土的普及率已达到80%。生产商品混凝土的设备主要包括：混凝土原材料的运输和预处理设备、混凝土配料和搅拌设备、混凝土运输及布料设备等，其中核心设备是混凝土搅拌站（楼）、混凝土搅拌运输车和混凝土泵。混凝土搅拌站（楼）（见图6—1）进行商品混凝土的自动化生产，商品混凝土搅拌运输车则负责将商品混凝土从混凝土搅拌站（楼）输送到施工现场，并且在输送过程中，保证混凝土拌和物不发生分层离析与初凝。商品混凝土搅拌机运输车主要适合于市政、公路、机场工程、大型建筑物基础及特殊混凝土工程的机械化施工，是商品混凝土生产和使用中不可缺少的一种重要设备。

（一）商品混凝土搅拌运输车

1. 商品混凝土搅拌运输车的组成和工作原理

商品混凝土搅拌运输车（见图6—2）由载重汽车底盘和混凝土搅拌运输专用装置组成。

混凝土搅拌运输专用装置主要包括取力装置、液压系统、减速机、拌筒、操纵机构、清洗系统等。混凝土搅拌运输车的工作原理是：通过取力装置将汽车底盘的动力取出，并驱动液压系统的变量泵，把机械能转化为液压能传给定量马达，马达再驱动减速机，由减速机驱动搅拌装置，对混凝土进行搅拌。

图6—1　混凝土搅拌站（楼）

图6—2　商品混凝土搅拌运输车

2. 商品混凝土搅拌运输车的输送方式

根据搅拌站（楼）至施工现场的距离和材料供应条件的不同，商品混凝土搅拌运输车的输送方式又可分为以下三种：

（1）湿料搅拌输送。拌筒内装载的是已经预制好的混凝土，适用于10km以内的运输。在输送途中，拌筒以1～3rad/min的转速做低速转动，对混凝土进行搅动。目的是为了防止混凝土在途中产生初凝和分层离析。但是，预制混凝土在1.5h后即开始凝结，因此，预制混凝土从运送到浇灌的时间不能超过1.5h。国内常见的混凝土搅拌运输车均为湿料搅拌输送。

（2）半干料搅拌输送。将按预先配比称量好的砂、石、水泥和水装入拌筒内，在行驶途中或施工现场完成搅拌作业。一般来说，拌筒转动70～100周后就能完成搅拌作业。如果运输的距离较长，拌筒转动的总周数超过100周时，就应将拌筒调到较低的转速继续进行转动。在运输半干料时，加入拌筒的混凝土配料不能超过拌筒几何容积的67％。

（3）干料搅拌输送。干料搅拌运输是将砂、石和水泥在干的状态下装入拌筒，运输车在运输途中对干料进行搅拌，到达施工现场时，从运输车的水箱内将水加入拌筒，完成最终的搅拌，这种方式适用于运距在 10km 以上的混凝土运输。在运输干料时，装料容量一般不超过拌筒几何容积的 63%。

3. 商品混凝土搅拌运输车的使用管理

（1）经济技术指标。

商品混凝土搅拌运输车的发动机除了给车辆本身提供动力外，还承担着驱动混凝土拌筒转动的任务。从一开始工作起，混凝土拌筒就不能停止运转，一直到全天工作完毕、彻底洗净后方可停机。因此，尽管搅拌混凝土的运距一般都不长，但商品混凝土搅拌运输车的发动机整天都在运转，在使用和管理商品混凝土搅拌运输车时，应注意以下经济技术指标：

1）工作工时（简称工时）。车辆的油料消耗、机件磨损、驾驶员的体力消耗都与工时直接相关，但和车辆运行的路程关系不大。

2）装运车数（简称车数）。商品混凝土搅拌运输车每次装运混凝土的数量和品种都在不断变化，每次装运经常也不是满车，但无论是否满车，车辆消耗的区别并不大，有时会以车数来向顾客结算，因此车数也是一个重要指标。

3）混凝土运量（简称运量）。尽管这一指标与消耗的关系不直接挂钩，但它体现了商品混凝土搅拌运输车创造的效益，并比较直观地反映了商品混凝土搅拌运输车的使用时间，同时往往以此作为向顾客结算的依据，因此必须认真记录。

（2）成本核算。

1）收入。商品混凝土搅拌运输车一般按运量作为计算收入的依据。可与用车单位事先约定，也可以按车数计算收入。除特殊情况外，一般无论距离远近，运价都是一样的；但如果运距较长，或道路有特殊情况，则应事先与用户做好约定，适当增加运费。

2）成本。

① 油料。如前所述，混凝土搅拌运输车油料消耗与车辆行驶路程关系不大，而主要与工时、车数或运量关系密切。为了加强管理，单车和车队的油料消耗应当认真考核。通过这一考核，可以计算出单车及车队单位工时和单位运量的油料消耗。经过一定时间的积累，可以总结出一些规律，以便及时发现不正常情况，采取措施及时解决。

② 折旧。过去按车辆行驶路程折旧的方法对混凝土搅拌运输车完全不适用。按国家有关规定，这类设备的折旧年限为 8 年。但因为商品混凝土搅拌运输车各个部位的磨损都比较严重，车况下降很快，所以应该采用按使用年限折旧的方法，前 3 年应折旧 50%，到第 5 年应折旧 80%。

③ 修理费和轮胎费用。轮胎的寿命因路况和气候条件不同有所差别，一般为 20 000～40 000m³（混凝土运量，下同）要进行一次大修，60 000～80 000m³ 要有一次更新。发动机和底盘按常规修理，为了统一起见，其使用寿命也可用运量为计算依据。这些费用应预先分摊到每月的生产成本中去。

④ 养路费、运管费和税金。国家和地方制定了一系列优惠政策，对商品混凝土搅拌运输车应缴纳的费用有一定程度的减免。使用时应查阅有关文件，熟悉国家的相关政策，以便在经营时减少费用，促进发展。

（3）维护和修理。

在日常维护方面，商品混凝土搅拌运输车除应按常规对汽车发动机、底盘等部位进行维护外，还必须做好以下维护工作：

1）清洗混凝土拌筒及进、出料口，具体内容包括：

① 每次装料前用水冲洗进料口，使进料口在装料时保持湿润；

② 在装料的同时向随车自带的清洗用水水箱中注满水；

③ 装料后冲洗进料口，洗净进料口附近残留的混凝土；

④ 到工地卸料后，冲洗出料槽，然后向商品混凝土搅拌运输车的拌筒内加清洗用水30～40L；在车辆回程时保持拌筒顺时针慢速转动；

⑤ 下次装料前切记放掉商品混凝土搅拌运输车拌筒内的污水；

⑥ 每天收工时彻底清洗拌筒及进出料口周围，保证不能粘有水泥及混凝土结块。

以上这些工作只要有一次做得不认真，就会给以后的工作带来很大的麻烦。

2）维护驱动装置。驱动装置的作用是驱动混凝土拌筒，它由取力器、万向轴、液压泵、液压马达、操纵阀、液压油箱及冷却装置组成。如果这部分因故障停止工作，混凝土拌筒将不能转动，会导致车内混凝土报废。为保证驱动装置完好可靠，应做好以下维护工作：

① 万向传动部分是故障多发部位，应按时加注润滑油，并经常检查变形及磨损情况，及时修理更换。

② 保证液压油清洁，液压油要按使用手册要求定期更换；检查时一旦发现液压油中混入水或泥沙，就要立即停机清洗液压系统，更换液压油。

③ 保证液压油冷却装置有效。要定时清理液压油散热器，避免散热器被水泥堵塞，检查散热器电动风扇运转是否正常，防止液压油温度超标。

（二）混凝土输送泵

混凝土输送泵是生产商品混凝土的主要设备，用于垂直与水平方向混凝土的输送工作，具有效率高、质量好、机械化程度高、作业时不受现场条件限制、减少环境污染等特点。德国于1927年首创了泵送混凝土施工技术，是欧洲泵送混凝土技术发展最快的国家。20世纪80年代初，我国开始采用泵送混凝土，目前应用范围遍及水利、水电、隧道、地铁、桥梁、大型基础和高层建筑等工程。

1. 混凝土输送泵的分类

（1）混凝土输送泵按工作原理可分为：挤压式混凝土泵和液压活塞式混凝土泵。挤压式混凝土泵主要由料斗、鼓形泵、驱动装置、真空系统和输送管等组成。其主要特点是：结构简单、造价低、维修容易且工作平稳。但由于输送量及泵送混凝土压力小，输送距离短，目前已很少使用。

液压活塞式混凝土泵主要由料斗、混凝土缸、分配阀、液压控制系统和输送管等组成。通过液压控制系统使分配阀交替启闭，液压缸与混凝土缸连接，通过液压缸活塞杆的往复运动以及分配阀的协同动作，使两个混凝土缸轮流交替完成吸入与排出混凝土的工作过程。目前国内外均普遍采用液压活塞式混凝土泵。

（2）混凝土输送泵按装载形式可分为：

1）固定式混凝土泵（HBG）——安装在固定机座上的混凝土泵。

2）拖式混凝土泵（HBT）——安装在可以拖行的底盘上的混凝土泵，如图6—3所示。

3）车载式混凝土泵（HBC）——安装在机动车辆底盘上的混凝土泵，如图 6—4 所示。

图 6—3　拖式混凝土泵

图 6—4　车载式混凝土泵

（3）混凝土输送泵按理论输送量可分为：超小型（10～20m³/h）、小型（30～40m³/h）、中型（50～95m³/h）、大型（100～150m³/h）和超大型（160～200m³/h）。

（4）混凝土输送泵按驱动方式可分为：电动机驱动型和柴油机驱动型。

（5）混凝土输送泵按分配阀形式可分为：垂直轴蝶阀、S 形阀、裙形阀、斜置闸板阀与横置板阀式。

（6）混凝土泵按工作时出口的混凝土压力（即泵送混凝土压力）可分为：低压（2.0～5.0MPa）、中压（6.0～9.5MPa）、高压（10.0～16.0MPa）和超高压（22.0～28.5MPa）。

2. 混凝土输送泵的工作要点

（1）混凝土的可泵性。泵送混凝土应满足可泵性要求，必要时应通过试泵送确定泵送混凝土的配合比。

1）粗骨料的最大粒径与输送管径之比。泵送高度在 50m 以下时，对于碎石不宜大于 1:3，对于卵石不宜大于 1:2.5；泵送高度在 50～100m 时，宜在 1:3～1:4 之间；泵送高度在 100m 以上时，宜在 1:4～1:5 之间。针片状颗粒含量不宜大于 10%。

2）对不同泵送高度，可按入泵混凝土的坍落度选用。

3）泵送混凝土的水灰比宜为（0.4～0.6）:1。

4）泵送混凝土的含砂率宜为 38%～45%，细骨料宜采用中砂，通过 0.315m 筛孔的砂量不应少于 15%。

5）泵送混凝土中水泥的最少含量为 300kg/m³。

（2）混凝土泵起动后应先泵送适量水，以湿润混凝土泵的料斗、混凝土缸和输送管等直接与混凝土接触的部位。泵送水后再采用下列方法之一润滑上述部位：泵送水泥浆；泵送 1:2 的水泥砂浆；泵送除粗骨料外的其他成分配和比的水泥砂浆。

润滑用的水泥浆或水泥砂浆应分散布料，不得集中浇筑在同一地方。

（3）开始泵送时，混凝土泵应处于慢速、匀速运行的状态，然后逐渐加速。同时应观察混凝土泵的压力和各系统的工作情况，待各系统工作正常后方可以正常速度泵送。

（4）混凝土泵送工作尽可能连续进行，混凝土缸的活塞应保持以最大行程运行，以便发挥混凝土泵的最大效能，并可使混凝土缸在长度方向上的磨损均匀。

（5）混凝土泵若出现压力过高且不稳定、油温升高、输送管明显振动及泵送困难等现象时，不得强行泵送，应立即查明原因予以排除。可先用木槌敲击输送管的弯管、锥形管等部位，并进行慢速泵送或反泵，以防止堵塞。

（6）当出现堵塞时，应采取下列方法排除：1）重复进行反泵和正泵运行，逐步将混凝土吸出返回至料斗中，经搅拌后再重新泵送；2）用木槌敲击等方法查明堵塞部位，待混凝土击松后重复进行反泵和正泵运行，以排除堵塞；3）当上述两种方法均无效时，应在混凝土卸压后拆开堵塞部位，待排出堵塞物后重新泵送。

（7）泵送混凝土宜采用预拌混凝土，也可在现场设搅拌站供应泵送混凝土，但不得泵送手工搅拌的混凝土。对供应的混凝土应予以严格的控制，随时注意坍落度的变化，对不符合泵送要求的混凝土不允许入泵，以确保混凝土泵的有效工作。

（8）混凝土泵料斗上应设置筛网，并设专人监视进料，避免因直径过大的骨料或异物进入而造成堵塞。

（9）泵送时，料斗内的混凝土存量不能低于搅拌轴位置，以避免空气进入泵管引起管道振动。

（10）当混凝土泵送过程需要中断时，中断时间不宜超过 1h，并应每隔 5～10min 进行反泵和正泵运转，以防止管道中因混凝土泌水或坍落度损失过大而堵管。

（11）泵送完毕后，必须认真清洗料斗及输送管道系统。混凝土缸内的残留混凝土若清除不干净，将在缸壁上固化，当活塞再次运行时，活塞密封面将直接承受缸壁上已固化的混凝土对它的冲击，导致推送活塞局部剥落。这种损坏不同于活塞密封的正常磨损，密封面无法在压力的作用下自我补偿，从而导致漏浆或吸空，引起泵送无力、堵塞等。

（12）当混凝土可泵性差或混凝土出现泌水、离析而难以泵送时，应立即对配合比、混凝土泵、配管及泵送工艺等进行研究，并采取相应措施解决。

（三）混凝土输送泵车

混凝土输送泵车是在拖式混凝土输送泵基础上发展起来的一种专用机械，如图 6—5 所示。混凝土输送泵车是将混凝土的输送和浇筑工序合二为一，节约了时间，节省了劳动力；同时完成水平和垂直运输，省去了起重设备；不需再设混凝土中间转运，保证了混凝土质量；与混凝土搅拌运输车相配合，实现了混凝土输送过程完全机械化，大大提高了运输效率。

图 6—5　混凝土输送泵车

混凝土输送泵车的底盘是普通载重汽车，泵体、布料杆、搅拌料斗等都安装在底盘车上。搅拌运输车运来的混凝土，倾入泵车尾部具有搅拌叶片的搅拌料斗后，经再次搅拌，被分配阀吸入泵体。混凝土在泵压的作用下，经输送管道完成各种复杂工程的直接浇筑作业。如果去掉搅拌料斗下方至布料杆的接管，而接上普通的输送管路，可以进行更远距离的水平输送。

（四）商品混凝土搅拌运输车的发展前景

在城市建设、道路建设中，商品混凝土搅拌运输车既解决了袋装水泥在运输过程中造成的污染和浪费问题，又解决了施工现场搅拌混凝土时产生的污染问题，受到广大建设单位的欢迎。20世纪90年代之后，随着国民经济持续发展，各种基础设施建设频频上马，效率低下的现场搅拌混凝土工作方式已经开始不适应大规模、现代化的施工需求，而商品混凝土搅拌运输车逐渐受到许多有实力的建筑公司的青睐。国内部分汽车生产企业也看好这一市场，引进设备技术，生产这一车型。

根据我国《散装水泥发展"十五"规划》（以下简称《规划》）发展目标的要求，各直辖市、省会城市、沿海开放城市和旅游城市，从2003年12月31日起，禁止在城区现场搅拌混凝土；其他城市也从2005年12月31日起，禁止在城区现场搅拌混凝土，而转为发展预拌混凝土。众所周知，混凝土在混合后应马上灌注或持续搅拌，否则将会凝固。而《规划》中关于城区不得进行现场搅拌的规定，在当前的技术条件下，实际上就是要求国内的建筑施工单位在城区施工时全面使用商品混凝土搅拌运输车。

二》食品行业的流通加工装备

（一）冷库

1. 冷库的概念和分类

冷库一般是指用各种设备制冷并能人为控制和保持稳定低温的设施，如图6—6所示。它的基本组成部分是制冷系统、电控装置、有一定隔热性能的库房、附属性建筑物等。制

(a)大型户外冷库

(b) 室内冷库

(c)正在安装库体

图6—6 冷库

冷系统主要包括各种制冷设备，它是冷库的心脏，通过其制造冷量来保证库房内的冷源供应；电控装置是冷库的大脑，它指挥制冷系统保证冷量供应；具有一定隔热性能的库房，是储藏保鲜物品的场所，它的作用是保持稳定的低温环境。库房良好的隔热保温结构，可以最大限度地减少制冷设备制造的冷量向库外泄漏，反过来说，就是尽量减少库外热量向库内扩散，这也是冷库与一般房屋的不同之处。

我国的冷库种类较多，分类方法如下：

（1）按库房容积大小可分为：大型、中型和小型。在我国，一般把库容在 1 000t 以上的冷库称为大型库；1 000t 以下、100t 以上的冷库称为中型库；100t 以下的冷库称为小型库。

（2）按制冷机使用的制冷剂不同可分为：使用氨制冷剂的氨机库和使用氟制冷剂的氟机库。果蔬储藏库一般使用氨制冷剂的氨机库，氨机库又可分为压缩式和吸收式两种。

（3）按冷库的温度高低可分为：低温库和高温库。高温库的最低温度一般在 -2℃ 左右，低温库的温度一般在 -18℃ 以下。果蔬保鲜库一般是高温库，水产、肉食类保鲜库是低温库。

（4）按冷库内冷分配器的形式可分为：排管冷库和冷风机冷库。果蔬保鲜一般用冷风机冷库。

（5）按库房的建筑方式可分为：土建冷库、装配冷库和土建装配复合式冷库。土建冷库一般是夹层墙保温结构，占地面积大、施工周期长，早期的冷库就是这种方式。装配冷库是预制保温板装配式的库房，与传统的土建冷库相比，具有保温隔热、防潮防水性能好、阻燃性强、抗压强度高、抗震性能好、建设工期短、可拆卸等优点，但投资较大。土建装配复合式冷库是土建冷库和装配冷库的结合，库房的承重和外围结构是土建的形式，保温结构则采用聚氨酯喷涂发泡或聚苯乙烯泡沫板装配的形式。

2. 冷库的构成

冷库作为储存加工货品的场所，其建筑结构必须满足实际运作的功能需求，其组成可以根据需要选择以下功能的部分或全部。

（1）冷库库房及加工间。1）冷库库房是储存货品的主要场所。库房要保持恒定温度，并有温度监控设施、安全逃逸门灯装置。2）速冻间，用于冻结食品，由常温或冷却状态快速降至 -15℃ 或 -18℃，加工周期一般为 24h。3）预冷间，用于对进库冷藏的常温食品进行冻结（指采用二次冻结工艺）前的预冷。加工周期一般为 12～24h，产品预冷后温度一般为 4℃。4）冰库，又称储冰间，用以储存人造冰，解决需冰旺季和制冷能力不足的矛盾。

（2）冷库辅助功能房。1）预冷站台。预冷站台也称过冷房或低温穿堂，是连接装卸货站台和库房的通道或房间，是为防止货品在装卸过程中直接暴露在环境中和防止冷库温度散失而设计的库房结构，也是运输作业和库房间联系的通道。2）楼梯、电梯间。多层冷库均设有楼梯、电梯间。楼梯是生产工作人员上下的通道，电梯时冷库内垂直运输货物的设施。3）检查、过秤间。它供货物入库时检查质量和出入库时过秤计数。

（3）办公用房。1）办公室。办公室包括公司办公室、营运办公室和业务室等。2）员工更衣室和休息室。冷库由于其工作环境的特殊性，员工更衣和休息的场所更要注意方便性。3）卫生间。

（4）冷库附属设施房。1）制冷机房。制冷机房是冷库的主要设备所在地，要根据建筑设计要求留足空间和与库房的安全距离。制冷机房也要按照安全性设有防火、逃逸等设施和通道。2）变电间。高低压配电间是供应制冷机房和办公等用电的设备场所。3）维修充电房。冷库的运作所使用的叉车、堆垛起重机等设备的维修、充电需要配备合适的场所，并且要配备洗眼器等安全防护设施。

（二）冷藏车

冷藏车（refrigerator truck）是在有保温层的封闭式车厢上装有强制冷却装置（即制冷机）的汽车，如图6—7所示。

图6—7　冷藏车

冷藏车能在长时间运输中使车厢内货物保持一定温度，适用于要求可控低温条件货物的长途运输，常用于运输冷冻食品、奶制品、蔬菜水果、疫苗药品等。我国的冷藏车是20世纪80年代初期发展起来的，比发达国家晚了近30年，但近年来我国冷藏车发展速度很快，已成为国家冷链工程的主导运输工具。

为了保证低温运输要求，国家制定了冷藏车的性能标准，主要参数如下：

（1）车厢的主要技术指标。

1）车厢总传热系数。总传热系数是体现车厢保温性能的技术参数，单位是 $W/m^2 \cdot ℃$。其意义为：车厢内外温差为1℃时车厢表面每平方米传递的热量，该值越小越好。国家标准规定，保温车和冷藏车车厢的总传热系数不能大于 $0.6W/m^2 \cdot ℃$。

2）车厢漏气倍数。它是表示车厢密封性能的技术参数，单位为 h^{-1}。其意义为：车厢在每小时内漏气量为本车厢容积的倍数值，该值也是越小越好。国家标准中对冷藏车车厢的漏气倍数是这样规定的：总传热面积大于 $40m^2$ 的车厢，其漏气倍数小于或等于 $3h^{-1}$；总传热面积为 $20\sim40m^2$ 的车厢，其漏气倍数小于或等于 $3.8h^{-1}$；总传热面积小于 $20m^2$ 的车厢，漏气倍数小于或等于 $5.3h^{-1}$。

（2）制冷机的主要性能参数。制冷机的主要性能参数是表示制冷能力的制冷量，以W为单位。由于在不同温度下制冷量是变化的，国际上对汽车制冷机通常给出两个温度的制冷量，即0℉（近似 $-18℃$）和35℉（近似2℃）温度下的制冷量。制冷量和经济性是互相制约的。因此，制冷量大小的选择是从保持食品品质的需要和经济性两方面考虑的。

（3）冷藏汽车综合性能指标。车厢内温度可调范围及最低能达到的温度，是反映车厢和制冷机配合后的综合性能。在车厢容积不变的条件下，制冷机的制冷量、车厢的总传热系数及漏气倍数等都能影响车厢的降温性能。

国家标准要求在30℃环境温度下，车厢内温度可调范围分为6个档次，见表6—1。

表6—1 车厢内温度调节范围

类别	A	B	C	D	E	F
调温范围（℃）	0～12	10～12	−20～12	≤2	≤−10	≤−20

其中最高可调温度为12℃，最低可调温度为−20℃。目前国内生产的冷藏汽车最低可调温度多在−18℃，而实际可以达到的最低温度为−20℃以下。

（三）冷藏箱

冷藏箱是一种应用广泛的冷链设备，可以在宾馆、医院、汽车、船舶、家庭卧室和客厅等环境中灵活使用。根据制冷机制的不同，冷藏箱有压缩式冷藏箱、半导体式冷藏箱和吸收式冷藏箱三种类型，如图6—8所示。

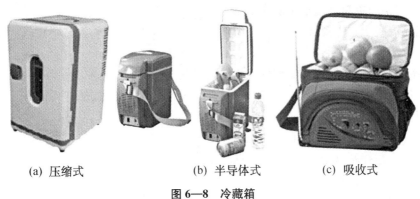

(a) 压缩式　　　　　　(b) 半导体式　　　　　(c) 吸收式

图6—8　冷藏箱

（1）压缩式冷藏箱。压缩式冷藏箱是最常见的种类。它通过压缩机制冷，具有制冷速度较快、耗能较低、品种齐全、制冰能力强等优点，适合家庭使用。目前市场上出售的压缩式冷藏箱的容积有46L、50L、60L、80L、100L等各种型号。但压缩式冷藏箱由于具有噪声大、体积大、对能源要求严格（只能用交流电）等缺点，不适宜在宾馆、医院、汽车、船舶等特殊环境中应用。

（2）半导体式冷藏箱。半导体式冷藏箱是利用半导体冷冻晶片进行核心制冷的冷藏箱。它重量轻，既可制冷又可制热，无氟利昂，成本较低。容积有6L、12L、16L和18L及以上等多种，可应用在汽车、船舶等特殊环境中。但由于其制冷、制热效果不理想，有耗能大、使用寿命短的缺陷，目前在市场上还不多见。

（3）吸收式冷藏箱。吸收式冷藏箱采用吸收式制冷技术，以氨作制冷剂，水作吸收剂，氢或氦作扩散剂，利用热虹吸原理，使制冷系统连续运行，从而达到制冷效果。吸收式冷藏箱具有无运动部件、无噪声、无氟利昂、寿命长、可按需要应用多种能源等优点，适合宾馆、医院、汽车、船舶、家庭卧室等环境和出外旅游时使用。

根据外形特征的不同，冷藏箱还可分为手提冷藏箱、背带冷藏箱和柜式冷藏箱三种类型。

（1）手提冷藏箱。手提冷藏箱的一般温度范围5℃～65℃，冬天可以加热到65℃，夏天可以制冷到5℃；净重不超过5kg，体积小，可手提携带；使用简单、寿命长、维修方便；宜于室内外使用，能随意放置。

（2）背带冷藏箱。背带冷藏箱的制冷温度可以达到5℃，设计成背包形式，使用简单、寿命长、维修方便、体积轻、宜于室内外使用。

（3）柜式冷藏箱。柜式冷藏箱的制冷温度一般可以达到5℃，宜于室内外使用，净重在7kg左右。

学习测试

1. 流通加工与生产加工的区别表现在哪里？

2. 冷库有哪些部分构成？

3. 结合实际，论述哪类产品在流通中需要进一步加强，并说明原因。

4. 不定项选择：

（1）我国生产资料流通加工的主要形式有（　　　　）。

A. 商品混凝土集中搅拌　　　B. 剪切下料加工　　　C. 平板玻璃套裁

D. 自行车装配　　　　　　　E. 食品保鲜加工

（2）按照流通加工形式，流通加工设备可分为（　　　　）。

A. 金属加工设备　　　　　　B. 木材加工设备　　　C. 食品加工设备

D. 剪切加工设备　　　　　　E. 分选加工设备

（3）生产商品混凝土的核心设备是（　　　　）。

A. 混凝土搅拌站（楼）　　　B. 混凝土配料设备　　　C. 混凝土搅拌运输车

D. 混凝土布料设备　　　　　E. 混凝土泵

（4）主要用于鱼、肉、冰激凌等产品储存的冷库是（　　　　）。

A. 高温库　　　　　　　　　B. 其他结构冷库

C. 低温库　　　　　　　　　D. 中等温库

（5）主要用于水果、蔬菜的加工和储存的冷库是（　　　　）。

A. 高温库　　　　　　　　　B. 低温库

C. 冰库　　　　　　　　　　D. 预冷间

（6）冷库库房及加工车间包括（　　　　）。

A. 预冷站台　　　　　　　　B. 速冻间　　　　　　　C. 预冷间

D. 冰库　　　　　　　　　　D. 冷库库房

（7）根据制冷机制的不同，冷藏箱可划分为（　　　　）。

A. 膨胀式冷藏箱　　　　　　B. 压缩式冷藏箱　　　　C. 半导体式冷藏箱

D. 散热式冷藏箱　　　　　　E. 吸收式冷藏箱

实训项目

一、实训任务

调查当前物流企业开展的流通加工增值服务及市场需求状况。

二、实训目的及训练要点

1. 掌握物流市场调研的方式、方法及实施步骤。

2. 了解物流企业开展的流通加工增值服务内容及市场需求。

3. 了解物流企业使用的流通加工装备特点及用途。

三、实训内容及要求

1. 查询资料,每组制定流通加工调研问卷1份。

2. 采用多种调研方式、方法,注重调研区域广度。

3. 利用互联网查找各种流通加工装备与技术的性能指标,了解其发展趋势和应用情况。

4. 撰写实训报告。

四、实训操作与规范

1. 自由组合,5人1组,有组织地进行集体活动。

2. 注意调研时的交通安全,听从现场指挥。

第七章 集装单元化装备与技术

集装是将许多单件物品，通过一定的技术措施组合成尺寸规格相同、重量相近的大型标准化的组合体，这种大型标准化的组合状态称为集装。从包装角度来看，集装是一种按一定单元将杂散物品组合包装，属于大型包装的形态。集装是材料科学和装卸技术两个方面有了突破进展之后才出现的，是整个包装技术的一大进步。

从运输角度来看，集装所组成的组合体往往又正好是一个装卸运输单位，非常便于运输和装卸，因而在物流领域把集装看成是一个运输体（货载），称为单元组合货载或集装货载。

集装有若干种典型的方式，在各类典型方式的交叉领域还有许多其他的集装方式，因而集装方式的种类很多。一般不做特殊解释的集装，主要是指集装箱和托盘。

各种典型的集装方式和它们之间的变形方式如下：

（1）托盘。最典型的是平托盘，其变形式有柱式托盘、架式托盘（集装架）、笼式托盘（集装笼）、箱式托盘、折叠式托盘、轮式托盘（台车式托盘）、薄板托盘（滑板）等。

（2）集装箱。最典型的是普通集装箱，其变形体有：笼式集装箱、罐式集装箱、台架式集装箱、平台集装箱、折叠式集装箱等。许多类集装箱和相应的托盘在形态上的区别并不大，但规模上相差较大。

（3）集装容器。典型集装容器是集装袋，其变形形式有集装网络、集装罐、集装筒等。

（4）集装货捆。集装网络也是集装货捆的一种变形体。

集装的主要特点是集小为大，而这种集小为大是按标准化、通用化要求而进行的，这就使中、小件散杂货以一定规模进入市场、流通领域，形成规模优势。集装的效果实际上就是这种规模优势的效果，主要有以下几方面：

（1）促使装卸合理化。这是集装的最大效果，和单个物品的逐一装卸处理比较，这一效果主要表现在：

1）缩短装卸时间。这是由于多次装卸转为一次装卸而带来的效果。

2）降低装卸作业劳动强度。过去，中、小件大数量散杂货装卸，工人劳动强度极大，且由于强度大，工作时极易出差错，出现货损。采用集装后不但减轻了装卸劳动强度，而且可以起到对集装货物的保护作用，可以更有效地防止装卸时的碰撞、损坏及散失、丢失。

（2）使包装合理化。采用集装后，物品的单体包装及小包装要求可降低甚至可以去掉，从而在包装材料上有很大节约。包装强度由于集装的大型化和防护能力的增强，也大大提高，有利于保护货物。

（3）由于集装整体进行运输和保管，大大方便了运输及保管作业，便于管理，也能有效利用运输工具和保管场地的空间，大大改善环境。

（4）集装的最大效果，还是以其为核心所形成的集装系统，将原来独立的物流各环节可以有效地联合为一个整体，使整个物流系统实现合理化。物流现代化的发展是离不开集装的，可以说集装是物流现代化的重要标志。

学习任务一　托盘的使用与管理

知识目标：了解托盘的种类和标准化，掌握托盘货物的码垛和捆扎方法。

能力目标：能够根据货物的形状快速在托盘上对箱式货物进行码垛和捆扎操作。

学习方法：本任务为实践技能学习，学生分组在物流实训室由实训指导教师指导学习。

一》托盘的概念和特点

（一）托盘的概念

为了使物品能有效地装卸、运输、保管，将其按一定数量组合放置于一定形状的台面上，这种台面有供叉车从下部叉入并将台板托起的叉入口。以这种结构为基本结构的严板、台板和各种在这种基本结构基础上所形成的各种形式的集装器具都可统称为托盘。

托盘是一种重要的集装器具，是在物流领域中适应装卸机械化而发展起来的，托盘的发展可以说是与叉车同步的。叉车与托盘共同使用，形成的有效装卸系统大大地促进了装卸活动的发展，使装卸机械化水平大幅度提高，使长期以来在运输过程中的装卸瓶颈得以解决或改善。所以，托盘的出现也有效地促进了整个物流过程水平的提高。

（二）托盘的性能

托盘的主要优点：

（1）自重量小，因而托盘用于装卸、运输所消耗的劳动较小。

（2）返空容易，返空时占用运力很少。由于托盘造价不高，又很容易互相代用，互以对方托盘抵补，所以无须像集装箱那样有固定的归属者，也无须像集装箱那样返空。即使返空，也比集装箱容易。

（3）装盘容易。无须像集装箱那样深入到箱体内部，装盘后可采用捆扎、紧包等技术处理，使用时简便。

（4）装载量虽较集装箱小，但也能集中一定数量，比一般包装的组合量大得多。

托盘的主要缺点是：保护性比集装箱差、露天存放困难、需要有仓库等配套设施。

二》 托盘的种类

（一）平托盘

一般提到的托盘，主要指平托盘。平托盘是托盘中使用量最大的一种，可以说是通用型托盘。其中木制平托盘基本构造如图 7—1 所示。

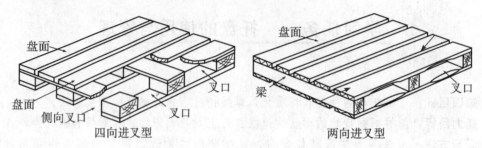

图 7—1　木制平托盘的基本构造

平托盘又进一步分为如下类型：

（1）按台面分类。按承托货物台面可分为单面型、单面使用型、双面使用型、翼型，如图 7—2 所示。

（2）按叉车叉入方式分类。按叉入方式可分为单向叉入型、双向叉入型、四向叉入型三种。四向叉入型，叉车可从四个方向进叉，因而叉运较为灵活。单向叉入型只能从一个方向叉入，因而在叉车操作时较为困难。

（3）按制造材料分类。

1）木制平托盘。图 7—2 所示的都是木制平托盘。木制平托盘制造方便、便于维修、本体也较轻，是使用广泛的平托盘。

图 7—2　平托盘分类形状构造

2）钢制平托盘。它是用角钢等异型钢材焊接制成的平托盘，如图7—3所示，和木制平托盘一样，也有各种叉入型和单面、双面使用型等多种形式。

图7—3　钢制平托盘

钢制平托盘自重比木制平托盘重，人力搬运较为困难。现在采用轻型钢结构，最低重量可制成35kg的1 100mm×1 100mm钢制平托盘，可使用人力方便搬移。钢制平托盘最大特点是强度高，不易损坏和变形，维修工作量较小。钢制平托盘制成翼型平托盘有优势，这种托盘不但可以利用叉车装卸，也可利用两翼的吊具进行吊装作业。

3）塑料制平托盘，如图7—4所示，采用塑料模制成平托盘，一般是双面使用型，两面叉入或四面叉入，由于塑料强度有限，很少有翼型平托盘。

塑料制平托盘最主要特点是本体重量轻、美观、整体性好、无味无毒、易冲洗消毒、不腐烂、不助燃、无静电火花、可回收、耐腐蚀性能强、可着各种颜色以区分。托盘是整体结构，不存在透钉刺破货物的问题，但塑料承载能力不如钢制、木制平托盘。

4）高密度合成板制平托盘（免熏蒸），如图7—5所示，用各类废弃物经高温高压压制而成。它采用再生环保材料，具有抗高压，承重性能好、成本低等特点，避免传统木托盘的木结、虫蛀、色差、湿度高等缺点。高密度合成板制平托盘适合各类货物的运输，尤其是重货（化工、金属类等产品）成批运输，也是替代木制托盘的最佳选择。

图7—4　塑料制平托盘

图7—5　高密度合成板制平托盘

（二）柱式托盘

柱式托盘的四个角有固定式或可卸式的柱子，托盘上对角的柱子上端用横梁连接，柱子就成了门框形，这种结构使托盘更加稳固。柱式托盘的柱子部分用钢材制成，如图7—6所示。

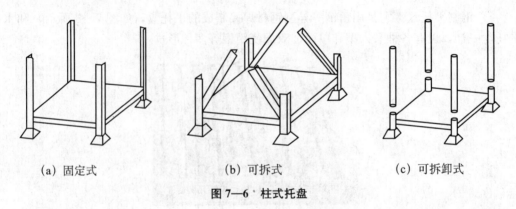

| (a) 固定式 | (b) 可拆式 | (c) 可拆卸式 |

图7—6 柱式托盘

柱式托盘的主要作用有两个，一是防止托盘上所置货物在运输、装卸等过程中发生坍塌；二是利用柱子支撑承重，可以将托盘货载堆高叠放，而不用担心压坏下部托盘上的货物。

（三）箱式托盘

箱式托盘是沿托盘四个边有板式、栅式、网式等各种箱板组成箱体，有些箱体有顶板，有些箱体上没有顶板。箱板有固定式、折叠式和可拆卸式三种，如图7—7所示。

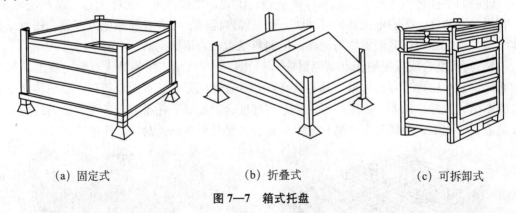

| (a) 固定式 | (b) 折叠式 | (c) 可拆卸式 |

图7—7 箱式托盘

由于四周箱板不同，箱式托盘又有各种叫法，如四周箱板为栅式的也称笼式托盘或集装笼。

箱式托盘的主要特点：一是防护能力强，可有效防止塌垛，避免货损；二是由于四周的防护板箱板，这种托盘装运范围较大，不但能装运可码垛的整齐形状包装货物，也可装运各种异形、不能稳定堆码的物品。

（四）轮式托盘

轮式托盘的基本结构是在柱式、箱式托盘下部装有小型轮子，这种托盘不但具有一般柱式、箱式托盘的优点，而且可利用轮子做短距离运动，可无需搬运机具实现搬运。利用轮子做滚上滚下的装卸，也有利于装放车内、船内后，移动其位置，所以轮式托盘有很强的搬运性。此外，轮式托盘在生产物流系统中，还可以兼作作业车辆。轮式托盘结构如图

7—8 所示。

图 7—8　轮式托盘

(五) 特种专用托盘

上述托盘都带有一定通用性，可适装多种中、小件杂、散、包装货物。由于托盘制作简单、造价低，所以某些较大数量运输的货物，都可制出装载效率高、装运方便、适于某种物品有特殊要求的专用托盘。现在各国采用的专用托盘种类不可计数，都在某些特殊领域发挥作用。

(1) 航空托盘。航空货运或行李托运用托盘，一般采用铝合金制造，为适应各种飞机货舱及舱门的限制，一般制成平托盘，托盘上所载物品以网罩固定后形成一个整体货载。

(2) 平板玻璃集装托盘，又称平板玻璃集装架，如图 7—9 所示。这种托盘能支撑和固定立放的平板玻璃，在装运时，平板玻璃顺着运输方向放置以保持托盘货载的稳定性。

图 7—9　平板玻璃集装架

平板玻璃集装托盘有若干种，使用较多的是 L 形单面装放平板玻璃单面进叉式托盘、A 形双面装放平板玻璃双向进叉式托盘、吊叉结合式托盘及框架式双向进叉式托盘。

(3) 油桶专用托盘。专门装运标准油桶的异形平托盘，托盘为双面型，两个面皆有稳固油桶的波形表面或侧挡板，油桶卧放于托盘上，由于波形表面或挡板的作用，不会发生滚动。同时，还可几层叠垛，解决桶形物难以堆高码放的困难，也方便了储存。

(4) 托盘货架式托盘。它是一种框架形托盘，框架正面尺寸比平托盘略宽，以保证托盘能放入架内，架的深度比托盘宽度窄，以保证托盘能搭放在架上。架子下部有四个支脚，形成了叉车进叉的空间。这种架式托盘叠高组合，便成了托盘货架，可将托盘货载送入仓库内放置。这种架式托盘也是托盘货架的一种，是货架与托盘的结合体。

（5）长尺寸物托盘。专门用于装放长尺寸材料的托盘，这种托盘叠高码放后便成了组装式长尺寸货架。

（6）轮胎专用托盘。轮胎本身很轻，有一定的耐水、耐蚀性，因而在物流过程中无须密闭，但是储运时怕压、怕挤，如果装放于集装箱中不能充分发挥箱的载重能力，所以采用托盘是一种很好的选择。

三》 托盘标准化

托盘标准化是实现托盘联运的前提，也是实现物流机械和设施标准化的基础及产品包装标准化的依据。托盘的标准化有利于缩短物流时间，降低物流成本。

目前，世界各国的托盘规格各有不同。美国的国家标准托盘尺寸为：1 219mm×1 016mm；加拿大和墨西哥为：1 000mm×1 000mm；澳大利亚为：1 165mm×1 165mm和1 100mm×1 100mm。欧洲大部分国家采用1 200mm×800mm尺寸的较多，而德国、英国和荷兰都采用1 200mm×800mm和1 200mm×1 000mm两种尺寸。

亚洲地区的日本、韩国、新加坡和我国台湾地区采用1 100mm×1 100mm的尺寸的比例较大，普及率在逐年升高。GB/T 2349—2007中规定了我国联运通用平托盘的尺寸为：1 200mm×1 000mm、1 100mm×1 100mm，优先推荐1 200mm×1 000mm。此外，关于托盘的标准，还有：GB/T 3716—2000《托盘术语》，GB/T 16470—2008《托盘单元货载》，GB/T 15234—1994《塑料平托盘》，GB/T 4996—1996《联运通用平托盘试验方法》，GB/T 4995—1996《联运通用平托盘性能要求》等。

国际标准化组织（ISO）制定的托盘标准经过ISO/TC51托盘标准化技术委员会多次分阶段审议，国际标准化组织已于2003年对ISO6780《联运通用平托盘主要尺寸及公差》标准进行了修订，在原有的1 200mm×1 000mm，1 200mm×800mm，1 219mm×1 016mm，1 140mm×1 140mm四种规格的基础上，新增了1 100mm×1 100mm，1 067mm×1 067mm两种规格，现在的托盘国际标准共有六种。

四》 托盘堆垛货物操作

托盘的使用主要涉及三个方面，装盘码垛方法、托盘货物的紧固方法和托盘的维修管理。

（一）装盘码垛方法

在托盘上放装同一形状的立体形包装货物，可以采取各种交错组合的办法码垛，这样可以保证足够的稳定性，甚至不需要再用其他方法加固。码垛的方式有重叠式、纵横交错式、旋转交错式和正反交错式四种，如图7—10所示。

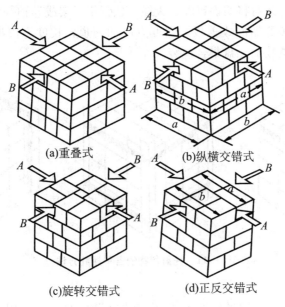

(a)重叠式　　　　(b)纵横交错式

(c)旋转交错式　　　(d)正反交错式

图 7—10　装盘码垛方式

1. 重叠式码垛

重叠式码垛，如图 7—10(a) 所示。各层码放方式相同，上下对应，各层之间不交错堆垛。这种方式的优点是工人操作速度快，包装物四个角和边重叠垂直，承载力大。其缺点是各层之间缺少咬合作用，稳定性差，容易发生塌垛。在货体底面积较大情况下，采用这种方式可有足够的稳定性。重叠式码垛再配以各种紧固方式，不但稳固而且装卸操作省力。

2. 纵横交错式码垛

纵横交错式码垛，如图 7—10(b) 所示。相邻两层货物的码放旋转 90°，一层呈横向放置，另一层呈纵向放置，层间纵横交错堆垛。这种方式层间有一定的咬合效果，但咬合强度不高。重叠式和纵横交错式码垛适合码成正方形垛，特别适用于自动码垛机。

3. 旋转交错式码垛

旋转交错式码垛，如图 7—10(c) 所示。第一层相邻的两个包装体都互为 90°，两层间的码放又相差 180°，这样相邻两层之间咬合交叉，托盘货体稳定性较高，不易塌垛。其缺点是码放难度大，而且中央形成空心，降低了托盘利用率。

4. 正反交错式码垛

正反交错式码垛，如图 7—10(d) 所示。同一层中不同列的货物以 90°垂直码放，相邻两层的货物码放形式是另一层旋转 180°的形式。这种方式不同层间咬合强度较高，相邻层之间不重缝，码垛后稳定性很高，但操作较为麻烦。

(二)托盘货物的紧固方法

1. 捆扎

捆扎用于多种托盘的货物集装，它是在托盘货物的周围用打包带或绳索进行紧固，其方式有水平、垂直和对角等捆扎形式，如图 7—11 所示。捆扎打结的方法有方结扎、黏合、热融、加卡箍等，还有将柔性钢丝、天线、软管用线架或卷轴等成卷的货物与托盘集合包装捆扎的情况。顶部加框式盖板，宽度方向捆两道，长度方向捆三道，都是垂直方向。捆扎可用于多种货物的托盘集合包装。

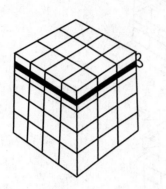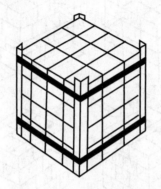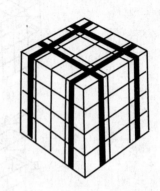

图 7—11　托盘货物的各种捆扎方法

2. 网罩紧固

网罩紧固主要用于装有同类货物的托盘，如图 7—12 所示。多用于航空运输，将航空专用托盘与网罩结合起来，就可以达到紧固的目的。将网罩套在托盘货物上，再将网罩下端的金属配件挂在托盘周围的固定金属片上（或将网罩下部缚牢在托盘的边缘上），以防形状不整齐的货物发生倒塌。为了防水，可在网罩之下用防水层加以覆盖。网罩用棉绳、或纤维绳制成，绳的粗细视托盘货物的重量而定。

3. 框架紧固

框架紧固，如图 7—13 所示。它是将框架加在托盘货物相对的两面或四面以至顶部，用以增加托盘内货物的刚性。框架的材料以木板、胶合板、瓦楞纸板、金属板等为主。安装方法有固定式和组装式两种。采用组装式需要打包带紧固，使托盘和货物结合为一体。

4. 金属卡具紧固

花格木箱或塑料周转箱在托盘上集装时，它的上下各层之间可用铆合固定。为了防止各箱在左右方向发生散落，可用金属卡具将其最上层的邻接部位卡住，如图 7—14 所示。

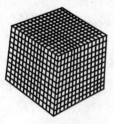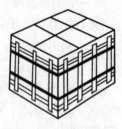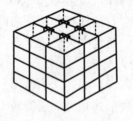

图 7—12　网罩紧固　　　图 7—13　框架紧固　　　　　图 7—14　金属卡具紧固

5. 层间夹摩擦材料紧固

层间夹摩擦材料紧固，如图 7—15 所示。将具有防滑性的纸板、纸片或软性塑料片夹在各层器具之间，以增加摩擦力，防止水平移动（滑动）或冲击时托盘货物各层之间的移位。防滑片除纸板外，还有软性聚氨酯泡沫塑料等片状物。此外，在包装容器表面涂二氧化硅防滑剂也有较好的防滑效果。

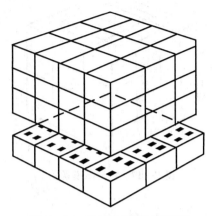

图 7—15　层间夹摩擦材料紧固

6. 黏合紧固

黏合有两种方式，一是在下一层货箱上涂上胶水使上下货箱黏合，涂胶量根据货箱的大小和轻重而定；二是在每层之间贴上双面封条，可将两层通过胶条黏合在一起，这样便可防止在物流中托盘货物从层间滑落。

7. 收缩薄膜紧固

收缩薄膜紧固，如图 7—16 所示。将热收缩塑料薄膜套于托盘货物上，然后进行热缩处理。塑料薄膜收缩后，便将托盘货物紧箍成一体。这种紧固形式属五面封，托盘下部与大气连通。这种方式不但起到紧固、防止塌垛的作用，而且由于塑料薄膜不透水，还可起到防水、防雨的作用，这有利于克服托盘货物不能露天放置而需要仓库的缺点，可大大扩展托盘的应用领域。

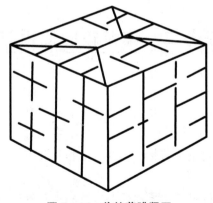

图 7—16　收缩薄膜紧固

8. 拉伸薄膜紧固

拉伸薄膜紧固，如图 7—17 所示。用拉伸塑料薄膜将货物和托盘一起缠绕包裹，当拉伸薄膜外力撤除后收缩紧固托盘货物形成集合包装件。顶部不加塑料薄膜时，形成四面封；顶部加塑料薄膜时，形成五面封。拉伸包装不能完成六面封，因此不能防潮。此外，拉伸薄膜比收缩薄膜捆缚力差，只能用于轻量物品的集装。

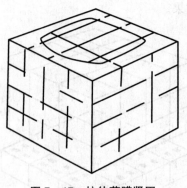

图 7—17 拉伸薄膜紧固

（三）托盘的维修管理

1. 托盘的保养维修

在托盘的保养管理中，最重要的一点是不能使用破损状态的托盘。如果破损托盘不经修理而使用，不仅会缩短托盘的寿命，而且还有可能造成货物的破损和人身伤亡事故。托盘的破损大多因下列原因产生：叉车驾驶员野蛮驾驶操作，货叉损伤盘面或桁架；人工装卸空托盘时跌落而造成损伤。

2. 正确使用托盘的规则

承载物应均匀平整地摆放在托盘上，保证托盘表面均匀受力。在使用叉车提升货物前，应保证叉车货叉完全进入到托盘内（货叉进入深度不应低于托盘 2/3 深度），提升货物时叉车货叉应保持水平。使用叉车时，切勿直接推拉或撞击托盘，严重的碰撞会令托盘损毁。工人工作时切勿站立在托盘上，以免造成危险。

学习任务二 集装箱的使用与装载

知识目标：了解集装箱的定义、特点，掌握集装箱的种类、基本结构与强度、集装箱货物装载的一般要求。

能力目标：能够正确识别集装箱标记、合理选择集装箱，并能对集装箱进行装箱操作与管理。

学习方法：本任务为实践技能学习，组织学生到港口码头堆场或货运站实地调研参观实习。

一》 集装箱概述

（一）集装箱的定义

集装箱是最主要的集装器具，它能为铁路、公路和水路运输所通用，它能一次装入若干个运输包装件、销售包装件或散装货物。

集装箱是一种包装方式，也是一种运输器具，1970 年国际标准化组织正式给集装箱下了定义。我国国家标准 GB 1992—2008《集装箱名词术语》对集装箱是这样定义的：集装箱是一种运输设备，应具备下列条件：

（1）具有足够的强度，在有效使用期内可以反复使用。

（2）适于一种或多种运输方式运送货物，在途中无须倒装。

（3）设有供快速装卸的装置，便于从一种运输方式转到另一种运输方式。

（4）便于箱内货物装满和卸空。

（5）内容积大于或等于 1m³

集装箱是具有一定规格和强度，进行周转用的大型货箱（也称货柜箱）。根据货物特性和运输需要，集装箱可以用钢、玻璃钢、铝等材料制成。它是适用于铁路、水路、公路、航空等多种运输方式的现代化集装器具。

（二）集装箱的特点

集装箱是应用广泛的集装化设备，其优点主要表现在：

（1）集装箱强度高，保护能力强，可有效防止货损、货差、盗窃，保证货物安全。

（2）使用集装箱，可节省包装材料和包装费用，减少理货手续、减低物流费用。

（3）集装箱便于堆放、节省占地面积、有利于充分利用空间。

（4）与其他集装设备相比，集装箱的集装数量较大，在散杂货的集装方式中，优势尤为明显。

除以上优点外，集装箱也存在以下不足：集装箱的自重大，这样无效运输和装卸的比重就比较大，降低了物流效率。此外，集装箱的自身造价高，限制了更为广泛的应用，同时也增加了物流成本。箱子返空困难，空箱运输浪费了人力、物力，在每次物流运作中分摊成本较高。

（三）集装箱的种类及基本结构

1. 按集装箱的制造材料分类

（1）铝合金集装箱。它是用铝合金型材和板材构成的集装箱，其特点是重量轻、箱体尺寸不大，但造价高，在航空集装箱领域中采用较多。

（2）钢质集装箱。它是用钢材制成的集装箱，其优点是强度高、价格低，但重量大，防腐蚀性较差。钢质集装箱是目前采用最多的，尤其是通用大型集装箱绝大部分是钢制。

（3）玻璃钢集装箱。它是用玻璃纤维和合成树脂混合在一起制成超薄的加强塑料，用黏合剂贴在胶合板的表面上形成玻璃钢板而制成的集装箱。它具有隔热性好、易清扫等特点。

（4）不锈钢集装箱。一般多用不锈钢制作罐式集装箱，主要优点是不生锈、耐腐性好、强度高；缺点是价格高、投资大。

2. 按集装箱的箱体构造分类

（1）按开门位置不同分为侧开门、前开门、前后双开门及顶开门四种形式。前、后、侧开门的集装箱适合于叉车及作业车进入装运或外部装运；顶开门集装箱适合于吊车装运。

（2）折叠式集装箱。四个侧壁和顶板在空箱时可折叠平放到台座上的集装箱，当需装运时可再支起装成箱。这种集装箱的特点是适于无回头货的单程运输，返运时折叠可减少运力的占用。

（3）拆解式集装箱。由顶板、台座和四个侧壁等组件组装而成，必要时可全部拆解，其特点与折叠式相同。

（4）台架式和平台式集装箱。台架式集装箱是没有箱顶和侧壁，甚至连端壁也去掉而只有底板和四个角柱的集装箱。平台式集装箱是在台架式集装箱上再简化而只保留底板的一种特殊结构集装箱。此类集装箱的特点是可利用各种机械从前后、左右及上方进行装卸作业。

（5）抽屉集装箱。箱内由一定尺寸的抽屉组成，打开箱门后便可抽出抽屉装取货物，一般是小型集装箱，主要用于装运仪器、仪表、武器、弹药及贵重物品。

（6）隔板集装箱。箱内有若干隔板分隔的集装箱，隔板可组合拆卸拼装，适用于装运需分隔的物品。

3. 按集装箱内适装货物分类

（1）干货集装箱，如图7—18所示。干货集装箱也称为杂货集装箱或通用集装箱，用来载运除散装液体货或需要控制温度货以外的杂货，适用范围很广，如文化用品、日用百货、医药、纺织品、工艺品、化工制品、五金家电、电子机械、仪器及机器零件等。在全部集装箱中，干货集装箱占70%～80%。其结构特点是常为封闭式，具有刚性的箱顶、侧壁、端壁和箱底。一般设有端门，也可以在集装箱的另一端或侧壁、箱顶开门，为便于货物的装卸，还可以设置活动箱顶或侧壁全开。但当所有的箱门关闭后，即应成为密封防水状态。

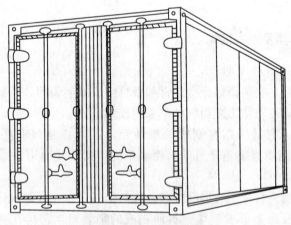

图7—18　干货集装箱

（2）通风集装箱，如图7—19所示。通风集装箱是具有空气调节能力的集装箱，内设通风装置，如排风扇等或在集装箱上装设通风孔、通风栅栏，甚至箱壁采用金属网等通风材料制造，主要用于动植物装运，满足动植物呼吸的要求，保持空气流通。

（3）保温集装箱，如图7—20所示。保温集装箱能进行适度的温度控制，其内部有温

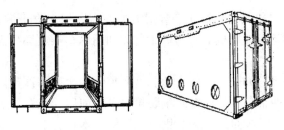

图 7—19　通风集装箱

度控制设备，如制冷机等，为适应保温需要，集装箱体采用隔热保温材料或隔热保温结构。保温集装箱又分冷藏集装箱、低温恒温集装箱及隔热集装箱三类。

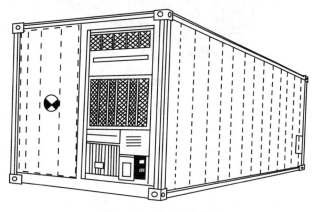

图 7—20　保温集装箱

冷藏集装箱是能保持−5℃以下温度，使冷冻物品能在箱内完成物流的集装箱，一般采用电力制冷，适合装运冷冻肉类、鱼类等物品。

低温恒温集装箱是能保持一定低温（3℃～10℃），但不达到冰点，保证箱内物品能在低温下保质、保鲜而不使其冻结的集装箱，适合装运高档水果、蔬菜、鲜肉、鱼类、药品及某些化工制剂等。

隔热集装箱是能防止温升过大，以在短时间内保持一定低温及保鲜的集装箱。这种集装箱有很好的隔热保温性能，装箱完毕后内置制冷剂或预冷，以其很强隔热能力保持温度上升缓慢，一般有效时间在 2～3 天，主要用于短途冷冻物的物流，如城市内冷冻食品运输，也用于较长距离的水果、蔬菜等物品的装运。

（4）开顶集装箱，如图 7—21 所示。开顶集装箱也称敞顶集装箱，这种集装箱的箱顶可以方便地取下、装上。箱顶有硬顶和软顶两种，软顶是用薄钢板制成的，软顶一般是用

图 7—21　开顶集装箱

帆布或塑料布制成的。开顶集装箱适于装载大型、需利用起重机械进行装卸作业的重货，如钢铁、木材，特别是像玻璃板等易碎的重货，利用吊车从顶部吊入箱内不易损坏，而且也便于在箱内固定。

（5）台架式集装箱，如图7—22所示。这种集装箱没有箱顶和侧壁，甚至有的连端壁也去掉而只有底板和四个角柱。台架式集装箱可以从前后、左右及上方进行装卸作业，适合装载长大件和重货件，如重型机械、钢材、钢管、木材、钢锭等。台架式集装箱没有防水性，怕湿的货物不能直接装运，可用帆布遮盖装运。

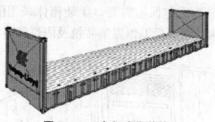

图7—22　台架式集装箱

（6）平台式集装箱，如图7—23所示。这种集装箱是在台架式集装箱上再简化而只保留底板的一种特殊结构集装箱。主要用于装卸长、重件货物，如重型机械、钢材、整件设备等。平台的长度与宽度与国际标准集装箱的箱底尺寸相同，可使用与其他集装箱相同的紧固件和起吊装置。

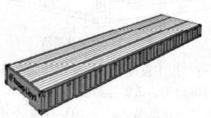

图7—23　平台式集装箱

（7）散货集装箱，如图7—24所示。这种集装箱用于装运粉状或颗粒状货物，如大豆、大米、各种饲料等。在箱顶部设有2～3个装货口，在箱门的下部设有卸货口。使用集装箱装运散货，一方面提高了装卸效率，另一方面提高了货运质量，减少了粉尘对人体和环境的侵害。

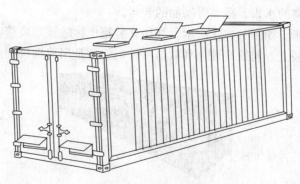

图7—24　散货集装箱

（8）罐式集装箱，如图 7—25 所示。这种集装箱专门用来装运各种液体货物，如酒类、油类、化学品等。它由罐体和框架两部分组成，罐体用于装液体货物，框架用来支撑和固定罐体。罐体的外壁采用保温材料以使罐体隔热，内壁一般要研磨抛光以避免液体残留于壁面。为了降低液体的黏度，罐体下部还设有加热器，罐体内温度可以通过安装在其上部的温度计观察，罐顶设有装货口，罐底设有排货孔。装货时货物由罐顶部装货口进入，卸货时则由排货孔流出或从顶部装货孔吸出。

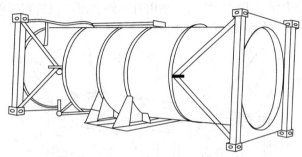

图 7—25　罐式集装箱

（9）汽车集装箱，如图 7—26 所示。这种集装箱专门用来装运小型汽车。其结构特点是无侧壁，仅设有框架和箱底。为了防止汽车在箱内滑动，箱底专门设有捆扎设备和防滑钢板。大部分汽车集装箱被设计成上下两部分，可以装载 2 辆小汽车。

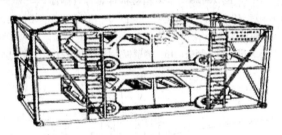

图 7—26　汽车集装箱

（10）动物集装箱，如图 7—27 所示。这是一种专供装运牛、羊、猪、马匹等活体动物的集装箱。为了实现良好的通风，箱壁用金属丝网制造，侧壁下方设有清扫口和排水口，并设有喂食装置。

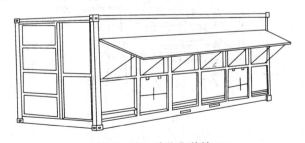

图 7—27　动物集装箱

（11）服装集装箱。这种集装箱的特点是：在箱内侧梁上装有许多根横杆，每根横杆上垂下若干条皮带扣、尼龙带扣或绳索，成衣利用衣架上的钩直接挂在带扣或绳索上。这种服装装载法属于无包装运输，它不仅节约了包装材料和包装费用，而且减少了人工劳动，提高了服装的运输质量。

二》 集装箱的结构与强度

通用集装箱是一个矩形箱体，由两部分组成：一部分是承受货物重量和冲击等外力的主要构件，包括角柱、上端梁、下端梁、上侧梁和下侧梁等，这些主要构件都采用高强度材料制造；另一部分主要用于防护货物日晒雨淋的外表面，包括箱顶板、侧壁板、端壁板和箱门等。通用集装箱各构件如图7—28及图7—29所示。

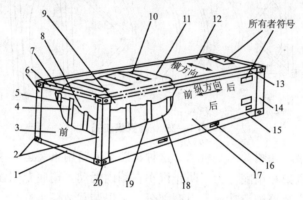

图7—28 集装箱各构件名称（侧面）

1—下端梁；2，14—角柱；3—端壁；4—端柱；5—端壁板；6—端框架；7—上端梁；
8—端壁内衬板；9—侧壁内衬板；10—顶梁；11—顶板；12—箱顶；13—上侧梁；15—下侧梁；
16—叉槽；17—侧壁；18—侧壁板；19—侧壁柱；20—角配件

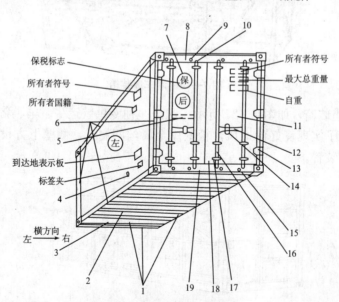

图7—29 集装箱各构件名称（后面）

1—箱底结构；2—底横梁；3—箱底；4—门钩扣槽；5—箱门横构件；6—侧框架；7—门板；8—门楣；
9—门锁凸轮；10—凸轮托座；11—端门；12—门铰链；13—门锁把手；14—把手锁；15—门槛；
16—门锁杆；17—门锁杆托架；18—门钩；19—门底缘材

集装箱由于承受运输途中、装卸作业等各种载荷的作用，必须具有既能保护货物又能承受外力的足够强度。根据国际标准化组织的规定，集装箱的强度分为外部强度和内部强度两种，前者是指满载的集装箱在移动、换装时，或在舱内、场地上堆装时所受的外部载荷，主要有堆码强度、吊装强度、箱顶强度、栓固强度、系进强度、叉槽强度和抓臂起吊强度等；后者是指货物装在箱内时，箱底承受的负荷，以及在装卸、运输过程中所受的外力使货物对侧壁或端壁所产生的负荷，主要有箱底强度、端壁强度和侧壁强度。

三》 集装箱的标准规格

国际标准集装箱是指根据国际标准化组织 ISO/TC—104 技术委员会制定的国际标准来建造和使用的国际通用的标准集装箱。集装箱标准化历经了一个发展过程。国际标准化组织 ISO/TC—104 技术委员会自 1961 年成立以来，对集装箱国际标准作过多次补充、增减和修改，到目前为止，国际标准集装箱共有 13 种规格。表 7—1 为国际标准集装箱的外部尺寸和重量等级。

表 7—1　　　　　　　　　　国际标准集装箱系列尺寸（ISO 标准）

箱型	外部尺寸			额定质量	
	长（mm）	宽（mm）	高（mm）	kg	lb
1AAA	12 192	2 438	2 896	30 480	67 200
1AA	12 192	2 438	2 591	30 480	67 200
1A	12 192	2 438	2 438	30 480	67 200
1AX	12 192	2 438	<2 438	30 480	67 200
1BBB	9 125	2 438	2 896	25 400	56 000
1BB	9 125	2 438	2 591	25 400	56 000
1B	9 125	2 438	2 438	25 400	56 000
1BX	9 125	2 438	<2 438	25 400	56 000
1CC	6 058	2 438	2 591	24 000	52 920
1C	6 058	2 438	2 438	24 000	52 920
1CX	6 058	2 438	<2 438	24 000	52 920
1D	2 991	2 438	2 991	10 160	22 400
1DX	2 991	2 438	2 438	10 160	22 400

我国现行国家标准《系列 1 集装箱　分类、尺寸和额定质量》（GB/T 1413—2008）中规定：系列 1 各种型号集装箱的宽度均为 2 438mm（8ft）。1BBB、1BB、1B、1BX、1CC、1C 和 1CX 型集装箱的最大额定质量由原来的 24 000kg、25 400kg 统一修订为 30 480kg。我国系列 1 集装箱外部尺寸、允许公差和额定质量见表 7—2。

表 7—2　　　我国系列 1 集装箱的外部尺寸、允许公差和额定质量（GB/T1413—2008）

集装箱型号	长度	公差	宽度	公差	高度	公差	额定质量	
	mm		mm		mm		kg	lb
1EEE	13 716	0 −10	2 438	0 −5	2 896	0 −5	30 480	67 200
1EE					2 591	0 −5		
1AAA	12 192	0 −10	2 438	0 −5	2 896	0 −5	30 480	67 200
1AA					2 591	0 −5		
1A					2 438	0 −5		
1AX					<2 438			
1BBB	9 125	0 −10	2 438	0 −5	2 896	0 −5	30 480	67 200
1BB					2 591	0 −5		
1B					2 438	0 −5		
1BX					<2 438			
1CC	6 058	0 −6	2 438	0 −5	2 591	0 −5	30 480	67 200
1C					2 438	0 −5		
1CX					<2 438			
1D	2 991	0 −5	2 438	0 −5	2 438	0 −5	10 160	22 400
1DX					<2 438			

四》 集装箱标记与识别

为便于集装箱在国际运输中的识别、管理和交接，国际标准化组织制定了国际标准《集装箱的代号、识别和标记》。该标准规定了集装箱标记的内容、标记的字体尺寸、标记的位置等。集装箱标记分为必备标记和自选标记两类。

（一）必备标记

1. 识别标记

（1）集装箱箱主代码。箱主代码由经国际集装箱管理局（BIC）注册的三个大写字母组成，如中远集团的箱主代号为"COS"。

（2）设备识别码。由 1 个大写字母表示："U"表示所有的集装箱；"J"表示集装箱所配置的挂装设备；"Z"表示集装箱拖挂车和底盘挂车。

（3）箱号。箱号由 6 位阿拉伯数字组成。如果不足 6 位时，应在前面加 0 以补足 6 位例如：箱号为 1234 时，则以 001234 表示。

（4）校验码（核对数字）。校验码是用来检验箱主代码和箱号传递的准确性，用 1 位阿拉伯数字表示，并加方框以使数字醒目。

校验码是由箱主代码、设备识别码与箱号的6位数字通过以下方式换算而得。具体换算步骤如下：

1）箱主代码、设备识别码的每个字符和箱号的每个数字均依次规定出一个等效数值，见表7—3。

2）按表7—3确定的每一个等效数值乘以$2^0 \sim 2^9$的加权系数。加权系数用于箱主代码的第一个字符，然后以2到2^9的乘方依次与其后各等效数值相乘，最后以2^9与箱号最后一位数字相乘。

3）等效数值与加权系数乘积的总和除以模数11，再取余数即为校验码。

表7—3　　　　　　　　　　　　　　　　等效数值

箱主代码/设备识别码				箱号
字符	等效数值	字符	等效数值	数字或等效数值
A	10	N	25	0
B	12	O	26	1
C	13	P	27	2
D	14	Q	28	3
E	15	R	29	4
F	16	S	30	5
G	17	T	31	6
H	18	U	32	7
I	19	V	34	8
J	20	W	35	9
K	21	X	36	
L	23	Y	37	
M	24	Z	38	

注：（1）箱号数字与等效数值完全相同；（2）表中省略了等效数值11、22、33，因为它们是模数11的倍数。

2. 作业标记

（1）最大总重量和空箱重量。最大总重量是集装箱设计的最大允许总重量。自重即集装箱空箱重量（或空箱重量），ISO688规定应以千克（kg）和磅（lb）同时表示，如：

MAX GROSS：24 000kg　　　　TARE：　　　2 300kg
　　　　　　52 920lb　　　　　　　　　　5 070lb

（2）空/陆/水联运集装箱标记。此标记用于空/陆/水联运集装箱并指明其堆码限制，设在集装箱端壁、侧壁左上角和顶部的适当位置，标记颜色为黑色，如图7—30所示。

（3）箱顶防电击警示标记。凡装有登顶梯子的集装箱均应标打箱顶防电击警示标记，该标记为黄底黑色标符，并用黑边框圈住，如图7—31所示。

图7—30　空/陆/水联运集装箱标记　　　　图7—31　箱顶防电击警示标记

（4）箱高超过 2.6m（8ft6in）的集装箱高度标记。所有超过 2.6m（8ft6in）的集装箱均应标打下列必备标记：1）必须在集装箱两侧标打集装箱高度标记；2）在箱体每端和每侧角件间的顶梁及上侧梁上标打长度至少为 300mm（12in）的黄色斜条的条形标记，以便在地面或高处能清晰识别。

（二）自选标记

1. 识别标记

（1）国家或地区代码。国家和地区代码是集装箱登记国家或地区使用两个字母表示的代码。ISO 文件中提供了国家或地区代号一览表，如中国用 CN、美国用 US。

（2）尺寸代码。集装箱的尺寸（指外部尺寸）代码必须用两位字符表示。第 1 位：用数字或字母表示箱长，见表 7—4；第 2 位：用数字或字母表示箱宽和箱高，见表 7—5。

（3）箱型代码。集装箱的箱型及特征由两位字符表示。第 1 位：由 1 个字母表示箱型；第 2 位：由 1 个数字表示该箱型的特征，见表 7—6。

表 7—4　　　　　　　　　　尺寸代码第 1 位字符

代码	箱长		代码	箱长	
	mm	ft in		mm	ft in
1	2 991	10′0″	D	7 450	—
2	6 058	20′0″	E	7 820	—
3	9 125	30′0″	F	8 100	—
4	12 192	40′0″	G	12 500	41′0″
5	未定号		H	13 106	43′0″
6	未定号		K	13 600	
7	未定号		L	13 716	45′0″
8	未定号		M	14 630	48′0″
9	未定号		N	14 935	49′0″
A	7 150		P	16 154	—
B	7 315	24′0″	R	未定号	
C	7 430	24′6″			

表 7—5　　　　　　　　　　尺寸代码第 2 位字符

箱高		代码		
		箱宽		
mm	ft in	2 438mm（8ft）	2 438～2 500mm	＞2 500mm
2 438	8′0″	0		
2 591	8′6″	2	C	L
2 743	9′0″	4	D	M
2 895	9′6″	5	E	N
＞2 895	9′6″	6	F	P
1 295	4′3″	8		
≤1 219	≤4′	9		

表 7—6

箱型代码

代码	箱型	总代码	集装箱主要特性	细代码
G	通用集装箱 ——无通风设备	GP	一端或两端有箱门	G0
			货物的上方有透气孔	G1
			一端或两端开门，加上一侧或两侧全部敞开	G2
			一端或两端开门，加上一侧或两侧部分敞开	G3
			（备用号）	G4
			（备用号）	G5
			（备用号）	G6
			（备用号）	G7
			（备用号）	G8
			（备用号）	G9
V	通风式通用集装箱	VH	无机械通风装置，货物上部和底部空间设有通风口	V0
			（备用号）	V1
			箱体内部设有机械通风系统	V2
			（备用号）	V3
			箱体外部设有机械通风系统	V4
			（备用号）	V5
			（备用号）	V6
			（备用号）	V7
			（备用号）	V8
			（备用号）	V9
B	散货集装箱 ——无压力,箱式	BU	封闭式	B0
			气密式	B1
			（备用号）	B2
	散货集装箱 ——有压力	BK	水平卸货，试验压力 150Pa	B3
			水平卸货，试验压力 265Pa	B4
			倾斜卸货，试验压力 150Pa	B5
			倾斜卸货，试验压力 265Pa	B6
			（备用号）	B7
			（备用号）	B8
			（备用号）	B9
S	以货物命名的集装箱	SN	牲畜集装箱	S0
			小汽车集装箱	S1
			活鱼集装箱	S2
			（备用号）	S3
			（备用号）	S4
			（备用号）	S5
			（备用号）	S6
			（备用号）	S7
			（备用号）	S8

续前表

代码	箱型	总代码	集装箱主要特性	细代码
R	保温集装箱			
	——冷藏	RE	机械制冷	R0
	——冷藏和加热	RT	机械制冷和加热	R1
	——自备动力的冷藏和加热集装箱	RS	机械制冷	R2
			机械制冷和加热	R3
			（备用号）	R4
			（备用号）	R5
			（备用号）	R6
			（备用号）	R7
			（备用号）	R8
			（备用号）	R9
H	保温集装箱			
	——设备可拆卸的冷藏和（或）加热的集装箱	HR	设备置于箱体外部，其传热系数 $K=0.4\text{W}/(\text{m}^2 \cdot \text{K})$	H0
	——隔热集装箱	HI	设备置于箱体内部	H1
			设备置于箱体外部，其传热系数 $K=0.7\text{W}/(\text{m}^2 \cdot \text{K})$	H2
			（备用号）	H3
			（备用号）	H4
			具有隔热性能，其传热系数 $K=0.4\text{W}/(\text{m}^2 \cdot \text{K})$	H5
			具有隔热性能，其传热系数 $K=0.7\text{W}/(\text{m}^2 \cdot \text{K})$	H6
			（备用号）	H7
			（备用号）	H8
			（备用号）	H9
U	敞顶式集装箱	UT	一端或两端开门	U0
			一端或两端开门，加上端框架顶梁可拆卸	U1
			一端或两端开门，加上一侧或两侧开门	U2
			一端或两端开门，加上一侧或两侧开门，加上端框架顶梁可拆卸	U3
			一端或两端开门，加上一侧局部敞开或另一侧全部敞开	U4
			全部敞顶，带固定的侧壁和端壁（无门）	U5
			（备用号）	U6
			（备用号）	U7
			（备用号）	U8
			（备用号）	U9

续前表

代码	箱型	总代码	集装箱主要特性	细代码
P	平台式集装箱 ——具有不完整上部结构的台架式集装箱 固定式	PL	平台集装箱	P0
		PF	有两个完整和固定的端板	P1
			有固定角柱，带有活动的侧柱或可拆卸的顶梁	P2
	折叠式	PC	有折叠完整的端结构	P3
			有折叠角柱，带有活动的侧柱或可拆卸的顶梁	P4
	——具有完整上部结构的台架式集装箱	PS	顶端和端部敞开（骨架式）	P5
			（备用号）	P6
			（备用号）	P7
			（备用号）	P8
			（备用号）	P9
T	罐式集装箱 ——用于装运非危险性液体货物	TN	最低试验压力 45kPa	T0
			最低试验压力 150kPa	T1
			最低试验压力 265kPa	T2
	——用于装运危险性液体货物	TD	最低试验压力 150kPa	T3
			最低试验压力 265kPa	T4
			最低试验压力 400kPa	T5
			最低试验压力 600kPa	T6
	——用于装运气体货物	TG	最低试验压力 910kPa	T7
			最低试验压力 2 200kPa	T8
			最低试验压力（未定）	T9
A	空/陆/水联运集装箱	AS		A0

2. 通行标记

集装箱在运输过程中能顺利地通过或进入他国境内，箱上必须贴有按规定要求的各种通行标志，否则，必须办理繁琐证明手续，延长了集装箱的周转时间。

集装箱上主要的通行标记有：安全合格牌照、集装箱批准牌照、检验合格徽及国际铁路联盟标记等，如图 7—32 所示。

注：框内底色为黄色

（a）集装箱批准牌照

（b）国际铁路联盟标记

图 7—32 通行标记

五》 集装箱的选择与检查

（一）集装箱的选择

1. 集装箱种类的选择

国际标准集装箱有多种不同类型，如封闭式，通风式，干、散货箱，保温、冷藏、冷冻箱，开顶、平台、板架箱和各类特种集装箱等。这些不同种类的集装箱是根据不同类型的货物及运输的实际要求而设计制造的。集装箱型种类的选择主要应根据货物的种类、性质、包装形式和运输要求来决定，这是保证运输质量的基本条件。如对运输没有什么特殊要求的干、散货物，可选择使用最普通的封闭式干、散货箱；含水量较大的货物或不需要保温运输的鲜货等可选择使用通风式集装箱；在运输途中对温度有一定要求的货物可选择使用保温、冷藏、冷冻集装箱；超高、超长、超宽或必须用机械（吊车、叉车等）装箱的货物可选择使用开顶、板架、平台式集装箱；散装流体货物可选择罐式箱；牲畜、汽车等可选择相应的特种箱等。

2. 集装箱规格尺寸的选择

一般需要综合考虑多种因素，这些因素主要包括：

（1）选用哪种规格尺度的集装箱应考虑与国内外船舶公司、货主的合作问题。在集装箱货物多国联运中，经常发生与国外船舶公司进行箱子互换、互用，因此应选用便于互换使用的集装箱。

（2）选择集装箱规格尺度应考虑货物的数量、运输批量和货物的密度。一般来说，在货物数量大时，应尽量选用大规格集装箱；某航线上货运批量较小时，配用的集装箱规格不宜过大；货物密度较大时，选用规格不宜过大；轻泡货较多时应采用规格较大的集装箱。

（3）选择集装箱规格尺度应考虑全程（特别是内陆）运输的条件。集装箱货物国际运输中，全程可能涉及多种运输方式。一般来说，海上运输各环节（装卸、船舶）可以满足各种规格集装箱货物运输需要，但在内陆运输中却很不平衡，可能存在道路、桥涵承载能力不足，装卸设备不能适应大型集装箱装卸需要，集装箱办理站不能办理大型箱（20ft、40ft）业务，库场运输工具不符合运输要求等问题。在选用集装箱规格尺度时，应给予充分考虑，在条件允许情况下，采用子母箱形式是一种不错的选择。

（4）选用集装箱规格尺度应考虑经济合理性。对于特定数量的货物选择集装箱规格和数量时，首先应保证能装下这些货物。由于集装箱运输中大多采用包箱费率，对各种规格集装箱总重的规定（单位尺度平均值）有较大差别，所以对特定数量的货物选择规格时，存在通过规格数量的不同组合使全程总费用最小的经济合理性问题。

（二）集装箱的检查

经过选择的集装箱，必须经过严格检查，包括外部、内部、箱门、清洁状况、附属件及设备等。一个有缺陷的集装箱，轻则导致货损，重则在运输、装卸过程中造成箱毁人亡的事故。所以，对集装箱的检查是货物安全运输的基本条件之一。

发货人、承运人、收货人以及其他关系人在相互交接时，除对箱子进行检查外，应以设备交接单等书面形式确认箱子交接时的状态。通常，对集装箱的检查应做到：

（1）外部检查。外部检查指对箱子进行六面查看，查看外部是否有损伤、变形、破口等异样情况，如有上述情况发生应立即作出修理部位标志。

（2）内部检查。内部检查是对箱子的内侧进行六面查看，查看是否漏水、漏光，有无污点、水迹等。

（3）箱门检查。检查箱门是否完好，门的四周是否水密，门锁是否完整，箱门能否重复开启。

（4）清洁检查。清洁检查是指箱子内有无残留物、污染物、锈蚀、异味、水湿。如不符合要求，应予以清扫，甚至更换。

（5）附属件的检查。附属件的检查是指查看集装箱加固环的连节状态，如板架式集装箱的支柱，平板集装箱和敞篷集装箱上部延伸结构的检查。

六　集装箱货物装载的一般要求

为了保证运输质量和运输安全，做好集装箱内货物的积载和装箱工作是十分重要的。集装箱货物在运输全过程中，在各环节（装卸、运输、存储、装拆箱等）的实际操作中，经常会发生振动、碰撞、摇摆等情况，如果装载不当，不仅可能造成货损，还可能造成运输工具、装卸机械的损坏和人身伤亡。

集装箱货物在积载和装箱时一般要求应注意的事项主要有以下几个方面。

（一）合理积载

积载是指集装箱具体装载哪些货物和怎样装载的计划安排。无论是发货人（整箱交接情况下）还是运输经营人（拼箱交接情况下）在货物装箱前都要做好货物积载工作，即当不同种类的货物拼装同一箱时，应根据货物的性质、包装形态、单件重量及强度、卸箱顺序等分区、分层堆放。如不同性质的货物拼装在同一箱内时，应保证它们的物理、化学性质不发生冲突，以防止货损；将包装牢固、重件货物装在箱子底部，包装不牢、轻货装在上部；不同发货人（或收货人）的货物拼箱时，应考虑货物的流向要一致，如需分几次掏箱时，应根据货物的运输途中交货的先后顺序安排箱内货物堆放位置（先交的货放在靠箱门位置），以防止反复掏箱。

（二）均衡分布货物重量

货物在箱子内的重量分布应均衡。一般要求沿高度方向重量分布应均衡或下重上轻；沿长度和宽度方向应均衡，如箱子的某一部位、某一端或某一侧负荷过重，易引起吊运过程中箱子倾斜、装卸机械及运输工具（特别是拖车）等事故。

（三）做好货物的堆码、衬垫和系固

在货物多层堆码时，堆码的层数应根据货物包装强度及箱底承载能力规定（单位面积承重量）来决定。为使下层货物不被压坏和防止装箱、运输过程中引起的撞击损伤，应适当考虑在各层之间垫入缓冲器材。

货物的装载应严密、整齐。货区之间，货物与货物之间，货物与箱体之间的空隙应加适当的隔垫以防止货物的移动、撞击、沾湿和污损。

对靠近箱门附近的货物要采取紧固措施，以防止开箱和关箱时货物倒塌造成货物损坏和人身伤亡事故。

（四）其他注意事项

装载箱内的货物总重量不得超过箱子允许的额定载重量，包括箱子本身的毛重绝不允许超过 ISO 规定的各种规格尺度集装箱的总重量标准。由于货物超重而造成的运输过程中的一切损失均由装箱人负责，装箱时使用的隔垫料（胶合板、草席、缓冲器材、隔垫板等）和系固所用材料应清洁、干燥，以防止水渍、汗渍等货损事故。

学习任务三　常用集装技术

知识目标：了解集装袋、集装网络、罐体集装、集装捆、滑板等集装技术的主要特点和使用范围。

能力目标：能够针对某些特殊货物选用集装方式。

学习方法：本任务为理论学习，学生分组在教室由理论指导教师组织学习。

除了集装箱、托盘这两种应用面广、适应货物种类多的主体集装方式外，还有集装袋、集装网络、罐体集装、集装捆、滑板等多种集装单元，是在某些货物、某些领域能发挥特殊作用的集装方式。

一》 集装袋

（一）集装袋概述

集装袋是一种袋式集装容器，它的主要特点是柔软、可折叠、自重轻、密闭隔绝性强。集装袋的结构如图 7—33 所示。

集装袋的制作材料是各种高强度纺织材料，为保护基材，提高强度、整体性及加强密封性能，表面涂覆橡胶或塑料材料复合成。主要的基布材料有聚丙烯纺织材料和天然纤维织帆布材料，表面涂覆材料有 EVA 塑料、乳胶、聚丙烯及聚氯乙烯等。

由于现代化学工业的发展，人造纤维材料已有了很大强度，因此可制成大型的、大容积的包装容器。

集装袋适用于粉体、颗粒、液体等难以处理的物品，可提高装卸效率，降低物流费用和减少物流损失。由于集装袋体轻又可折曲，所以与同样用途的金属容器相比，在物流过程中易于处理，在返空、清洗、存放方面更有优势。

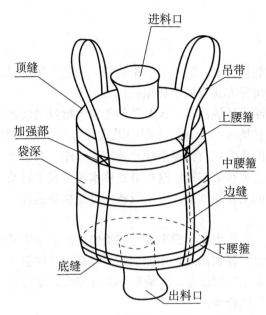

图 7—33 集装袋各部分结构示意图

(二) 集装袋的种类

（1）按集装袋形状分类，有圆筒形和方形两种，一般以圆筒形较多常见。

（2）按适装物品形状分类，有粉粒体集装袋和液体集装袋两种，两种集装袋在构造及材质选择上有区别。

（3）按吊带设置方式分类，有顶部吊带（吊带在顶部袋口处）、底部托带（四根吊带从底部托过从上部吊运）以及无吊带三种。前两种在装卸时可叉可吊，后一种只能依靠叉车装卸。

（4）按装卸料方式分类，有上部装料下部卸料两个口、上部装料并卸料一个口两种。

（5）按集装袋的材质分类，有涂胶布袋、涂塑布袋、交织布袋三种。

(三) 集装袋的应用

集装袋的应用领域很广，目前主要用于水泥、粮食、石灰、化肥、树脂类等易变质且易受污染并污染别的物品的装运，也适用于装运液体肥料、表面活性剂、动植物油、酱油、醋等液体物品。

二 》 集装网络

集装网络是用高强纤维材料制成的集装工具。集装网络比集装袋更轻，因而运输中的无效运输更小，网络价格较低，因而用这种方式集装费用较省。集装网络主要装运包装货物和无包装的块状货物，每网络一次装运 500～1 500kg，在装卸中采取吊装方式。

集装网络的缺点是对货物保护能力差，因而应用范围有较大限制。

三》 罐体集装

罐体集装和罐式集装箱类似，但不属于集装箱，而是专用的设备，罐体集装能力有时超过罐式集装箱。这种集装方式有两个典型的代表：

（1）水泥。专用的罐式散装汽车、火车及船舶将大批量散装水泥卸放入散装仓库，以散装仓库为配送节点，转换运输方式，再利用罐式散装汽车将水泥运至用户的"门"。需求量大的用户，可不经配送节点直接运至用户的散装仓库。在各个节点，水泥的装卸依靠管道进行，采用气力或重力装卸方法，这种节点称水泥散装中转站。

这种专用集装系统的主要缺点是，专用设备不可能载货返程，因此只能空返，造成运力浪费和费用的增加。

（2）石油、燃料油。专用大型油罐车或专用油船将油运至中转库，一般是大型地下油库或油罐，再由油罐分运至各加油站，在加油站完成对用户的服务。

这种集装方式全部采用专用设备，运输效率高且安全，是油品运输的主体形式，这一领域，罐式集装箱反而应用较少。

四》 集装捆

集装捆是指用某一材料将货物通过捆扎的方法，集装成一定规格的集装货件。这是最简易的集装方法，用料少，效果好。主要用料是打包铁皮、编织打包带、绳索等。

五》 滑板

滑板（slip sheet）又称薄板托盘或滑片，是托盘的一种变形体，是在一个或多个边上设有翼板的平板，如图7—34所示，主要用于搬运、存储或运输单元载荷形式的货物或产品。

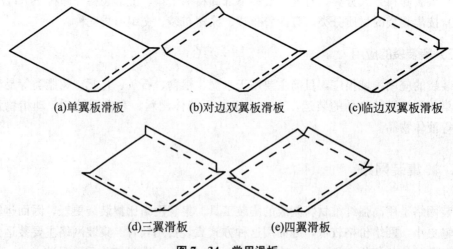

(a)单翼板滑板　　(b)对边双翼板滑板　　(c)临边双翼板滑板

(d)三翼滑板　　(e)四翼滑板

图7—34　常用滑板

只有带钳口推拉器的叉车，才能与滑板配合使用。取货时先用推拉器的钳口夹住滑板的壁板，将叉向前伸，并同时将滑板货体拉到叉上，卸货时先对好位，然后用推拉器将滑板货体推出，使货体就位。滑板集装的最大缺点是对叉车有特殊要求，影响叉车的通用性，且叉车附件造价高；另外，对操作人员的操作要求也较高，操作难度大。

📖 学习测试

1. 集装箱和托盘比较，有何优缺点？

2. 集装箱是如何分类的？有哪些种类？

3. 不定项选择：

(1) 托盘的主要优点是（　　　）。

A. 装盘容易　　　　B. 装载量较大　　　　C. 返空容易

D. 自重量小　　　　E. 需要购置费用

(2) 本体重量轻，耐腐蚀性强，易于清洁，适用于清洁要求较高的食品物流的托盘是（　　　）。

A. 木制平托盘　　　　　　　　B. 钢制平托盘

C. 塑料制平托盘　　　　　　　D. 高密度合成板制平托盘

(3) 美国的国家标准托盘是（　　　）。

A. 1 165mm×1 165mm　　　　　　B. 1 000mm×1 000mm

C. 1 200mm×800mm　　　　　　　D. 1 219mm×1 016mm

(4) 世界上目前使用最广泛的托盘规格有（　　　）。

A. 1 200mm×800mm　　　　　　　B. 1 000mm×800mm

C. 1 200mm×1 000mm　　　　　　D. 1 100mm×100mm

(5) 集装箱的内容积应为（　　　）。

A. ≥1m³　　　　B. ≥2m³　　　　C. <1m³　　　　D. <2m³

(6) 除了集装箱、托盘两种主体集装方式外，还有发挥特殊作用的集装方式，如化肥、粮食装运采用下列哪种集装方式？（　　　）

A. 集装捆　　　B. 集装网络　　　C. 罐体集装　　　D. 集装袋

📕 实训项目一

一、实训任务

1. 托盘码垛方式。

2. 托盘装载紧固。

二、实训目标

1. 掌握不同托盘材料、规格的使用场合及特点。

2. 掌握托盘货物码垛方法。

3. 掌握托盘装载货物紧固技术。

三、实训内容及要求

1. 应用重叠式、纵横交错式、旋转交错式、正反交错式码垛方法训练。

2. 5 人 1 组，堆码方法和紧固技术轮训。

3. 限 20 分钟完成。

四、实训器材

1 200mm×1 000mm 木制托盘或塑料托盘，若干个各种尺寸的纸箱、托盘网罩、框架、绑扎带、摩擦材料、专用金属卡具、黏合剂、胶带、收缩薄膜、拉伸薄膜等。

📘 实训项目二

一、实训任务

集装箱装载技术。

二、实训目标

1. 掌握各种集装箱类型的特点和适用场合。

2. 掌握纸箱货在集装箱中的装载方法。

三、实训内容及要求

1. 在 20ft 集装箱内装载纸箱货。

2. 按纸箱货的装载方法操作，注意缝隙的填塞和使用防倒塌的对装法。

3. 5 人 1 组，组长 1 人指挥，4 人操作。

4. 限 30 分钟内完成。

四、实训器材

20ft 集装箱一个，800mm×600mm×500mm 的纸箱货 50 箱，皆为空箱。

第八章 物流信息采集装备与技术

对物流信息进行实时、准确采集，是物流信息自动化管理的要求。实现自动识别及数据自动录入，就是对商品在入库、出库、分拣、运输等过程中的各种信息进行及时捕捉，以解决数据录入和数据采集的"瓶颈"问题。

条形码作为一种信息载体，是由宽度不同、反射率不同的条和空，按照一定的编码规则（码制）编制成的。常见的条形码是由反射率相差较大的黑条（简称条）和白条（简称空）排成的平行图案。目前，条形码技术在物流领域得到广泛应用和推广，因此，市场上出现了品种繁多的、适用于各种应用场合的条形码识别设备和数据采集器。

学习任务一　条形码识别设备

知识目标：了解条形码识别的基本原理，掌握条形码识别设备的类型。

能力目标：能够制作条形码，熟练操作条形码识别设备。

学习方法：本任务为实践技能学习，学生分组在物流实训室由实训指导教师组织学习。

一》 条形码识别的基本原理

条形码符号是图形化的编码符号，条形码符号的识别必须借助一定的专用设备，将条形码符号中所表示的编码信息转换成计算机可识别的数字信息。因而条形码识别系统应该由扫描系统、信号整形、译码三个功能部分组成，如图8—1所示。

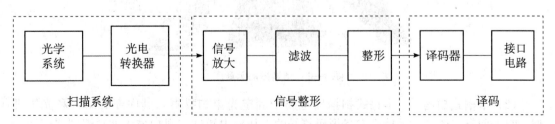

图8—1　条形码识别系统

扫描系统由光学系统和光电转换器组成，其功能是完成对条形码符号的光学扫描，通过光电转换器，将获得的条形码符号的光信号转换成为模拟电信号。

信号整形部分由信号放大、滤波和整形部分组成，其功能是将扫描系统获得的模拟电信号处理成为标准电位的矩形波信号，即标准的数字脉冲信号，其高低电平的宽度与条形码符号的条空尺寸相对应。

译码部分一般由译码器和接口电路组成，译码器的功能是对获得的条形码脉冲数字信号进行译码，译码的结果通过接口电路输出到条形码应用系统中的数据终端。

二》 条形码识别设备

（一）条形码识别设备的分类

按照条形码识别设备能够识别码制的能力和识别原理，可分为光笔与卡槽式、激光式、CCD 图像式三类条形码扫描器。光笔与卡槽式条形码扫描器只能识别一维条形码。激光式条形码扫描器只能识别一维条形码和行排式二维码（如 PDF417 码）。图像式条形码扫描器不仅可以识别一维条形码，而且还能识别行排式和矩阵式二维条形码。

（二）常用识读设备

1. 光笔和卡槽式扫描器

（1）光笔。光笔是最先出现的一种手持接触式条形码阅读器，也是最为经济的一种条形码阅读器。使用时，将光笔接触到条形码表面，通过光笔的镜头发出一个很小的光点，当这个光点从左到右划过条形码时，在"空"部分，光线反射，"条"部分，光线将被吸收，因此在光笔内部产生一个变化的电压，这个电压通过信号放大、整形后用于译码。光笔扫描过程如图 8—2 所示。

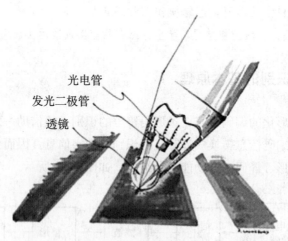

光电管
发光二极管
透镜

图 8—2 光笔扫描示意图

（2）卡槽式扫描器。卡槽式扫描器也属于固定光束扫描器，其内部的结构和光笔类似，它上面有一个槽，手持带有条形码符号的卡从槽中滑过实现扫描。这种识别器广泛用于时间管理和考勤系统。它经常和带有液晶显示和数字键盘的终端集成为一体。

2. 激光式扫描器

激光扫描技术的基本原理如图 8—3 所示，先由机具产生一束激光，再由转镜将固定方向的激光束形成激光扫描线（类似电视机的电子枪扫描），激光扫描线扫描到条形码上再反射回机具，由机具内部的光敏器件转换成电信号。

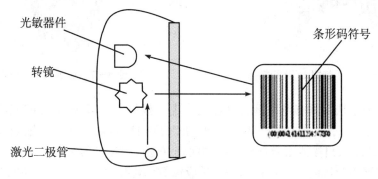

图 8—3　激光扫描工作原理

（1）手持激光扫描器。

手持激光扫描器又称激光枪，是一种被广泛应用的远距离条形码识别设备，其外观如图 8—4 所示。

（2）全向激光扫描器。

全向激光扫描器如图 8—5 所示。对于标准尺寸的商品条形码以任何方向通过扫描器识别区域时都能被准确地识别。这种扫描器一般用于商场、超市的收款台，可以安装在柜台下面，也可以安装在柜台侧面。

图 8—4　手持激光扫描器

图 8—5　全向激光扫描器

激光扫描器的优点是识别距离适应能力强，且具有穿透保护膜识别的能力，识别的精度高、速度快。其缺点是对识别的角度要求比较严格，而且只能识别层叠式二维码（如 PDF417 码）和一维码。

3. CCD 扫描器

CCD 扫描器是一种图像式扫描器，它是采用 CCD 元件作为光电转换装置，CCD 元件也叫 CCD 图像感应器。CCD 扫描器在扫描条形码符号时，其内部结构不需要任何驱动机构，便可实现对条形码符号的自动扫描。手持式 CCD 扫描器和固定式 CCD 扫描器是两种基本结构形式，分别如图 8—6 和图 8—7 所示。

图 8—6　手持式 CCD 扫描器

图 8—7　固定式 CCD 扫描器

CCD 元件通常选用具有电荷耦合性能的光电二极管和 CMOS 电容制成，并排成一维的线阵和二维的面阵。用于扫描一维条形码的 CCD 扫描器通常选用一维的线阵，用于扫描二维条形码的图像扫描器通常选用二维的面阵（也可选用一维的线阵）。

CCD 扫描器中使用的另一项技术是光学成像数字化技术，其基本原理如图 8—8 所示。它是将图像通过光学透镜成像在半导体传感器（即 CMOS 阵列）上，CMOS 阵列直接将图像数字化，并将采集到的图像数据送到嵌入式计算机系统进行处理。处理的内容包括图像处理、解码、纠错、译码，最后将处理结果通过通信接口（如 RS232）送往 PC 机。

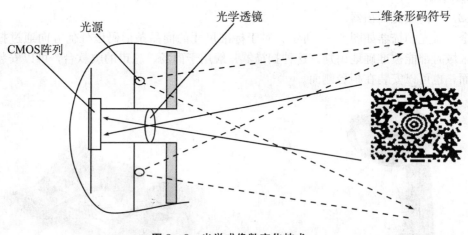
图 8—8　光学成像数字化技术

（三）条形码扫描设备的主要技术指标

（1）首读率。首读率是指首次读出条形码符号的数量与识读条形码符号总数量的比值。即：

$$首读率 = \frac{首次读出条形码符号数量}{识读条形码符号的总数量} \times 100\%$$

（2）误码率。误码率是指错误识别次数与识别总次数的比值。即：

$$误码率 = \frac{错误识别次数}{识别总次数} \times 100\%$$

（3）拒识率。拒识率是指不能识别的条形码符号数量与条形码符号总数量的比值。即：

$$拒识率 = \frac{不能识别的条形码符号数量}{条形码符号的总数量} \times 100\%$$

不同的条形码应用系统对以上指标的要求有所不同。一般要求首读率在85%以上，拒识率低于1%，误码率低于0.01%。但对于一些重要场合，要求首读率为100%，误码率为0.000 1%。

首读率过低，导致数据无法自动录入，而需要人工用键盘录入，降低了工作效率。对于一个条形码系统而言，误码率是最重要的一个指标，由误读引起的错误将造成信息的混乱和资源的浪费。

需要指出的是，在同一识别设备中首读率与误码率这两个指标是矛盾的，当条形码符号的质量确定时，要降低误码率，需加强译码算法，尽可能排除可疑字符，必然导致首读率的降低。当系统的性能达到一定程度后，要想在进一步提高首读率的同时降低误码率是不可能的，但可以牺牲一个指标而使另一个指标达到更高的要求。

（4）分辨率。扫描器的分辨率是指扫描器在识别条形码符号时，能够分辨出的条（或空）宽度的最小值。对于激光式扫描器而言，它与扫描光点（扫描系统的光信号的采集点）的尺寸有关。扫描光点尺寸的大小则是由扫描器光学系统的聚焦能力决定的，聚焦能力越强，所形成的光点尺寸越小，则扫描器的分辨率越高。对于CCD扫描器而言，如果要提高其分辨率，必须增加成像处CCD元件的单位元素数量。

需要说明的是，条形码扫描器的分辨率并非越高越好，在能够保证准确识别的情况下，并不需要把分辨率做得太高，若过分强调分辨率，一方面会增加设备成本，另一方面必然造成扫描器对印刷缺陷敏感程度的提高，如果条形码符号上有微小的污点、脱墨等都会对扫描信号产生严重的影响。理想的选择是：扫描光点的直径（椭圆形的光点是指短轴尺寸）为最窄单元宽度值的0.8~1.0倍。

（5）扫描景深。根据扫描器与被扫描的条形码符号的相对位置，扫描器可分为接触式和非接触式两种。所谓接触式扫描器是指扫描条形码时，扫描器直接接触被扫描的条形码符号；非接触式扫描器是指在扫描条形码时，扫描器与条形码符号之间要有合适的距离，这一距离可在一定范围内变化，这一变化范围称为扫描景深。扫描条形码时，扫描器与条形码符号之间的距离称为工作距离，工作距离与条形码长度的关系如图8—9所示。

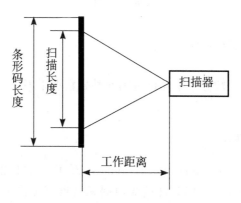

图8—9 工作距离与条形码长度的关系

扫描景深是非接触式的条形码扫描器的一个重要参数,显然,扫描景深越大越好,操作者可以在较大的工作距离范围内工作。

对图像式扫描器来说,由于 CCD 的成像原理类似于照相机,如果要加大扫描景深,则相应需要加大透镜,从而使 CCD 体积过大,不便操作。理想的 CCD 扫描器应无须紧贴条形码即可正确识别,而且体积适中、操作方便。

(6)扫描频率。扫描频率是指条形码扫描器进行多重扫描时每秒的扫描次数。选择扫描器的扫描频率时应充分考虑到扫描图案的复杂程度及被识别的条形码符号的运动速度。不同的应用场合对扫描频率的要求不同,单向激光扫描的扫描频率一般为 40 线/s;POS 系统用台式激光扫描器(全向扫描)的扫描频率一般为 200 线/s;工业型激光扫描器可达 1 000 线/s。

(7)抗污染和抗皱折能力。在某些环境中,条形码符号容易被水迹、手印、油污、血渍等弄脏,也可能因某种原因出现皱褶,使得表面不平整,致使在扫描过程中发生信号变形。因此要求条形码扫描器能够适应这种情况,在信号整形过程中给予充分考虑。

学习任务二　数据采集设备

知识目标:了解数据采集设备的分类,掌握数据采集设备的工作特点及性能指标。

能力目标:能够熟练操作数据采集设备,掌握其使用方法和要点。

学习方法:本任务为实践技能学习,学生分组在物流实训室由实训指导教师组织学习。

数据采集器也称为数据终端,它是手持式扫描器与掌上电脑(手持式终端)的功能组合为一体的设备单元。数据采集器与扫描器相比多了自动处理、自动传输功能。条形码扫描器扫描条形码后,经过接口电路直接将数据传送给 PC 机,而数据采集器扫描条形码后,先将条形码数据存储起来,根据需要再将数据以不同的传输方式送给 PC 机,根据实际需要,采集的数据可以实时传送,也可以批处理传送。另外,数据采集器作为一种终端设备,还可以直接利用终端的应用软件对数据进行处理。

一 》 数据采集器的分类

根据数据传输的方式,数据采集器可分为便携式数据采集器(批处理方式)和无线数据采集器(实时处理方式)两大类。

(一)便携式数据采集器

便携式数据采集终端(portable data terminal,PDT),也称便携式数据采集器或手持式终端(hand-hold terminal,HT)。便携式数据采集器(见图 8—10)是集条形码扫描、汉字显示、数据处理、数据通信等功能于一体的高科技产品,是电脑技术与条形码技术的完美结合。

便携式数据采集器硬件上具有计算机设备的基本配置：CPU、内存、电池、各种外设接口等；软件上具有计算机运行的基本程序：操作系统、可以编程的开发平台、独立的应用程序。它可以将计算机网络的部分程序和数据下载至手持终端，并可以脱离计算机网络系统独立进行某项工作。手持终端作为电脑网络系统的功能延伸，满足了日常工作中人们各种信息移动采集、处理的任务要求。

便携式数据采集器根据其功能特点又可分为数据采集型和数据管理型两种类型。数据采集型的产品主要应用于供应链管理的各个环节，快速采集物流条形码数据，在采集器上只作简单的数据存储、计算等处理，而后通过通信座将数据传输给计算机系统。这类采集器操作系统通常是 DOS 系统。数据管理型的产品主要用于数据采集量相对较小、数据处理的要求较高（通常情况下包含数据库的各种功能）的场合，此类设备的功能主要考虑对采集的条形码数据进行全面的分析，并得出各种分析、统计结果。为达到上述功能，通常采用 WinCE/Palm 环境的操作系统，可以内置小型数据库，比如日本 CASIO 的 IT70/IT700/DT－X10 等设备。

（二）无线数据采集器

无线数据采集器（见图 8—11）具有便携式数据采集器的所有功能，它与计算机的通信是通过无线电波来实现的，可以把现场采集到的数据实时传输给计算机网络系统。

图 8—10　便携式数据采集器　　　　　　图 8—11　无线数据采集器

无线数据采集器之所以称为无线，就是因为它可以直接通过无线网络和计算机、服务器进行实时数据通信。要使用无线数据采集器就必须先建立无线网络接入点（access point，AP），它是无线网络中一个不可缺少的设备，相当于一个连接有线局域网和无线网络的网桥，它通过双绞线或同轴电缆接入有线网络，无线数据采集器则通过与 AP 的无线通信和局域网的服务器或计算机进行数据交换。

二》 数据采集器的主要性能指标

由于大多数据采集器的使用环境较差，周围的湿度、温度等环境因素对手持终端的操作影响比较大，尤其是液晶屏幕、RAM 芯片等关键部件。因此用户要根据自身的使用环境情况选择手持终端产品。

在寒冷的冬天，作业人员使用数据采集器在户外进行相关业务操作，当工作完毕返回到屋内时，由于室内外的温差会造成电路板积水，此时如果马上开机工作，电流流过潮湿的电路板会造成机器电路短路。因此，高档的手持终端产品必须经过严格的防水测试，这样产品性能才可靠。对便携产品防水性能的考核，国际上有 IP 标准进行认证，通过测试的产品，发给证书。

抗震、抗摔性能也是手持终端产品的一项操作性能指标。作为便携使用的数据采集产品，跌落是难免的，因而手持终端要具备一定的抗震、抗摔性。目前大多数产品能够满足1m 以上的跌落高度。

在进行数据采集器的选择时，用户要考虑以下基本原则：

（1）适用范围。

根据使用环境的不同，选择不同的数据采集器。如应用在比较大型的立体仓库，由于有些商品的存放位置较高，离操作人员较远，就应当选择扫描景深大，读取距离远，且首读率较高的采集器。而对于中小型仓库，在此方面的要求不一定很高，可选择一些功能齐全，便于操作的数据采集器。对于用户来说，便携式数据采集器的选择最重要的一点是以"够用"为原则，而不要盲目追求价格高、功能强的采集器。

（2）译码范围。

译码范围是选择便携式数据采集器的又一个重要指标。一般情况下，采集器都可以识别几种或十几种不同码制，因此，用户在购买时要充分考虑到自己实际应用中的编码范围，来选取合适的采集器。

（3）接口要求。

采集器的接口能力也是选择采集器时重点考虑的内容。用户在购买时要首先明确自己使用的环境，再选择适合该环境和接口方式的采集器。

（4）对首读率的要求。

首读率是数据采集器的一个综合性指标，它与条形码符号的印刷质量、译码器的设计和扫描器的性能均有一定关系，首读率越高，其价格也必然越高。在产品的库存（盘点）中，可采用便携式数据采集器，由人工来控制条形码的重复扫描，对首读率的要求并不严格，它只是工作效率的量度而已。

📚 学习测试

1. 条形码识别系统的工作原理是什么？

2. 条形码扫描器有哪些类型？

3. 不定项选择：

（1）（　　）是指首次识别出条形码符号的数量与识别条形码符号总数量的比值。

A. 首读率　　　　　　B. 误码率　　　　　　C. 拒识率　　　　　　D. 错误率

（2）扫描器的（　　）是指扫描器在识别条形码符号时，能够分辨出的条（或空）宽度的最小值。

A. 首读率　　　　　　B. 误码率　　　　　　C. 拒识率　　　　　　D. 分辨率

（3）（　　）是指条形码扫描器进行多重扫描时每秒的扫描次数。

A. 首读率　　　　　　B. 误码率　　　　　　C. 扫描频率　　　　　　D. 分辨率

（4）（　　）也称为数据终端，它是手持式扫描器与掌上电脑（手持式终端）的功能组合为一体的设备单元。

A. 手持激光式扫描器　B. CCD 扫描器　　　　　C. 光笔　　　　　　　　D. 数据采集器

实训项目

一、实训任务

1. 了解数据采集器的硬件特点、分类及使用维护的要点，并了解采集器不能识别条形码的原因。

2. 练习如何使用条形码数据采集器。

二、实训目的及训练要点

了解手持终端并掌握使用条形码数据采集器的方法和要点。

三、实训设备、仪器、工具及资料

条形码数据采集器、贴有可识别条形码的货物。

四、实训内容及步骤

1. 检查条形码数据采集器是否有电，是否处于待工作的正常可使用状态。

2. 打开条形码数据采集器电源，将其对准货物上的条形码，体会条形码扫描输入过程中的注意事项。

3. 观察条形码数据采集器的液晶显示屏，然后准备下一个条形码的扫描输入。

第九章 物流智能装备与技术

所谓智能（intelligence）一般指随外界条件的变化，自动确定正确行为的能力。物流智能装备是集现代物流技术中的信息化、自动化、机电一体化等新技术于一体，广泛应用于现代物流业中。目前在一些物流企业应用的自动导引车、物流机器人、自动分拣设备、电子标签拣货系统等均属智能物流装备。

学习任务一　自动导引车

知识目标：了解自动导引车的特点、分类以及在物流中的应用，掌握自动导引车的构成以及工作原理。

能力目标：能够根据物流仓库布局合理设置自动导引车。

学习方法：本任务为理论学习，学生分组在教室由理论指导教师组织学习。

一　自动导引车

（一）自动导引车的概念

自动导引车（automatic guided vehicle，AGV）也称无人搬运车或自动搬运车，是一种现代化的先进物料搬运设备，如图9—1所示。

GB/T 18354—2006定义自动导引车（AGV）为：能够自动行驶到指定地点的无轨搬运车辆。自动导引车能够自动地从某一地点将物料移送到另一个指定地点，其导引方式通常采用电磁感应导引、惯性导引、激光导引等。自动导引车的动力驱动采用蓄电池供电，能够自动充电。自动导引车采用先进的自动控制系统或计算机控制系统控制，与现场相关设备联成一个完整的功能网络，实现自动运行、自动作业、智能检测等功能，并且具有较好的柔性。

AGV最早出现在20世纪50年代，近60年来，AGV发展非常迅速，在日本、美国、德国等工业发达国家已经非常成熟，应用范围十分广泛。目前主要的发展方向是开发不需固定线路的具有全方位运行能力的AGV，以及在超重负荷、高定位精度等一些特殊工况

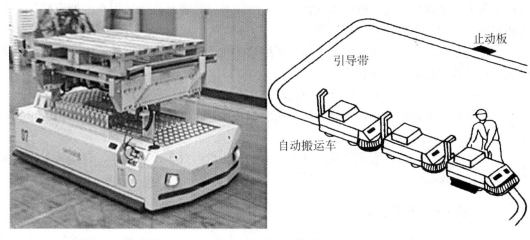

图 9—1　自动导引车

下的工作能力。

自动导引车根据用途的不同，可分为自动导引搬运车、自动导引牵引车、自动导引叉车等，其中自动导引搬运车是使用最多的一种，占 85% 左右。自动导引车的载重量一般为 50~5 000kg，载重量为 2 000kg 以下的自动导引车，约占总数的 90%。

（二）自动导引车的特点

AGV 的显著特点是无人驾驶，AGV 上装备有自动导向系统，可以保障系统在不需要人工引航的情况下就能够沿预定的路线自动行驶，将货物或物料自动从起点送运到目的地。

AGV 的另一个特点是柔性好，自动化程度和智能化水平高，AGV 的行驶路径可以根据仓储货位要求、生产工艺流程等的改变而灵活改变，并且运行路径改变的费用与传统的输送带和刚性的传送线相比非常低廉。

AGV 一般配备有装卸机构，可以与其他物流设备自动接口，实现货物和物料装卸与搬运全过程自动化。

此外，AGV 还具有清洁生产的特点，AGV 依靠自带的蓄电池提供动力，运行过程中无噪声、无污染，可以应用在要求工作环境清洁的场所。

（三）自动导引车的分类

自动导引车按照以下方式进行分类：

（1）按照导引方式分类，可分为外导式导引和自导式导引。外导式导引方式必须在自动导引车预定的行走路线上敷设电磁、光学或磁性导引带，外导式导引车通过车上的检测装置检出导引带的信号，并经过分析计算，不断调整行走方向，使得自动导引车能沿着预定的路线行走。自导式导引方式是根据预定任务的要求，在自动导引车上储存好作业环境的信息，通过识别车体某一时刻的位置信息与环境信息相比较，自动计算并调整路径，通常的方式有：坐标识别法、惯性导航法、激光导航法等。这些方法柔性好，但技术复杂，且价格较高。

（2）按照控制方式分类，可分为智能型和普通型。智能型自动导引车具有车载计算机，车内存储有全部运行路线和相应的控制信息，只要事先设定起始点和要完成的任务，自动导引车就可以自动选择最佳路线完成指定的任务。普通型自动导引车的所有功能、路线和控制方式均由主控计算机进行控制。

（3）按照移载方式分类，可分为侧叉式移载、前叉式移载、辊筒输送机式移载、链条输送机式移载、升降台式移载等。

（4）按照转向方式分类，可分为前轮转向、差速转向和独立多轮式转向等。

（5）按照充电方式分类，可分为交换电池式和自动充电式，自动导引车大多应用自动充电式充电。

（6）按照用途和结构形式分类：牵引型拖车、托盘运载车、承载车、自动叉车、装配小车和自动堆垛机等。

（四）自动导引车的应用

自动导引车的出现对传统的物料搬运技术是一次革命，它以高效、安全、灵活、低耗、先进等优点广泛应用于众多的物流场合。近年来，自动导引车的应用范围和领域不断扩大，从超级市场、车间扩大到办公室、宾馆、图书馆、自动化仓库和配送中心。

目前制造业是应用自动导引车最多的，尤其在汽车生产装配作业中。电子工业是自动导引车的新兴用户，由于生产的多品种、批量小，自动导引车比传统的带式输送机具有更大的柔性。

在现代化图书馆，自动导引车用于图书的入库和出库，可以自动地将图书送到指定的地点。

在现代化仓储基地，自动导引车已成为提高仓库作业自动化的主要标志之一，如图9—2所示。在自动化仓库和配送中心，自动导引车广泛地应用于库存货物的搬运。海尔公司于2001年年初建造的国际自动化物流中心，其原料、成品两个自动化系统，就应用了世界上最先进的自动导引车系统。它们采用了激光导引技术，在主控计算机的调度下，自动完成装货、卸货、充电、行走等功能。9台AGV组成的一个柔性的库内自动搬运系统，成功地完成了每天23 400件零部件的出、入库的搬运任务。

图9—2　AGV在自动化立体仓库的应用

在现代化的邮局、港口码头和机场，货物的运送存在着作业量变化大、动态性强、作业流程经常调整以及搬运作业过程单一等特点，AGV 的并行作业、自动化、智能化和柔性化的特性能够很好地满足上述场合的搬运要求。我国于 1990 年在上海邮政枢纽开始应用 AGV，用于完成邮件的搬运工作。在荷兰鹿特丹港口，50 辆 AGV 完成集装箱从泊位运送到几百米以外的仓库这一复杂性工作，如图 9—3 所示。

图 9—3 AGV 在港口的应用

二》 自动导引车的工作原理

（一）自动导引车的构成

自动导引车由机械系统、动力系统和控制系统三大部分组成。

1. 机械系统

自动导引车的机械系统包括：车体、车轮和转向装置、移载装置。

（1）车体。车体是自动导引车的主体，由车架和相应的机械电气结构组成。车体同时承载货物及车体全部（包括电池组）的重量，因此车体的设计必须满足一定的机械强度，车架通常采用焊接钢结构。根据不同的应用需求，蓄电池安放在车架上适当的位置。

（2）车轮和转向装置。自动导引车通过车轮与地面接触，并通过车轮支撑起车体和货物，车轮的另一个功能是转向。自动导引车通常设计成三种运动方式：向前单向、前后双向、全方位运动。

自动导引车的转向装置的结构有三种：

1）铰轴转向式三轮车型，如图 9—4 所示。车体前部是一个铰轴转向车轮，同时也是驱动轮，转向和驱动分别有两个电动机带动，车体后部是两个自由轮，这种车型定位精度较低。

2）差速转向式四轮车型，如图 9—5 所示。车体中部有两个驱动轮，分别由两个电动机驱动。车体的前、后部分别有一个自由转向轮。通过控制两个驱动轮的速度比可以实现车体的转向和前后行驶，这种车型定位精度较高。

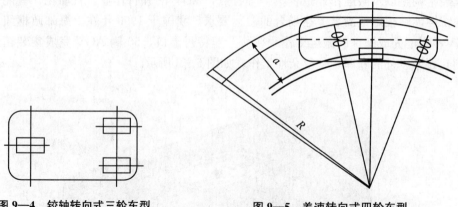

图9—4　铰轴转向式三轮车型　　　　图9—5　差速转向式四轮车型

3）全轮转向式四轮车型，如图9—6所示。车体的前、后部各有两个驱动和转向一体化车轮，每个车轮分别由两个电动机带动，通过控制四个车轮的方向和速度，可以实现沿纵向、横向、斜向和回转方向任意路线行驶，这种车型控制比较复杂。

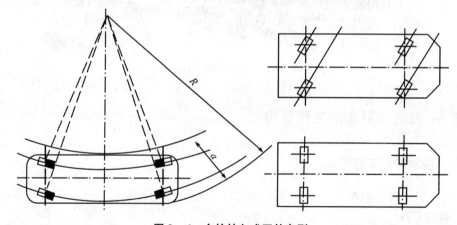

图9—6　全轮转向式四轮车型

（3）移载装置。自动导引车可以采用输送机、升降平台、伸缩货叉、机械手等多种移载装置来装卸货物。

车体上的移载装置要与地面上的承载装置相匹配。如果车体上采用升降平台、升降货叉、机械手等作为移载装置，那么地面上可用无动力的固定承载台，用车体上的移载装置来完成装货和卸货作业。

如果车体上采用输送机式移载装置，则地面上要配合使用输送式承载台，主要由车体上的输送机式移载装置将车上的货物卸到承载台上。

2．动力系统

大多数自动导引车都以车载蓄电池为能源，由直流电动机提供驱动力。自动导引车常用的蓄电池有：铅—酸蓄电池和镍—镉蓄电池。

（1）铅—酸蓄电池。采用全封闭免维护的固态电解质，具有自动充液系统，可以减少对室内作业环境和车上电气设备的酸性腐蚀。

（2）镍—镉蓄电池。采用纤维极板，无污染、寿命长、比能量高，可以短时间快速大电流充电，适应车辆高效连续作业的要求。

自动导引车的驱动装置是一个伺服驱动的变速控制系统，可驱动车体运行并具有速度控制和制动能力。驱动装置由车轮、减速器、制动器、电动机及速度控制器等部分组成，并由计算机或人工进行控制。

3.控制系统

自动导引车的控制系统包括车载控制器和地面控制器，均采用微型计算机技术，它们之间通过通信系统进行信息交换。自动导引车的所有作业过程均在车载控制器和地面控制器控制下完成，如图9—7所示。

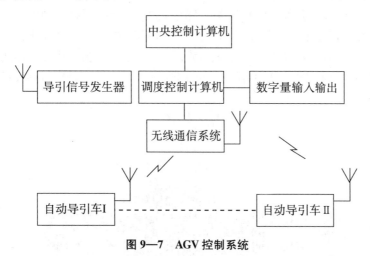

图9—7 AGV控制系统

输入AGV的控制指令由地面控制器发出，存入车载控制器。AGV运行时，车载控制器通过通信系统从地面控制器接收指令并报告自身状态。车载控制器可以完成手动控制、安全装置起动、蓄电池状态、转向极限、制动器解脱、行走灯光、驱动和转向电动机控制及充电接触器状态等监控。

（二）自动导引车的主要技术参数

（1）额定载重。额定载重指自动导引车所能承载的最大载荷重量。

（2）自重。自重指自动导引车含电池的重量。

（3）外形尺寸。外形尺寸指车体的外形的三维尺寸，这一尺寸应该与所承载的货物的尺寸和作业场地相适应。

（4）导引方式。导引方式指自动导引车所采取的导引方式，通常有电磁导引、光学导引、磁带导引、激光导引或非预定路径导引等方式。

（5）停位精度。停位精度指自动导引车某一阶段作业结束时所处的位置与程序设定的位置之间所差的距离，通常以毫米计算。

（6）转弯半径。转弯半径指自动导引车在空载低速行驶、偏转程度最大时，瞬时转向中心距自动导引车纵向中心线的最小距离。

（7）运行方式。运行方式指自动导引车运行时的转向方式。

（8）运行速度。运行速度指自动导引车在额定载重量下行驶的最大速度。

（9）电池电压。电池电压指车载电池的电压值，有 24V 和 48V 两种，常使用 48V。

（三）自动导引系统

自动导引系统是 AGV 的关键组成部分，使 AGV 具备智能特性，在地面控制器和车载控制器的控制下，自动按照预定的路线运行。自动导引车具有多种导引方式，单机可采用一种或多种导引方式实行导引。

1. 电磁导引

电磁导引这种导引方式需要在设定路线的地面上开一条宽约 50mm、深约 15mm 的槽，在槽里埋设电缆，接通低压低频信号（电流为 200～300mA，频率为 2～35kHz），在电缆周围产生交变磁场。自动导引车上安装有两个感应线圈，分别检测来自电缆产生的交变磁场，并转换为感应电压，通过比较两个电压值，可以得知 AGV 是否偏离规定的路线。如果 AGV 偏离到导引电缆的右方时，一个感应线圈的电压将比另一个感应线圈的电压高，比较两电压，从而可以控制导引电动机使 AGV 从偏右位置调整回到中间位置。电磁导引装置如图 9—8 所示。

图 9—8 电磁导引

电磁导引的优点：引线隐蔽，不易污染和破损，导引原理简单而可靠，便于控制和通信，对声、光无干扰，制造成本较低。电磁导引的缺点：路径难以更改扩展，对复杂路径的局限性大。

2. 激光导引

AGV 上安装有可旋转的激光扫描器，在运行路径沿途的墙壁或支柱上安装有高反光性的定位标志。激光扫描器发射激光束，AGV 接受由四周定位标志反射回的激光束，车载控制器计算出车辆当前的位置以及运动的方向，通过和内置的数字地图进行对比来校正方位，从而实现自动搬运。激光导引装置如图 9—9 所示。

目前，激光 AGV 的应用越来越普遍，并且依据同样的引导原理，若将激光扫描器更换为红外发射器或超声波发射器，则激光引导式 AGV 可以变为红外引导式 AGV 和超声波引导式 AGV。

激光导引的优点：AGV 定位精确，地面无须其他定位设施，行驶路径可灵活多变，能够适合多种现场环境。激光导引是目前国外许多 AGV 厂家优先采用的先进导引方式。

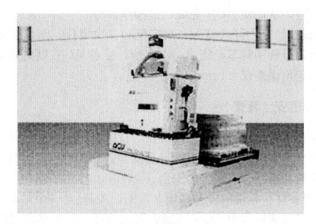

图 9—9　激光导引

3. 惯性导引

惯性导引是在 AGV 上安装陀螺仪，在行驶区域的地面上安装定位块，AGV 通过对陀螺仪偏差信号的计算及地面定位块信号的采集来确定自身的位置和方向，从而实现导引。惯性导引装置，如图 9—10 所示。

图 9—10　惯性导引

惯性导引技术在航天和军事上较早运用，是 AGV 领域新兴的一项技术。惯性导引的优点是技术先进、定位准确性高、灵活性强、便于组合和兼容、适用领域广。惯性导引的缺点是制造成本高，导引的精度和可靠性与陀螺仪的制造精度及使用寿命密切相关。

（四）自动寻址系统

自动寻址系统主要指 AGV 控制系统中用于 AGV 正确寻找任务地址并能精确停靠的控制系统。

自动导引车系统中，系统将设定若干个位置为 AGV 寻找的地址。运行时，AGV 在系统程序的导引下，沿确定的路线向目的地址行走，当接近目的地址时，AGV 自动减速停靠。

在车辆停靠地址设置传感标志，如磁铁、色标等，自动导引车以相对认址或绝对认址的方式来接收标志信号，从而使 AGV 完成认址操作。

AGV 在目的地址处的定位可以分为一次定位和二次定位。车辆接近目的地址时，提前减速，在目的地址附近制动驻车，完成一次定位，接着 AGV 以更高的精度和机械方式进行二次定位，最终定位误差仅±1mm。

（五）自动导引车的安全装置

自动导引车安全装置的作用包括防止设备在运行中出错和预防运行出错对人员及环境设施产生的影响。安全装置除了保护 AGV 自身安全、维护 AGV 功能顺利完成外，还在最大的范围内保护人员和运行环境设施的安全。

AGV 采取了多级硬件、软件的安全措施。首先，AGV 是一个运动的部件，车体设计必须符合安全要求，考虑到运行中 AGV 可能会同人或者其他物体相碰撞，除了操作上的需要，车体的外表不得有尖角和其他凸起等危险部分。其次，在 AGV 的前面设有红外线非接触式防碰传感器和接触式防碰传感器（保险杠）。红外线非接触式防碰传感器是一种障碍物接近检测和减速装置，在规定有效范围内，它将控制 AGV 减速直至停车。而接触式防碰传感器则是一种强制停车安全装置，它产生作用的前提是车体与其他物体相接触，并使传感器产生一定的变形，从而触动相关限位装置，强行使车体断电停车。显然，这种防碰装置是 AGV 安全保护措施的最后一道安全保护屏障。

AGV 还安装了醒目的警示灯光信号和声音报警装置，以提醒附近的操作人员。一旦发生故障，AGV 自动进行声光报警，同时通过通信系统通知控制系统自检排障。

此外 AGV 还设有装卸移载货物执行机构的自动安全保护装置，以解决 AGV 在进行作业时的位置定位、位置限位、货物位置检测、货物形态检测和机构自锁等操作环节的安全保护。

三》 自动导引车系统（AGVS）

自动导引车系统（automatic guided vehicle system，AGVS）是指由若干台（种）AGV 与地面控制器所组成的，能在系统的控制下自动、准确完成特定的物料搬运和装卸作业的机电一体化系统。该系统由计算机和电子控制器进行系统管理，并形成一个具有柔性的功能网络。由于应用的任务、范围、规模和自动化水平的不同，AGVS 可以是一个独立的作业系统，也可以是总体生产作业中的一个环节性子系统。

AGVS 由以下两部分组成，这两部分组成在设置时根据生产需要，经过规划设计而确定，它们必须是相互匹配和相互制约的。

（一）单车或车队

一个系统可以由单台 AGV 或多台 AGV 组成，并且根据需要可以使用多种类型的 AGV，以适应系统之间的衔接，车体结构可以是通用型的，也可以与地面系统相匹配，还可以选择不同的功能部件。

（二）地面导引和管理系统

自动导引车按指定路线运行，必须配有制导定位系统、调度指挥系统、交通指挥系统、通信联系系统以及防撞安全系统。

安全设计是自动导引车开发设计中最重要的一环，对于 AGVS 来说，安全问题同样也是十分重要的，安全装置是 AGVS 中必不可少的。系统设计中，要根据可能出现的安全问题，采取相应的硬件和软件措施，确保系统的安全运行。

AGVS 技术在欧美、日本等西方国家已经非常成熟，应用范围也十分广泛。当前，AGVS 技术的主要发展方向是开发不需固定路线的具有全方位运行能力的 AGVS，以及在超重负荷、高定位精度等一些特殊环境下的工作能力。

AGVS 技术的另一个发展方向是模块化设计。AGVS 是一种用户性很强的产品，不同的用户会提出不同的需求，为了能够进行批量生产，必须统一物流系统中的托盘或容器的结构和尺寸。由于不同的 AGVS 有许多模块功能是相同的，因此为了能适应不同的使用要求和缩短新产品开发周期，最好采用模块化的设计方法，将 AGVS 的各功能模块做成不同的系列，再根据具体的使用要求进行组合。

AGVS 技术十分重视物流路线的设计，重视 AGVS 运行路线的规划方法，因此 AGVS 技术的再一个发展方向是研究 AGVS 自主回避障碍物并能到达目的地的路线规则。基于一定路径规则的模型，寻找路径规则的最佳算法，从而为 AGVS 的智能化水平提高，制定更佳的方案。

学习任务二　物流机器人

知识目标：了解仓库机器人的特点、分类的应用，掌握常见机器人的基础组成及工作特点。

能力目标：能够熟练操作仓储管理信息系统，正确控制物流机器人作业。

学习方法：本任务理论学习，学生分组在教室由理论指导教师组织学习。

一》 机器人概述

(一) 机器人的发展

机器人（robot）是人类 20 世纪的重大发明之一。20 世纪中叶，美国制造出世界上第一台真正意义上的工业机器人，它可以根据生产过程的要求，根据不同的工作需要编制不同的程序进行工作。机器人的出现和应用，是 20 世纪自动控制理论和实践的重大成就，机器人技术综合了许多学科的发展成果，代表了新技术的发展前沿。

机器人技术正在以超乎一般人所预料的速度向前发展，对机器人这一概念的理解及定义也在发生变化。1984 年末著名科学家钱学森指出：所谓机器人，就是指那些有特定功能的自动机，它是机电一体化的，具有人工智能因素的 20 世纪 80 年代高技术，是新技术革命的重要内容之一。

目前世界上工业发达国家都广泛应用工业机器人，据统计，工业机器人产品以每年超过 10%的发展速度增长，目前全球有超过 130 万台工业机器人在服役，广泛应用于汽车工业、电子工业等行业上，主要用于焊接、装配、搬运、加工、喷涂、码垛等复杂作业。以机器人为核心的自动化生产线适应了现代制造业多品种、小批量的柔性生产发展方向，具有广阔的市场发展前景和强劲生命力。

20 世纪 70 年代我国就开始了机器人的研制开发，1980 年第一台工业机器人诞生。20 世纪 80 年代中期国家投资 6 000 万元在沈阳建立了全国第一个机器人研究示范工程，全面展开了机器人基础理论与基础元器件研究，以推动我国机器人技术研究开发与产业化发展进程。近 40 年来，相继研制出搬运、点焊、弧焊、喷漆、装配等门类齐全的工业机器人及水下作业、军用和特种机器人。我国自行生产的机器人喷漆流水线已经在长春第一汽车厂及东风汽车厂投入运行。

（二）机器人的特点

机器人是一种具有高度灵活性的自动化机器，它具有一些与人类或生物相似的感知能力、规划能力、动作能力和协同能力。同时机器人还能做许多人不能做的事情，如高度重复性的动作和复杂危险环境中的工作。机器人作业时具有的特点：

（1）通用性。机器人的用途非常广泛，既可以进行搬运，还可以进行焊接、装配、探测等作业。

（2）自动性。机器人完全依赖预先编制的程序工作，通常不需要人的参与，节约了大量的劳动力。

（3）准确性。机器人的各个零部件制作和安装都非常精确，机器人严格按照程序操作，这样机器人的动作具有很高的精确度，一般可以达到 0.1mm 的精度。

（4）灵活性。机器人的机械臂具有 3～6 个自由度，因此机器人的动作具有很高的灵活性。

（5）柔软性。当产品的品种和规格发生变化时，只要对程序进行相应的修改，机器人就可以进行新的操作，而不需要对机器进行改动。

（三）机器人的分类

机器人可以分为两大类型：工业机器人和特种机器人。

（1）工业机器人是面向工业领域的多关节机械手或多自由度机器人，在汽车制造、摩托车制造、舰船制造、家电产品制造、化工生产等自动化生产线中，工业机器人能出色地完成点焊、弧焊、切割、电子装配等工作。在物流系统中，工业机器人可以完成搬运、包装、码垛等作业。

（2）特种机器人是除了工业机器人之外，用于非制造业并服务于人类的各种先进机器人。特种机器人包括服务机器人、水下机器人、娱乐机器人、农业机器人、军用机器人、仿人形机器人、微操作机器人等。

物流机器人是指应用于物流过程中的各类机器人，常见的物流机器人有搬运机器人、码垛机器人和质量机器人等。

二》 常见的物流机器人

（一）搬运机器人

货物的搬运是物流系统中必不可少的重要环节，传统的人工搬运方式早已被机械搬运方式取代，特别是在一些自动化程度较高的自动化仓库中，或在一些特殊的场合（如有放射性辐射），使用搬运机器人非常必要。

搬运机器人能够根据任务要求，自动按照预先设定的程序，将货物从一个地方移送到另一个地方。常见的搬运机器人有如下几种形式：

（1）带有自动机械手的 AGV。

在 AGV 上加装机械手，配合车载装卸机构，自动装载货物，并放置到指定位置。机械手臂为 6 个自由度的垂直多肘节，可以做复杂的搬运货物的动作，搬运不同的货物时，需要更换不同的抓持机构。

这种搬运机器人的特点是能够实现较远距离的自动搬运，常应用在自动化仓库。

（2）直角坐标机器人。

直角坐标机器人也叫多维机器人，主要用于货物或工件的短距离搬运，其搬运距离在数米以内。这种机器人有二维、三维或多维，如图 9—11 和图 9—12 所示。

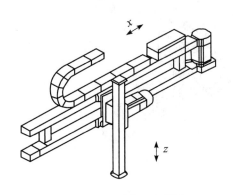

图 9—11 二维搬运机器人

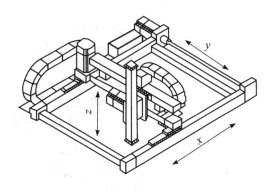

图 9—12 三维搬运机器人

多维机器人在每一个方向均有线性导轨。线性导轨由精制铝型材、齿型带、直线滑动导轨和伺服电机等组成。滑块上安装抓持机构，用于抓取货物。机器人由微型计算机控制。

在自动化立体仓库中，常用多维机器人进行拣货和搬运。如图 9—13 所示，三维搬运机器人在进行拣货和搬运。

（3）多自由度关节式搬运机器人。

这种机器人采用多轴伺服电机驱动控制，实现多轴空间联动，空间位置和方位角非常灵活。配置不同工具包可实现搬运、码垛、焊接、装配等工作，具有较高的柔性自动化水平。由于多自由度机器人动作灵活、定位精度高、柔性度高，因此广泛应用于多个领域，是一种很有发展前途的机器人形式。多自由度机器人，如图9—14所示，适用于近距离货物或工件的搬运。

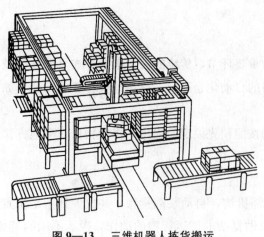

图9—13　三维机器人拣货搬运

图9—14　多自由度机器人

(二) 码垛机器人

码垛机器人（见图9—15）的作用是能自动将不同外形尺寸的包装货物整齐地、自动地码在托盘上。

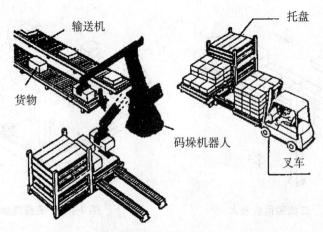

图9—15　码垛机器人

当货物进入工作区，码垛机器人能够自动识别货物的大小和方位，并根据预先设定的动作程序，将货物抓起移送到托盘上，货物的堆放顺序和形式也是程序预先设定，当货物堆垛完成，能自动完成捆扎，然后通过输送机送走。

码垛机器人根据操纵机构不同，可以分为直角坐标型和多关节型码垛机器人；根据抓具不同，可以分为侧夹型、底拖型和真空吸盘型码垛机器人。

现代码垛机器人的特点：一是工作精度高，运动的轨迹十分精确、重复定位精度可达0.35mm；二是速度快，如EC—141高速码垛机器人的工作速度可以达到1 400次/小时；三是柔性程度高，只要更换抓具和工作程序，就能完成不同的码垛任务。

（三）质量机器人

货物长期存储，因潮湿致使生锈、发霉，或因保管不当、搬运破散、堆放倒塌，导致物品质量下降，需及时翻仓检查，以免造成大面积损失，特别是食品、棉制品物资的仓库存储，霉变、生虫等情况更是严重。若依靠人工控制消除虫害困难很大，必须借助小型质量机器人。小型质量机器人能自动爬到被检查货物托盘上，钻进货箱（货包）仔细检查，判断受检物品的损失程度、受害面积和受灾位置，通过无线通信向仓库指挥室报告，然后动用搬运机器人作业，送出仓库统一处理。还有一种更高级的堆物质量机器人，当发现物资虫害情况时，能及时发出虫害信号，并使用携带的小型喷药筒放药控制灾情蔓延，进行前置处理。

三》 机器人的基本组成

机器人虽然被称为"人"，但它们的外形却与人相差甚远。机器人根据不同的使用场合和使用目的，可以有各种不同的形状。尽管如此，完整机器人的基本组成与人的各种器官类似。机器人的基本组成有"大脑"、"手"、"脚"和"眼睛"等。

（一）机器人的"大脑"

机器人的"大脑"是计算机。在机器人中，计算机担当起程序与数据储存、信息收集、数据分析、逻辑判断、动作指令发布等工作。

机器人应用的计算机有：单片机、可编程逻辑控制器（PLC）、工业控制机、PC 机等。机器人应用的计算机功能一般比较单一，但要求性能稳定、可靠性高、故障率低、检修方便。

仅有计算机硬件，机器人的"大脑"还无法运行。只有在程序的控制下，机器人才能按规定的要求去工作。程序就是机器人的"灵魂"，由计算机编程语言所编写。常用的编程语言有：C 语言、汇编语言或者高级语言。

机器人按照预定的程序工作，能根据工作过程中出现的各种情况，自动进行分析判断，并执行相应的程序，发出操作指令。对于某些未预料的情况，有的机器人还能够进行分析学习，决定处理的最佳方法并记忆下来，下次再遇到同样情况，机器人就会根据上次学习记忆的方法进行处理。

有的机器人还具有人工智能和自我诊断维护功能。

（二）机器人的"手"和"脚"

机器人必须有"手"和"脚"，才能完成机器人"大脑"发出的命令动作。机器人的"手"和"脚"不仅是一个执行命令的机构，而且还应该具有识别功能，这就是我们通常所说的"触觉"。机器人通过"手"和"脚"的识别功能，判断所接触物体的冷热、软硬以及轻重，并将获得的识别信息传到机器人的"大脑"，从而调节"手脚"的动作，使操作动作适当。机器人的"手"是一双会触摸、有识别能力的灵巧的"手"。

随着科技的发展，现代机器人的技术发展也很快，目前人们已经能够制造出具有类似人手的各种功能的机器人"手"，它具有灵巧的"手指"、"手腕"、"手肘"和"肩胛关节"，能够灵活自如地伸缩摆动，"手腕"也会转动弯曲，通过"手指"上的传感器还能检测出被抓物体的形状和重量。

工业机器人的手的主要功能动作是夹、抓、提、举，一般都没有手掌，全靠手指抓取、夹持物体，因此，工业机器人的手与其说是"手"，还不如说是"夹钳"。应用在物流仓库中的机器人，其机器"手"往往做成夹具形状，夹具可以更换以适应搬运不同形状和重量的货物。

机器人的"脚"主要用于支撑机器人和货物的重量，并且应该提供机器人移动和转动功能。同样机器人的"脚"也不必做成人脚的形状。

（三）机器人的"眼睛"

机器人以"眼睛"和计算机为主要部件组成视觉系统，其功能是抓获图像信息并传送到计算机，再通过计算机进行图像信息的处理。

机器人视觉系统主要应用于以下三方面：

（1）进行产品检验，代替人的目检。检验内容包括：形状检验——检查和测量零件的几何尺寸、形状和位置；缺陷检验——检查零件是否损坏，划伤；齐全检验——检查部件上的零件是否齐全。

（2）在机器人进行装配、搬运等工作时，视觉系统对需装配的一组零、部件逐个进行识别，并确定空间的位置和方向，引导机器人的手准确地抓取所需的零件，并放到指定位置，完成分类、搬运和装配任务。

（3）为移动机器人进行导航。利用视觉系统为移动机器人提供它所在环境的外部信息，使机器人能自主地规划它的行进路线，回避障碍物，安全到达目的地，并完成指令的工作任务。

计算机图像信息处理技术是机器人视觉系统的重要组成部分。目前机器人视觉系统在信息获取、信息处理与特征抽取、判决分类等方面的研究进展很快，有许多功能已经接近人类的视觉系统。

四》 机器人的主要技术参数

（一）抓取重量

抓取重量也叫负荷能力，是指机器人在正常运行速度时所能抓取的重量。机器人的抓取重量与运行速度有关，当运行速度增大时，所能够抓取工件的最大重量将减少，因此，为了安全起见，作为技术指标的抓取重量常指明运行速度。

（二）运行速度

运行速度与机器人的抓重、定位精度等参数有密切关系，同时也直接影响机器人的运行周期。通常机器人的最大运行速度在1 500mm/s以下，最大回转速度在120mm/s以下。

（三）自由度

自由度是指机器人的各运动部件在三维空间坐标轴上所具有的独立运动的可能状态，每个状态为一个自由度。机器人的自由度越多，其动作越灵活、适应性越强，但结构越复杂。一般情况下，机器人具有3～5个自由度即可满足使用上的要求。

（四）重复定位精度

重复定位精度是指机器人的手部进行重复工作时能够放在同一位置的准确程度，是衡量机器人工作质量的一个重要指标。它与机器人的位置控制方式、运动部件的制造精度、抓取的重量和运动速度有密切关系。

（五）程序编制与存储容量

程序编制与存储容量是指机器人的控制能力，用存储程序的字节数或程序的指令数表示。存储容量越大，机器人的适应越强、通用性越好、从事复杂作业的能力也越强。

学习任务三　自动分拣系统

知识目标：了解分拣的特点和分类，掌握自动分拣系统的组成及工作过程。

能力目标：能够根据分拣信号输入方法的不同在线拣选。

学习方法：本任务实践技能学习，学生分组在物流实训室由实训指导教师组织学习。

一 》 分拣概述

分拣就是将很多的商品按品种、地点和顾客的订货要求，迅速准确地从储位拣取出来，按一定的方式进行分类、集中并分配到指定位置，等待配装送货。传统的分拣方式成本较高，有数据表明，物流成本约占商品最终售价的30%，而分拣成本又占物流成本的绝大部分，同时分拣货物作业所需的时间又占物流中心作业时间的40%。为此，若要降低物流成本，节省时间，提高物流中心的效率，首先应从分拣作业着手改进。目前，国内外大容量的仓库或配送中心里，几乎都配有自动分拣系统。自动分拣系统具有较高的分拣能力、分拣速度，能处理各种各样的商品，已经成为物流系统中重要的组成部分。

二 》 分拣方式

按照分拣手段的不同，分拣可分为传统分拣和自动分拣。

（一）传统分拣

1. 人工分拣

人工分拣基本上是靠人力搬运，或利用最简单的器具和手推车等把所需的商品分门别类地送到指定的地点。人工分拣方式的劳动强度大、分拣效率低。

2. 机械分拣

机械分拣也叫输送机分拣，输送作业由输送机完成，拣选作业还要靠人工。输送机有链条式输送机、传送带、辊道输送机等类型。机械分拣是利用设置在地面上的输送机传送商品，在分拣位置的作业人员根据商品上的标签、色标、编号等分拣标志，将符合货单要求的商品拣选出来。这种分拣方式投资少，同人工分拣相比劳动强度低。

传统的分拣方式不仅效率低、需要大量的劳动力，而且拣错率较高。

（二）自动分拣

自动分拣是从商品进入分拣系统到送到指定的分配位置为止，都是依靠自动装置来完成的。

自动分拣系统常与大型自动化仓库连接在一起，配合自动导引车等其他物流装备组成复杂的大型物流系统，协同作业。由于分拣实现了全部自动化，因此分拣处理能力、分拣分类数量、分拣的速度和准确率都有较大的提高。自动分拣系统的应用范围已发展到食品工业、造纸业、化学工业、机械制造、物流行业、出版业等。

自动分拣系统具有以下特点：

（1）自动分拣系统能够连续地、大批量地分拣商品。由于采用流水线自动作业方式，自动分拣系统不受天气、时间、人的体力的限制，可以连续运行 100 小时以上。例如，自动分拣系统每小时可以分拣 7 000 件包装商品，如用人工分拣，则每小时只能分拣 150 件左右，同时分拣人员也不可能高强度地连续工作数小时。

（2）分拣误差率极低。分拣误差率是分拣系统的重要指标，其大小取决于所输入分拣信息的准确率的大小。采用人工键盘方式输入，虽然设备简单，投资少，但操作人员注意力要高度集中，易出差错，误差率在 3% 以上；采用语音识别输入则需要配备计算机语音识别系统，当被分拣商品经过输入装置时，由操作者读出信息，由计算机识别输入，这种输入方式要求环境安静，操作者的语音标准，否则也是会产生较大的误差率，上述两种方式都不能用于自动分拣系统。目前在自动分拣系统中主要采用激光扫描条形码输入技术来进行分拣信息输入。激光扫描条形码输入的精度非常高，除非条形码的印刷有误或条形码受污损，否则是不会出错的。根据美国一项调查，采用激光扫描条形码输入 126.6 万项信息，仅错 4 项，误差率仅为 0.003‰。激光扫描条形码扫描速度高，与输送带的传送速度相当，最高可达每小时 7 500 件。

（3）分拣基本实现无人化。自动分拣系统作业本身并不需要人员直接参与，基本做到无人化，减轻了劳动强度、提高了效率、减少了误差。自动分拣系统使用人员只限于以下工作：进货口的接货和出货口的集载装车；控制台的值班操作；系统的经营、管理与维护。如美国一公司配送中心面积为 10 万平方米，每天可分拣近 40 万件商品，仅使用 400 名左右员工，其中大部分人员都在从事上述三项工作，自动分拣线上做到了无人化作业。

三》 自动分拣系统的组成及工作过程

（一）自动分拣系统的组成

一个完整的自动分拣系统由设定装置、识别控制装置、自动分拣装置、输送装置和分拣道口等几部分组成，如图 9—16 所示。它们通过计算机网络连接，在计算机系统的控制下运行。

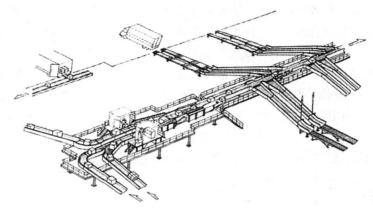

图9—16 典型的自动分拣系统

1. 设定装置

设定装置是在商品的外包装上贴上或打印上标签，标签上的代码表明商品的品种、规格、数量、货位、货主等信息。在商品入库时，标签可以表明入库的货位，在输送商品的分叉处，可以正确引导商品的流向，堆垛起重机可以按照代码把商品存入指定的货位。当商品出库时，标签可以引导商品流向指定的输送机的分支上，以便集中发运。设定装置种类很多，在自动分拣系统中可以使用条形码、光学字符码、无线电射频码、音频码等，其中，条形码是国际通用码，应用极为广泛。

2. 识别控制装置

识别控制装置的作用是接收、识别和处理分拣信号，根据分拣信号的要求指示自动分拣装置对商品进行分拣。分拣信号通过磁头识别、光电识别或激光识别等多种方式输入到识别控制系统中去，识别控制系统根据对这些分拣信号的判断，决定哪一种商品该进入哪一个分拣道口。

3. 自动分拣装置

自动分拣装置根据识别控制装置传来的指令，对商品进行分拣，在指定位置将商品推离主输送带，并输送到预定的输送机分支或倾斜滑道上去，完成商品的分拣输送。

4. 输送装置

输送装置的主要组成部分是输送带或传输机，其主要作用是使待分拣商品通过识别控制装置和自动分拣装置。在输送装置的两侧，一般要连接若干分拣道口，使分拣后的商品滑离主输送机，以便完成后续作业。

5. 分拣道口

分拣道口是已分拣商品脱离主输送机（或主传送带）进入集货区域的通道，一般由钢带、皮带、滚筒等组成滑道，使商品从主输送装置滑向集货站台，在那里工作人员将货品集中，或是入库储存，或是组配装车并进行配送作业。

（二）自动分拣系统的工作过程

自动分拣系统的工作过程大致可分为汇流、分拣识别、分拣与分流、分运四个阶段。

1. 汇流

商品进入分拣系统，可用人工搬运或自动化搬运方式，也可以通过多条输送线送入分拣系统，经过汇流逐步将各条输送线上输入的商品合并于一条输送机上，同时调整商品在输送机上的方位，以适应分拣识别和分拣操作的要求。汇集输送机具有自动停止和起动的功能。如果前端分拣识别装置发生事故，或商品和商品之间连在一起，或输送机上商品已经满载时，汇集输送机就会自动停止，恢复正常后又能够自动起动，这是一种缓冲保护功能。

为了达到高速分拣，要求分拣的输送机高速运行。假如一个每分钟可分拣 70 件商品的分拣系统，相邻两件商品之间的距离为 1m，则要求输送机的运行速度达到 70m/min，而目前高速分拣机的分拣速度是每分钟 200 件以上，这就要求输送机有更高的速度。因此在商品进入分拣识别装置前，有一个使商品逐渐加速到分拣输送机的速度，以及相邻两个商品间保持的最小固定距离的要求。

2. 分拣识别

在分拣识别阶段，激光扫描器对商品上的条形码进行扫描，以获取商品分拣信息，并将其输入计算机。激光扫描器的扫描处理速度是很快的，但受输送机速度和分拣动作的限制，商品之间必须保持一个限定的最小的间距，即使是高速分拣机也是如此。目前计算机和程序控制器已经能将这个间距减小到只有几英寸。

3. 分拣与分流

商品离开分拣识别装置后在分拣输送机上移动时，计算机根据不同的商品分拣信号计算出移动时间，当商品被送到指定的分拣道口时，该处的分拣机构自行起动，将货品移出主输送机进入分流滑道排出。

4. 分运

分运是分拣出的商品离开主输送机，再经过滑道到达分拣系统终端的过程。分运所经过的滑道一般是没有动力的，靠商品的自重从主输送机上滑下。在各滑道的终端，由作业人员将商品搬进容器或搬上车辆。

（三）分拣信号的输入方法

在分拣机上输送的商品，向哪个道口分拣，均通过分拣信号的输入发出指令，一般均需在分拣商品上贴有发运地点等标签，以此进行分拣。在自动分拣系统中，分拣信号输入方法大致有下列五种。

1. 键盘

由操作人员用键盘将各种商品的分拣编码输入系统。键盘有十键式和全键式两种，常用的为十键式，配置有 0～9 十个数字。每个分拣编码为 2～3 位数，一般每小时可输入 2 400 个编码。这种用键盘输入的方式费用最低，且简单易行。但是要把配送商店名称、地点都要变换成编码一并输入，就要求操作者能把许多编码记住才能熟练操作。因此，键盘输入的速度往往因人而异，差别较大。

2. 声音识别装置

操作人员通过话筒朗读每件配送商品的名称和地点，声音识别装置将声音转换为编码，再由分拣机的微型计算机控制分拣机构工作。声音识别装置的处理能力是每分钟约可输入 60 个词语。声音输入一般经过 2～3 天的操作即可熟练，而键盘输入一般需要 10～15 天才能熟练。声音输入只需操作人员动口，故可兼做其他事，如手工调整在输送机上商品的方位等。

3. 条形码和激光扫描器

把含有分拣商品信息的条形码标签粘贴在每件商品上，分拣机上的激光扫描器对通过商品的条形码进行扫描。因此，为了正确输入，要求条形码标签粘贴在商品包装的一定位置上，同时商品在输送机上粘贴条形码标签的一面应面向激光扫描器。激光扫描器从商品上面或从侧面扫描，或者同时从上面、侧面扫描。激光扫描器的扫描速度为每秒 500～1 500次，但以扫描输入次数最多的信号为准。这种输入方式精度较高，即使发生差错，大多也是由条形码印制不良或有污染等引起的。

分拣机上的激光扫描器在对商品上的条形码标签进行扫描时，除了将商品分拣信息输入外，也一并将条形码上包括商品名称、生产厂商、批号、配送商店等信息进行编码，作为在库商品的信息输入主计算机，为仓库实行计算机业务管理提供数据，这是其他输入方法所不能及的。

条形码输入方法的优点是处理信号能力强、精度高，并实现输入自动化。但制作和粘贴条形码标签要花费费用和时间。目前国外已有许多商品在出厂时就贴好条形码，这对配送中心而言，可以减少许多工作环节。

4. 光学文字读取装置（OCR）

这种装置能直接阅读文字，将信息输入计算机。但是这种输入方法的拒收率较高，影响输入的效率。目前这种方式在分拣邮件的邮政编码上应用较多，而在物流中心的分拣系统中应用较少。

5. 主计算机

分拣前，预先将配送商品的全部明细表（商品、配送商店和数量等）输入主计算机，然后将第一种商品的条形码或自动识别编码输入，接着将该商品逐件连续投入分拣机，经确认后由计算机按照该商品品种和应配送商店的次序发出分拣指令，直到该商品分拣发完为止。在变换分拣第二种商品时，也必须将商品的条形码或自动识别编码输入，再连续投入分拣机。这种方法无须对每件商品进行输入和粘贴商品标记。

四 》 自动分拣机

自动分拣系统的核心设备是自动分拣机。自动分拣机按照其分拣机构的结构有多种类型，常见的主要形式有下列几种。

（一）挡板型

挡板型分拣机是利用一个挡板（或挡杆）挡住在输送机上向前移动的商品，将商品引导到一侧的滑道排出。

挡板型分拣机一般是安装在输送机的两侧，和输送机表面不接触，即使在工作时也只接触商品而不触及输送机的输送表面，因此它对大多数形式的输送机都能适用。

就挡板本身而言，也有不同形式，如直板形、曲线形等，也有在挡板工作面上装有辊筒或光滑的塑料材料，以减少摩擦阻力。

（二）浮出型

浮出型分拣机是把商品从主输送机上托起，从而将商品引导出主输送机。从引离主输送机的方向看，一种是引出方向与主输送机成直角；另一种是呈一定夹角（通常是 30°～45°）。一般是前者比后者生产率低，且对商品容易产生较大的冲击力。

浮出型分拣机大致有以下几种形式：

（1）胶带浮出式。胶带浮出式分拣机用于辊筒式主输送机上，将有动力驱动的两条或数条窄胶带或单个链条横向安装在主输送辊筒之间的下方。当分拣机接受指令起动时，胶带或链条向上提升，接触商品底面把商品托起，并将其移出主输送机。

（2）辊筒浮出式。辊筒浮出式分拣机用于辊筒式或链条式的主输送机上，将一个或数个有动力的斜向辊筒安装在主输送机表面下方。分拣机起动时，斜向辊筒向上浮起，接触商品底部，将商品斜向移出主输送机。

（三）倾斜式

（1）条板倾斜式。商品装载在输送机的条板上，当商品行走到需要分拣的位置时，条板的一端自动升起，使条板倾斜将商品移离主输送机。商品占用的条板数随不同商品的长度而定，经占用的条板数如同一个单元，同时倾斜。因此，这种分拣机对商品的长度在一定范围内不受限制。

（2）翻盘式。翻盘式分拣机是由一系列的盘子组成，盘子为铰接式结构，可向左或向右倾斜。商品装载在盘子上行走到一定位置时，盘子倾斜，将商品翻倒于旁边的滑道中，为减轻商品倾倒时的冲击力，有的分拣机能控制商品以抛物线形来倾倒出商品。这种分拣机对分拣商品的形状和大小可以不拘，但以不超出盘子为限。对于长形商品可以跨越两只盘子放置，倾倒时两只盘子同时倾斜。

翻盘式分拣机能采用环状连续输送，其占地面积较小，又由于是水平循环，使用时可以分成数段，每段设一个分拣信号输入装置，以便商品输入，而分拣排出的商品在同一滑道排出（指同一配送点），这样就可提高分拣能力。如日本川崎重工公司生产的翻盘式分拣机系统设有 32 个分拣信号输入装置，有排出滑道 255 条，每小时分拣商品能力为 14 400 件；日本住友重机械工业株式会社生产的分拣机系统的分拣能力达每小时 30 000 件；日本铃木公司生产的分拣机系统的排出滑道有 551 条。

（四）滑块式

输送机的表面用金属条板或管子构成，呈竹席状，而在每个条板或管子上有一枚用硬质材料制成的滑块，能沿条板横向滑动，而平时滑块停止在输送机的侧边。滑块的下部有销子与条板下导向杆连接，通过计算机控制，滑块能有序地自动向输送机的对面一侧滑动，因而商品就被引出主输送机。这种方式是将商品侧向逐渐推出，并不冲击商品，故商品不易损伤；它对分拣商品的形状和大小适用范围较广，是目前最新型的高速分拣机。

学习任务四　电子标签拣货系统

知识目标：掌握电子标签拣货系统原理以及工作方式。

能力目标：能够根据订单进行摘果式和播种式电子标签分拣作业。

学习方法：本任务为实践技能学习，学生分组在物流实训室由实训指导教师组织学习。

电子标签在现代物流中正发挥着越来越大的作用。利用计算机网络技术、数据库技术及电子标签技术，实现了货物的无单拣选，改变了传统的表单拣货的作业方式，由主控电脑分解订单信息，并通过计算机网络将分解后的信息（货品、数量）传递给有关货架上的电子标签，相关的电子标签则发出信号，智能地指引拣货人员的拣货路径和拣货数量。与传统出库方式相比，利用电子标签拣货可以实现无纸化作业，大大提高作业效率和准确率，使商品的出库时间大大减少。在日本和韩国，电子标签拣货系统已成为大部分物流配送中心的标准配置。

一 》 电子标签拣货系统概述

电子标签拣货系统（computer assisted picking system，CAPS），如图 9—17 所示。该系统在每一商品的货架上安装有电子设备，通过计算机和软件的控制由灯号与数字显示作为辅助工具，用来引导拣货员正确、快速、准确地完成拣货工作，不仅能达到作业的单纯化、合理化，更可提高作业的效率与精确度。

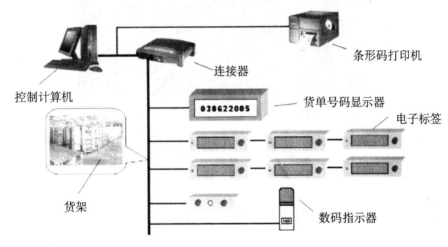

图 9—17 电子标签拣货系统示意图

电子标签拣货系统的主要应用领域有：

（1）连锁超市、百货商场的物流配送中心。

（2）物流配送中心的冷冻仓库（－28℃）。

（3）量贩式日配食品的配送分拣业务。

（4）其他各类物流配送仓库。

（5）制造业中多零部件产品的组装生产及零部件供应。

二 》 电子标签拣货系统的方式

电子标签拣货系统在实际使用中，主要有两种方式——摘果式电子标签拣货系统（digital picking system，DPS）和播种式电子标签拣货系统（digital assorting system，DAS）。

（一）摘果式电子标签拣货系统

利用电子标签实现摘果法出库，如图 9—18 所示。在拣货操作区中的所有货架上，为每一种货物安装一个电子标签，并与其他设备连接成网络。控制计算机可根据货物位置和订单数据，发出出货指示并使货架上的电子标签亮灯（有些系统会同时发出光、声音信号）。拣货人员根据电子标签所显示的数量及时、准确、轻松地完成以"件"或"箱"为单位的商品拣货作业。由于 DPS 在设计时合理安排了拣货人员的行走路线，所以降低了拣货人员无谓的走动。DPS 系统还实现了用计算机进行实时现场监控，具有紧急订单处理和缺货通知等各项功能。

图 9—18　摘果式电子标签拣货系统

通过 DPS，拣货人员无须费时去寻找库位和核对商品，只需核对拣货数量，因此在提高拣货速度、准确率的同时，还降低了人员劳动强度。采用 DPS 时可设置多个拣货区，以进一步提高拣货速度。

（二）播种式电子标签拣货系统

利用电子标签实现播种法出库，如图 9—19 所示。DAS 中的储位代表每一客户（各个商店、药店、生产线等），每一储位都设置电子标签。拣货人员先通过条形码扫描将要分拣货物的信息输入系统中，下订单客户的分货位置所在的电子标签就会亮灯、发出蜂鸣，同时显示出该位置所需分货的数量，拣货人员可根据这些信息进行快速分拣作业。因为 DAS 系统是依据商品和部件的标识号来进行控制的，所以每个商品上的条形码是支持 DAS 系统的基本条件。当然，在没有条形码的情况下，也可通过手工输入的办法来解决。

电子标签用于物流配送，能有效提高出库效率，并适应各种苛刻的作业要求，尤其在零散货品配送中有绝对优势，在连锁配送、药品流通场合以及冷冻品、服装、服饰、音像制品物流中有广泛应用前景。DPS 和 DAS 是电子标签针对不同物流环境的灵活运用，一般来说，DPS 适合品种多、交货期短、准确率高、业务量大的情况；而 DAS 较适合品种集中、多客户的情况。无论是 DPS 还是 DAS，都具有极高的效率。据统计，采用电子标

图9—19 播种式电子标签拣货系统

签拣货系统可使拣货速度提高至少一倍，准确率提高十倍。

学习测试

1. 自动导引车主要有几种导引方式？各导引方式的优缺点是什么？
2. 物流机器人有哪几种？它们有何作用？
3. 什么是自动分拣？自动分拣装置由哪些组成？目前自动分拣系统的应用情况如何？
4. 不定项选择：
(1) 自动导引车的英文缩写是（　　）。
A. Al_2O_3　　　　　B. ABS　　　　　C. AS/RS　　　　　D. AGV
(2) 大多数自动导引车的载重量在（　　）以下，约占总数的90%。
A. 1 000kg　　　　　B. 2 000kg　　　　　C. 3 000kg　　　　　D. 4 000kg
(3) 自动分拣系统工作过程大致可分为（　　）阶段。
A. 汇流　　　　　B. 分拣信号输入　　　　　C. 分拣识别
D. 分拣与分流　　　　　E. 分运
(4) 按照分拣手段的不同，分拣可分为（　　）。
A. 人工分拣　　　　　B. 机械分拣　　　　　C. 自动分拣　　　　　D. 电子标签分拣

实训项目一

一、实训任务
认识自动分拣系统的组成及工作过程。
二、实训目的及训练要点
1. 了解分拣方式及作业方法。
2. 熟悉自动分拣机的类型、使用条件和场合。
三、实训设备、仪器、工具及资料
计算机、投影仪、自动分拣系统视频资料。
四、实训内容及步骤
1. 观看视频资料，辨别视频资料中出现的自动分拣设备的类型，分析分拣设备的作业流程，观察各种分拣设备的作业特点。

2. 结合课本所学理论知识，讨论分拣设备使用对象和作业特点，然后根据实物模拟分拣设备工作及连接方式。

五、实训要求

要求同学们认真学习理论知识，仔细观看视频资料；积极讨论，深入总结。

实训项目二

一、实训任务

利用电子标签拣货系统拣货。

二、实训目的及训练要点

1. 掌握摘果式和播种式分拣作业流程。

2. 掌握电子标签拣货系统软件的结构模块、作用功能和操作方法。

3. 熟悉电子标签拣货系统硬件设备和重力式货架的结构功能、特点和使用方法。

三、实训设备、仪器、工具及资料

电子标签拣货系统、货架、手推车、客户订单若干份、模拟货物。

四、实训内容及步骤

1. 操作员起动电子标签拣货系统，检查各设备工作情况，提取订单处理信息。

2. 学生领取分拣任务，分组进行摘果式和播种式分拣作业练习。

3. 分析电子标签拣货方式的优缺点，撰写实训报告。

五、实训操作与规范

1. 有组织地进行活动。

2. 注意保持现场秩序，听从现场指挥，注意操作安全。

参考文献

[1] 陈杰伦，陈纪锋，缪兴锋等．物流设施与设备．广州：华南理工大学出版社，2006

[2] 纪寿文，缪立新，李克强．现代物流装备与技术实务．深圳：海天出版社，2004

[3] 潘安定．物流技术与设备．广州：华南理工大学出版社，2006

[4] 何晓莉．物流设施与设备．北京：机械工业出版社，2004

[5] 鲁晓春，吴志强．物流设施与设备．北京：清华大学出版社；北京交通大学出版社，2005

[6] 孟初阳．物流机械与装备．北京：人民交通出版社，2005

[7] 张弦．物流设施与设备．上海：复旦大学出版社，2006

[8] 周全申．现代物流技术与装备实务．北京：中国物资出版社，2002

[9] 秦明森，王方智．实用物流技术（第2版）．北京：中国物资出版社，2001

[10] 魏国辰．物流机械设备的运用与管理．北京：中国物资出版社，2002

[11] 李文斐，张娟，朱文利．现代物流装备与技术实务．北京：人民邮电出版社，2006

[12] 蒋祖星，孟初阳．物流设施与设备（第3版）．北京：机械工业出版社，2009

[13] 朱新民．物流设施与设备．北京：清华大学出版社，2007

[14] 陈百建．物流实验实训教程．北京：化学工业出版社，2006

[15] 中国物流与采购联合会 http：//www. chinawuliu. com. cn/

[16] 后勤工程学院现代物流研究所 http：//www. chongqing56. com/

[17] 物流设备在线 http：//www. 56eol. com

[18] 中国物流设备网 http：//www. 56en. com/

[19] 浙江经济职业技术学院物流设备应用与管理精品课程网站 http：//wlkc. zjtie. edu. cn/jpkc/C57/index. htm

[20] 河南交通职业技术学院物流设施与设备精品课程网站 http：//www. hncc. net/ec2008/C4/Course/Index. htm

[21] 广东轻工职业技术学院物流设施与设备网络课程网站 http：//wlkc. gdqy. edu. cn/jpkc/solver/classView. do

图书在版编目（CIP）数据

现代物流装备与技术/缪兴锋，李超锋编著. —北京：中国人民大学出版社，2011.9
中等职业教育物流服务与管理专业规划教材
ISBN 978-7-300-14321-7

Ⅰ.①现… Ⅱ.①缪…②李… Ⅲ.①物流-设备管理-中等专业学校-教材 Ⅳ.①F252

中国版本图书馆 CIP 数据核字（2011）第 182964 号

中等职业教育物流服务与管理专业规划教材
现代物流装备与技术
缪兴锋　李超锋　编著

出版发行	中国人民大学出版社			
社　　址	北京中关村大街 31 号	**邮政编码**	100080	
电　　话	010 - 62511242（总编室）	010 - 62511398（质管部）		
	010 - 82501766（邮购部）	010 - 62514148（门市部）		
	010 - 62515195（发行公司）	010 - 62515275（盗版举报）		
网　　址	http://www.crup.com.cn			
	http://www.ttrnet.com（人大教研网）			
经　　销	新华书店			
印　　刷	北京鑫丰华彩印有限公司			
规　　格	185 mm×260 mm　16 开本	**版　　次**	2011 年 9 月第 1 版	
印　　张	15.25	**印　　次**	2011 年 9 月第 1 次印刷	
字　　数	365 000	**定　　价**	26.00 元	

教师信息反馈表

为了更好地为您服务，提高教学质量，中国人民大学出版社愿意为您提供全面的教学支持，期望与您建立更广泛的合作关系。请您填好下表后以电子邮件或信件的形式反馈给我们。

您使用过或正在使用的我社教材名称		版次	
您希望获得哪些相关教学资料			
您对本书的建议（可附页）			
您的姓名			
您所在的学校、院系			
您所讲授课程名称			
学生人数			
您的联系地址			
邮政编码		联系电话	
电子邮件（必填）			
您是否为人大社教研网会员	□是　会员卡号：_____ □不是，现在申请		
您在相关专业是否有主编或参编教材意向	□是　　　　　□否 □不一定		
您所希望参编或主编的教材的基本情况（包括内容、框架结构、特色等，可附页）			

我们的联系方式：北京市海淀区中关村大街 31 号

中国人民大学出版社教育分社

邮政编码：100080

电话：010-62515913

网址：http://www.crup.com.cn/jiaoyu

E-mail：jyfs_2007@126.com